OPUS
ROCKET of WHISPERS
廢墟裡的銀河
OPUS
靈魂之橋
月亮熊 — 小說
SIGONO — 原著
封面插圖—天之火/內頁插圖—鸚鵡洲

透過火箭，我們將靈魂送往天堂。

節錄自《宇宙葬的起源與歷史》

第四十六代女巫　林芳

目錄

【序】007
【第一章】017
【第二章】133
【第三章】183
【第四章】243
【第五章】299
【終】353
【後記】357

【序】

疫情爆發前兩年
約翰六歲

母親說，靈魂要前往天上的銀河，但是只有火箭知道路。

剛滿六歲的我還不明白宇宙葬是什麼，只知道父親做的火箭要去天空了。對於我出生的馬可夫鄉鎮來說，這是一件大事。父親的工廠這次做出特別大、特別帥氣的火箭，光是站在半山腰就能看見紅白相間的鼻錐穿出樹林，沉穩地等待升空。

為了看火箭發射，我們天還沒亮就起床出發了，至於其他跟我們同樣早到的人，幾乎都是死者的親屬。鎮長公布了一長串的名單，由於空間足夠，所以也接受了鄰近城鎮申請運來的骨灰，並將他們壓縮精製成一顆顆結晶體利於容納。

除了這些死者的家屬外，剩下都是特地來朝聖的觀光客；父親說，有些死忠的信徒甚至會跟著全國巡迴。我想到那逗趣的畫面就一直笑，但大家都提醒我這是很嚴肅的事情，絕對不能笑出來。

「約翰，慢點，別用跑的。」母親在我後頭柔聲提醒。

但我根本忍耐不了，天色才剛亮，街上便漸漸湧出人潮與我們並行，朝山上唯一的管制入口前進。光是看見那樣的畫面簡直讓人焦急。

「可是宇宙葬要開始了，快點、快點啦！」我拋下這句話後往前衝。

「約翰！」

父親大喊我的名字，但不重要，他經常那樣大喊，我早就聽膩了。

我只關注山路正在聚集的人潮，一心想著不能被這群陌生人超前，必須要到最前頭看個仔細才行。我快步衝上山腰的廣場，眼前出現一列隊伍，像是前來朝聖的外城人，又像是配合宇宙葬演出的盛大遊行隊伍，只能從他們手中有沒有拿著樂器來分辨。

大家穿著顏色相似的服裝，白色、金色、灰色，不過上頭華麗地編織出星空的圖樣，像是沿著地表緩慢流動的銀河。遊行隊伍吹奏著音樂，流露出哀悠卻不至於悲傷的輕盈曲調。「他們在表演神話時代的傳說。」有人在我努力擠過隊伍時興奮地說道：「第一批搭乘火箭到這裡的宇宙移民……」

我豎起耳朵，卻還來不及細聽，一雙長滿繭的粗糙大手用力環住我的胸口，施力一扯便讓我騰空飛起，並被父親擁入懷裡。我掙扎不得，只能發出吼叫。

「啊！等等啦、我要去最前面！」

「不准亂跑。」父親微微喘著氣，咬牙吐出威嚇性的低喃。

我立刻識相地安靜下來。

沒多久，母親也趕了上來，她伸手整理自己的金色短髮，一邊和鄰居點頭致意，臉上帶著始終溫厚的微笑，溫柔的眼眸盯著人潮細細打量。「觀光客是不是比預期的少啊？」母親隨口問道。

「沒辦法，聽說外地流感肆虐，很多人留在家裡。」

「真可惜，今年宇宙葬終於輪到馬可夫這邊舉辦，大家明明為了觀光很努力宣傳呢。」她發出淺淺的嘆息。

「光是能爭取到優先權已經不錯了，如果不是先蓋起火箭工廠，可能還沒辦法那麼快談成，否則搬運跟組裝都……」

糟了，每次談到這個，父親就開始滔滔不絕。

我知道那是他即將長篇大論的前奏，於是趕緊打斷那會使氣氛變沉悶的無趣話題。

「爸爸！往前啦，往前！」

「知道啦。」他勉強收聲挪動腳步，來到靈魂紀念廣場前。

廣場的人潮更加水洩不通，很大一部分的原因是停在廣場的人實在太多——在圓環狀的廣場中央有著一塊巨大的石雕塑，上頭刻著這次要被送上宇宙的靈魂姓名——在教會人員的協助下，這些靈魂的親人正在進行最後的告別，輪流上前對石碑裡的名字給予祝福。

不只上前告別的親屬，還有許多在一旁圍觀的遊客用眼神給予安慰，甚至主動攙扶泣不成聲的人，明明前一秒還素不相識，這一刻卻成了親密的大家庭。
「啊，那不是瑪琳？」母親在這片哀傷中出聲。「我還怕她不來呢，真是太好了。」
我看見其中一個跪在石碑前顫抖流淚的婦人，熟悉的背影讓我一下子便認出來。
「瑪琳阿姨在哭耶。」我不解地看著，還沒理解發生了什麼事情。
「嗯。」父親順著我們比著的方向看了一眼，聲音很輕。「哭完之後就輕鬆了。」
「為什麼？」
「因為今天是宇宙葬。不管捨不捨得，靈魂都會往天上去。」
我還是不懂，甚至本能地想要遠離那股悲傷的氣氛。
「對啊！宇宙葬！爸爸，火箭要發射了啦，我們快點走！」
「有在走啦。」
「那裡是往教會啦！爸爸！」
也不知道父親是不是故意的，我伸出小手拚命吆喝指揮，然而這兩個大人還是只顧自己的步調慢慢前進，身旁的行人都開始超越我們，讓我快要急哭出來。再這樣慢吞吞的，不就什麼都看不到了嗎！
「再近也只能到這裡為止，能看到女巫祈福的隊伍就行了吧。」像是察覺到我的焦慮，父親剛毅的五官輕輕皺成一團，從金色的鬍鬚中擠出悶哼。
「之前不都讓我在發射臺旁看嗎？」

「那些都是剛組裝上去，還沒有要發射的試射火箭，所以才讓你近看啦。」

「怎麼這樣……嗚哇哇！」我氣得跺起腳來。「還以為這次終於能近距離看見火箭發射的樣子！害我白期待了那麼久！」

「夠了！吵什麼？」父親低吼一聲，突然將我整個扛了起來。坐在他的肩膀上，接著又說：「這樣可以看清楚了吧？」

——視野忽然變得開闊無比。

我再也不必從大人們的身軀之間窺探，如今我比任何人都還要高，能夠清楚看見在拓寬的石板道路上緩緩移動的白色隊伍，讓我充滿了優越感。

隊伍的人們套上純白色的長袍，無一例外。在熾熱的陽光與繁茂的樹林間，他們的存在就像是還未融化的雪堆，在這溫暖的景色中特別顯眼。

「來這裡了，他們過來了！」我興奮地拍著父親的腦袋。

「從早上開始就吵個不停，真是的。」父親粗魯地低哼。

「孩子的爸，約翰只是太高興了，沒關係啦。」

「再往前！爸爸！」我用力伸手往前指。

「他根本沒有反省……」

說歸說，父親仍想辦法擠到隊伍的最前方。

白色的隊伍離我們又更近了些，這次我清楚聽見了音樂聲，那是我無法形容的旋律，跟工廠平常播放的重節奏音樂不同，伴隨著隊伍而來的音符輕盈又飄逸，甚至沒什麼起伏，像是在空中飛舞遲遲不肯落下的雪花。

我眨著眼，努力想看清楚那批正在靠近的隊伍。透過音樂與廣播可以得知他們似乎剛祈禱完，已經將靈魂牽引完畢。

「東亞共和標準時間七點六分，靈魂已牽引完成。接下來將由女巫進行禱告。」

大家忽然默契地壓低了交談的音量。

有幾個人還在擦淚，不過與廣場前的氣氛相比，大家臉上的表情顯然沒那麼沉重，而是懷抱著強烈的憧憬與期待，低聲誦唸禱詞望向女巫的隊伍。

「這些人都是女巫嗎？」我數著隊伍的人頭，這才發現外袍顏色似乎也有差別。只有十二個是純白色的長袍，上頭鑲著金邊，其餘的雖然也披著長袍，但色澤偏灰，只是剛才距離太遠看不出來。

「白衣的都是女巫喔，僅僅十二位，就要負責照顧全國幾百萬人的生命。」

「什麼意思？」

「負責把靈魂帶往火箭的就是她們，沒有這些女巫，靈魂就無法被引領，宇宙葬也無法完成。所以她們才是關鍵的存在。」

不就是把骨灰放進火箭裡的專屬容器，需要這麼大陣仗嗎？

但是母親都這麼說了，表示這些女巫確實很重要吧。

「聽起來好帥氣，我也能當女巫嗎？」我趴在父親頭上大聲問。

「女巫只有女性能擔任呢，約翰可能不行……」母親偏頭微笑，看著表情明顯失望的我，笑意漸深。「還是你要跟爸爸一樣，成為火箭技師？」

「不要！我不要跟爸爸一樣！」我哀號起來，幾乎是本能地馬上反抗。身下的父親沒有理會我們，而是死死盯著發射臺上的火箭，嘴裡不斷念念有詞，說著一堆我聽不懂的專有名詞，或是關於天候的事情，總之就是擔心火箭能不能順利發射成功。天啊，火箭當然會成功，他怎麼現在才在意這種事，好傻。我才不要成為像父親這樣的人。

「約翰，爸爸是很厲害的。你喜歡宇宙葬嗎？」

「喜歡！」

「沒有火箭技師先完成火箭，就不可能順利舉行葬禮。所以這都多虧了爸爸喔。」

「真的？」我驚呼一聲垂下頭，原本看起來無聊至極的他忽然顯了幾分驕傲。

「你才知道？」

這樣聽起來，似乎是造火箭更實際一點。

而且女巫看起來只是唱唱歌、替靈魂送行，但是火箭那麼高大，幾乎可以觸碰天空，讓所有人都只能在它腳邊仰望。好，我決定了。

「那我要成為火箭技師。」我握起拳頭大聲宣布。

「好啊，約翰想當什麼都行。」母親掩嘴呵呵笑了起來，但她看的不是我，而是父親。「真是太好了，這樣爸爸也會很高興的。」指縫中輕輕鑽出若有似無的笑聲。

「反正他只聽妳的話。」

「爸爸你要教我喔！我們要一起做火箭，參加宇宙葬！讓女巫把靈魂送上去！」

我無視父親那種用鼻子哼氣的說話方式，捏著他的雙肩晃動身體，努力傳達我認真無比的意志。

「真是的……」

那雙搭在我身上的大手，似乎加重了幾分力道，揉捏著我的腿。

我咯咯笑了起來，依偎在那溫暖又堅實的身軀上，替未來的自己編織著夢想。或許哪天，我也能向其他人指著高臺上的白色身影。我製作的火箭要飛向銀河囉。像這樣驕傲地大聲說著。宇宙探索的起點，備受重視的火箭技師，是啊，我為什麼不做呢？

或許現在回想起來，六歲那年的我有太多尚未理解的事了。

我不理解馬可夫小鎮、不理解這個國家、也還不理解宇宙跟世界運行的道理，所以自然也不會理解，有些事情我永遠做不到，以及我為何無法阻止這一切的發生。

兩年後，瘟疫無預警地爆發，宛如洪水席捲而來，奪走我們所知的一切。

傳染力極高的未知病毒，大肆席捲了交通發達的都市，等人們反應過來時，疫情已經以想像不到的速度傳播開來，短短一年內，倖存的人口僅剩不到原有的萬分之一。

我們等著政府救援、等著教會發出指示，然而面對這場無法挽回的劫難，十二名女巫卻進入冬眠。只因教會堅信在瘟疫消退之後，她們有能力重建信仰與文明，甚至能夠再次舉辦「宇宙葬」，幫助逝去的人們得以前往銀河安息。

我不知道這世界到底從哪裡開始出了差錯，但是，我只知道一件事。

自從疫情爆發八年過後，我，約翰・曼森——

就再也沒見過任何活人了。

【第一章】

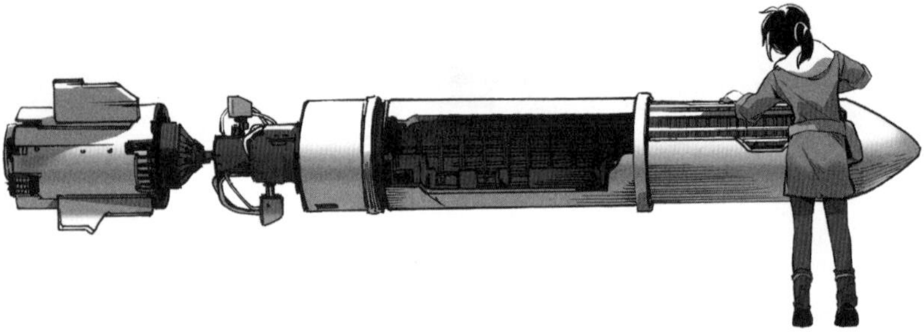

火箭 13 號

火箭13號製作中
目標零件：尾翼

雙腳沉重地在薄雪之地踩出痕跡，除此之外，世界安靜得讓人窒息。

當走到產業道路的上坡路時，約翰就再也沒有力氣前進了。而眼前是久未整修的道路，表面充滿裂痕。砂石與坑洞，縱使目的地就在兩百公尺不到的工廠，約翰也已經頭昏腦脹了，渾身冒著熱汗的他，忍不住解開外套釦子，任寒風鑽進肌膚。他舒爽地吐了一口長氣，接著調適呼吸。

道路一側是山壁，另一側則能俯瞰半個小鎮。他稍停下來，看向陽光不再刺眼的天空與銀白色的小鎮，估算自己得花多久時間才能將東西搬運回去。

在繫了繩索的廢金屬板上，躺著從風力發電機拆下來的巨大葉片。

將近三公尺長度的葉片，很適合改造成火箭的機翼，而且拿起來比想像中輕，這麼合適的材料不帶回工廠就太可惜了。

「哈，可惜個頭。」他自我嘲弄地吐著氣，拉著衣領搖頭。

「我也真夠蠢的，幹麼到現在還要跟她蹚這場渾水……」

「嘟嚕嚕嚕嚕——」

才剛在腦中暗罵，對講機就響了起來，這時機點巧合得也

太討厭了。

約翰半瞇著眼，假裝無視對講機的聲音繼續前進，但對方似乎也不打算放棄，從毫不間斷的來訊次數就能感受到對方的執著。

「煩死了。」他勉強將那笨重的黑色對講機單手緊握，沉聲回應。「幹麼，女巫？」

「太好啦，真的接通了！」

在滋滋聲響中出現一道年輕的女聲，雀躍的情緒透過機器傳了過來。

「不錯喔。」

「你開心點嘛，這對講機我可是修了一個月。」

「我很開心啊，我們的女巫竟然花了一個月就修理好對講機。」他口氣盡是揶揄，完全沒有要配合對方的打算。「所以接下來要做的火箭十三號肯定也難不倒妳，對不對？」

「燃料公式一直存在偏差，失敗也是難免的事情。不過上次發射已經把燃料問題排除掉了，所以可能是調節閥失靈，也可能是火箭機翼……」

「話都是妳這個騙子在說。」

「我不是騙子，我是由阿瑪迪斯長老親傳，冬眠了二十年的第四十六代女巫！」

「我看妳不是腦袋還在冷凍，就是假冒的吧。」

「喂！約翰你……」

「約翰在忙呢。回去再說。」

他喘著氣，毫不遲疑切斷了通訊。

走在雪地裡拖著火箭零件已經夠荒謬了，他不想多浪費力氣與她爭論。

約翰煩躁地抬頭看向坡道，開始產生放棄拖動葉片的衝動。

「……別停下，就快到了……」

「哪裡快──」

約翰愕然抬頭，才發現那聲音並非來自對講機，而是迴盪在微風中。

他抽著氣環顧四周，一如既往，沒有任何人影。

──很好，更荒謬的事情就要開始了。

每次快到黃昏時刻，聲音就會活躍起來，而且不會只有一個。約翰氣沖沖地拉緊外套，他知道這時候只能對著空中大吼，聲音才會稍微安分一些。

「與其跟我說話，還不如去把女巫叫過來幫忙！」

那句呼喝迅速鑽入雪中，接著只有寂靜圍繞。

就當那聲音聽見了吧。他不悅地皺起濃眉，明明該移動腳步了，卻又因為葉片過於沉重而渴望歇息，於是約翰繼續對著山坡下的茫茫雪色張望。

除了主要幹道因為時常清雪，仍會露出黑色的路面以外，其餘鎮上的房屋、汽車、路樹……都覆上一層厚厚的霜雪。畢竟寒季尚未結束，這段時間哪怕鎮上天氣再好，約翰依然得隨時戴著墨鏡才不會雪盲。

以前的風景不是這樣子的。

路上一丁點雪都沒有，只有熾熱的陽光，火燙的柏油路面把空氣也扭曲了。那時候約翰一放假就會坐在父親的卡車上，在工廠裡看父親與大伯工作。

在穿過安靜無聲的產業道路後，開始會聽見工人的吆喝、指揮的哨聲、卡車的引擎運轉聲、貨物上下的搬運與盤點……工人們來回載運火箭原料，或是搬運部件進行試射，巨大的機械與材料透過卡車不斷移動，讓約翰看得眼花撩亂。

現在不會再有那樣繁忙的畫面了。

約翰的手赫然鬆了開來，他在顫抖。

「……請帶我們回到銀河……」

耳旁再次冒出一句直觸心靈的冷語，那道聲音輕得像雪花，就連貼在耳邊的溫度也同樣冰冷。約翰沒有再抬頭，因為他知道自己什麼都不會看到。

「閉嘴！給我安靜點！」

他一邊拖著葉片大吼前進，耳邊的騷動似乎又安靜了些。

或許是因為太陽即將下山的緣故，體力又消耗太多，在這種毫無防備的時刻最容易聽見絲絲細語，讓早已疲憊的約翰更加脆弱，也因此，與之對抗的氣勢顯得更加重要。

幽靈、惡靈、混帳幻聽——他向來這樣稱呼自己聽見的聲音。

儘管女巫管它叫「靈魂」，但他覺得那種輕描淡寫的說法，完全不足以說明聲音惱人的程度。大概也只有林芳這種自稱女巫的瘋子，才能跟它們融洽相處。

果然，才安分沒多久，聲音又開始騷動起來，這次不只一個，是好幾個，彷彿耳邊同時有許多男女在說話，強制奪走了約翰的注意力。

約翰不想搞壞嗓子，偏偏這些混帳就只怕他大吼。

「……快呀、再快點、轉彎……」

「……就要到工廠了，不遠了……」

約翰喘息回應：「我不是在想辦法了嗎，你們能不能……唉……安靜個十分鐘就好？」

一個沒注意，又忍不住和那些聲音聊了起來。

該死，在這種情況下要全神貫注地前進實在太難了。

「……女巫……會幫忙約翰的……」

「那傢伙沒害死我就不錯了！」約翰這次真的被惹毛了。「地球在上，她如果真的是女巫，怎麼沒辦法趕走你們？」

「──約翰！」

此時一道清晰的呼聲劃開空氣中的雜音，朝約翰直衝而來。

他猛然抬頭望向聲音的方向，一位黑髮少女正從工廠門口奔跑過來，嬌小的她看起來比約翰年輕幾歲，頭髮紮起長長的馬尾，以最低限度保持著整齊儀容，不過就算沒有刻意打扮，她的容貌也屬於令人印象深刻的類型──並非好看的那種印象深刻，而是獨特、積極又從容的氣質使她很難讓人厭惡。

與自己完全不同，哪怕自己只是坐在角落發著呆，也會被女巫形容成風雨欲來的憤怒；事實上，他確實經常發脾氣，一副對世上任何事物都感到礙眼的表情，有時候自己望著鏡子也看不下去。

所以見到女巫的第一天他就曉得了，他肯定與這個女人合不來。

「風力發電機的葉片？你竟然真的帶回來了，地球在上！」那對黑色的眼眸閃動著光采往約翰靠近，她喘著氣昂首露出期待的微笑。仔細一看，她外套底下還穿著單薄的工作服，明顯是匆忙跑出來的。

約翰蹙眉喘息，或許是跟著放鬆下來，整個人也乾脆地癱坐在地上。

「妳怎麼來了？」

「我聽到聲音，所以過來幫忙。」

「那些幽靈去找妳？」

「什麼？不，是你拖葉片的聲音！我遠在工廠門口就聽見了，怎麼了嗎？」

約翰心中閃過一絲遺憾，但他很快地把那念頭抹除。

「那些聲音。」他一手搭在葉片上，簡短解釋。

芳聞言往約翰後方看去，她的眼神瞬間產生了變化，收起那嘻笑悠哉的態度，而是肅穆地輕輕點了個頭。約翰不曉得她究竟是真的與那些聲音溝通，還是僅僅順著自己的意思做個樣子，但那些聲音確實在芳點頭之後消失了。她甚至不需要大吼。

他們看著聲音消失的方向，時間彷彿停滯了一小段，直到芳重新將視線移向約翰。

「那些都是死去的人們，因為火箭沒有升空，所以靈魂留在這裡了。」她聳聳肩。「不過靈魂只會暫時離開，想要永遠聽不見聲音的話，還是得靠火箭才行。」

「妳怎麼知道那真的是靈魂？」他不信服地瞪著芳。

「我的經驗就是這樣告訴我的。而且照理說，只有女巫才能感受得到靈魂的存在。」

「對啊，我又不是女巫，為什麼我就得聽見……」

女孩只能苦笑著搖頭。「我不知道。但是能夠與靈魂對話，是地球賜予你的幸運。」

「幸不幸運不是妳說了算。」他略感煩悶地爬起身，稍作休息後，總算能重新整好態勢。「好啦，快走吧，太陽下山聲音就會變多，我可不想被它們煩死。」

芳發出沉吟，一手搭在葉片上估了估重量，接著露出吃驚的表情。「嗚哇，好重──真虧你一個人能走到這裡。」

「還不是為了妳的火箭機翼……」

「錯了，是我們的火箭。」芳微笑。

約翰不說話，輕輕地哼了一聲。

看吧，果然合不來。

他們一起將葉片搬回工廠，缺少了以往熱鬧的人流，這座工廠即使不算大，只有兩個人使用的話依舊顯得十分空曠。在鐵柵欄圈起的工廠要地，由好幾個鐵皮房屋連結起來，有兩間大型的火箭材料倉庫、一間辦公室、一間員工休息室，以及幾間組裝與測試火箭的主工廠。

這幾棟鐵皮屋分成兩處，中間由停車場與廣場區隔開來，停車場內還有好幾輛再也不會發動的廢棄卡車，靜靜躺在角落積雪。此外還有一條路可以通往火箭試射場，不是正式給民眾觀看的那種。

約翰與芳在這裡共度了兩年時光。

而瘟疫爆發至今，已經過去了二十二年。

失當的政策與染疫而死的首領讓國家陷入混亂，仰賴大城市生存的邊陲地區也逐漸淒涼。先是鄰近的葉索村，再來是這座馬可夫小鎮，疫情擴展的速度遠遠出乎預期。

以前大人們經常圍著報紙討論，約翰就算不想參與，也總是能從旁聽見許多聳動的字眼。

「荷米市大暴動，死亡人數不斷攀升」、「失速衛星，東亞二號清晨墜毀」、「長老溘逝，舉國哀悼」……即使是簡短的標題也無法掩飾字句間的聳動，約翰本以為礦場爆炸就已經夠慘的了，但是從大人的表情上看來，絕望顯然沒有底線可言。

當政府宣布撤銷貨幣，改以固定配給分發糧食之後，小鎮外的局勢動盪確實地擴大了這股絕望，遷往南邊的聲浪也一次次激烈。因為人們都相信溫暖的南方不容易受到瘟疫影響。如同報紙上說的那樣。

但當控制溫度的氣候衛星也失靈之後，逐漸降溫的天候讓馬可夫小鎮終年被銀白覆蓋，人們的正常生活也漸漸隨著恆常的雪景停滯了。

預期的改變與拯救並沒有到來，世界僅剩一片荒涼。

即使是再怎麼溫暖的南方，大概也遲早會面臨這樣的情景。

到那時候，那些人又能往哪裡去呢？約翰總是會想著這個問題，不過逃亡是人的本能，反倒是一開始就放棄逃走的自己，或許從性格根本上就有些扭曲也不一定。若不是兩年前林芳忽然闖進他的世界，他肯定會孤老而終。

就這一點來說，確實得感謝她的出現——如果她不會成天夢想製造火箭的話。

「就先放在這裡吧，約翰。」

伴隨著葉片落地的沉重聲響，芳的聲音將約翰的思緒拉回了第一間倉庫內。

模糊的燈光中，他們站在堆置的零件、紙箱，以及成排的工具鐵架前，勉強清出一個位置容納葉片，雖然沒過多久又得拖出來進行機翼改造，不過到那時候再說吧。約翰揉著肩膀，覺得渾身上下都在痠痛，他只在意這個。

「清點一下材料吧，還缺什麼？」約翰疲憊地開口。

芳聞言抬頭，從工具架上瀏覽分類好的紙箱，箱子之間有一份文件夾。她揉揉通紅的鼻子，才從架上拿起薄薄的文件夾，仔細核對裡頭列出的詳細清單。

「機翼跟引擎都搞定了，你只要再收集一些金屬廢料，剩下的工作就交給我。」她隨手抽出筆在清單上塗改數量記號。

「多少？」他挑眉。

「有多少就帶多少。我們會需要非常多。」

「妳是打算用在下一個火箭？」

「永遠會有下一個。」芳在說這句話時刻意輕巧，顯得故意像是在開玩笑，但約翰卻露出厭惡的表情，她只能連忙輕咳一聲，重新修飾自己的說法。「前幾次都是為了正式火箭而準備的試射，而且我們上次的發射速度突破九十公里，是很有希望的成績！」

「所以？」

「所以這次一定可以順利。」芳笑容自信地過分。

「連對講機也得修上一整個月的妳……」

「這樣講不公平，製作火箭與修理對講機不是能相提並論的事情。」

「也是，妳光是試射火箭就做了十二個。」約翰嘲弄地彎起嘴角。「上一個還在半空中解體，只因為其中一顆固定殼體的螺絲鬆掉了，殘骸幾乎沒能回收，慘烈的失敗。這確實不能相提並論。」

女孩的臉微微通紅，看得出來，她的興奮之情因為約翰的態度打了折扣。有股尷尬在他們之間瀰漫，但是芳並不覺得憤怒，而是困惑。

「還好嗎？」她知道當約翰心情不好的時候，單刀直入的關切反而有效。

「又有聲音了。該死，該死，你們別只會說這些……」約翰似乎是想摀住耳朵，卻又意識到這並不能阻擋，於是雙手懸在半空中，棕色的眼眸閃爍著迷茫神色。好一會兒後，那些聲音似乎退去了，約翰才懊惱地望向芳。「女巫，為什麼他們一直要來找我？」

「什麼？」女孩回過神來。

「他們總是喊著我的名字，而不是妳的。」

「哈。」她嘴角彆扭地彎了起來。

「有什麼好笑。」

「沒有惡意，約翰，他們偶爾也會找我，但畢竟這裡是你的家鄉，你跟靈魂之間可能更容易共鳴吧。」芳輕輕拍著約翰的肩膀，儘管那稱不上安慰。「沒事的，只要火箭製作順利，哪怕是試射機也能讓大家回到銀河。到時候，保證你不會再聽見這些聲音。」

「什麼『大家』啊，這些只是吵鬧的惡靈吧。」

「沒禮貌，要稱它們靈魂。」

「好吧，那剛才靈魂有對妳說什麼嗎？」

芳眨了眨眼，迅速藏起那欲言又止的表情，然後再次拍拍約翰的肩膀。

「完成火箭。」她微笑著強調，接著將清單丟回架子上。「走吧，跟我來。見見我們的第十三號寶貝。」

他們鎖上倉庫的門並離開，來到倉庫對面的鐵皮工廠，穿過被改造成起居室的守衛室，以及堆滿雜物的辦公室，接著才來到工廠中心的火箭總裝室。火箭會先在這裡進行接合，然後才能帶出去進行燃燒測試或飛行測試。

這裡也是整座工廠最明亮舒適的地方，簡潔的白色空間內，溼度與溫度都受到穩定控制，反觀其他房間為了節省能源，刻意使用傳統的鍋爐與手提燈，只有來到總裝室時，才像是回到二十年前那個充斥著高科技的小鎮時光。

芳停在一個打光充足的作業檯上，長方形的白色桌上躺著其中一節火箭，由於最外層的機殼尚未裝上，所以看起來就只是個藏著複雜線路與電腦運算晶片的圓筒。

「這邊。」芳先抓起扳手才走向火箭，那彷彿成了她的習慣動作。

「妳第一跟第二段機體還沒接合嗎？」約翰的腳步隨著芳深入，目光停留在組裝臺上。

「先等機翼處理好吧，其實……我正好也要跟你討論這個問題。」

「什麼問題？」

芳敲了敲金屬圓筒，像是在跟自己的多年至交打聲招呼。那圓筒就算躺著，也有芳身體的一半高，全部組裝完成之後，大概也有三至四公尺吧。是他們兩人勉強還能搬運到試射場的大小，也是進行宇宙葬的最基礎規格。

「還記得上次我請你去找的十二號火箭……」

她才開口就被約翰伸手阻止。「等一下。」男人的語氣有些急促。

「先聽我說完，約翰。」

「這是倉庫最後一批火箭生產品。妳自己說過，沒有成功的把握是不會動用的。」

「這次就是正式。」芳輕咳一聲。「不對，都是你打亂了我的說明步調，你聽好，約翰。前面十二發火箭都是試射與收集資料，不管失敗或成功，對我來說都很有幫助……十三號雖然也是試射，但我有預感會是最接近成功的一次，所以希望用上最好的材料。」

「接近成功？火箭是非常纖細複雜的機器，只憑這些半成品怎麼可能……」

「有你的工藝技術就可以。」芳嚴肅地強調。「製造機體是你的專長，計算與除錯則是我的專長，儘管你說你帶回破銅爛鐵——但你仍然照著我的需求，把那些金屬完美地處理好了，不是嗎？」

約翰不自在地吐了一口長氣，沒有說話。反而是眼前的女孩興奮地自顧自接了下去：「所以我接下來要處理的，是接手完成你們工廠計算到一半的新燃料公式，以及配合目前的素材調整機體，還有確保軟體程式的運作，以及……」

「好，停。不需要跟我解釋，說重點。」他舉起手示意芳停止。

「是你先打斷我的。」黑髮女孩咬牙做了個鬼臉，才接著說：「總之，我拿了工廠最後一批生產品，但是機殼還沒完成——」

「喔，所以妳需要半途脫離機身的十二號機殼。」

這次芳沒有責怪男人打斷她的話。

那沉默簡直令人火大，約翰冷眼瞪著她，偏偏芳似乎天生免疫這張臭臉。她依舊眨著黑色的眼眸，散發出渾然天成的率真氣質，哀求的身姿直接面向約翰。

「拜託。」

然後她只需要說出這句話。

最惱人的地方也在於這點——他其實也只能答應。

「如果是墜落在樹林裡，多少會因為緩衝而保持完好。」約翰愁眉苦臉，一手搓著剛冒出鬍碴的下顎喃喃自語，故意拖慢語氣。

「就是這樣。」

「何況降雪剛結束，山上應該都是柔軟的新雪。」

「很有可能。」女孩拚命點頭。

「距離不遠，如果只是一節火箭的外殼，或許一天內有辦法來回。只要有雪靴……」

「拜託，約翰。」她咧嘴。

「廢話。不然妳還能拜託誰？」他不太甘願地說。

芳發出勝利般的小小歡呼，雙腳踏出愉快的節拍，就像是在跳著奇怪的舞蹈。

天底下哪有林芳這種女巫啊？約翰氣惱地想著。小時候他見過的女巫往往儀態優雅、談吐溫柔、腳步輕緩，就像是真正的神之使者。光是看著那些女巫的身姿，自然就能讓人產生一股敬畏與憧憬之心。

「那麼我今天就快點把這個部分搞定吧。」芳喜孜孜地轉頭朝向火箭，銀亮的扳手卻赫然停在空中。

「……火箭，得快點完成……」

是靈魂。兩人因為那聲音同時陷入安靜。

「這次妳聽見了嗎？」約翰伸手指向空中。

「當然。你為什麼每次都要跟我確認？就說我也能夠聽見靈魂的聲音了。」接著，芳抬起頭，對著空中露出溫暖的微笑。「我以第四十六代女巫的身分發誓，火箭會完成的，你們也會順利前往天堂。」

「……女巫、女巫……」

靈魂們的聲音逐漸往芳聚集。

約翰不自覺聳起雙肩，沒想到那個本該讓人不快的涼意，在往芳聚集的過程間，宛若微風般颯爽，甚至於微塵間透露出幾點冰藍色的光芒。

「是的。我，林芳，阿瑪迪斯長老親傳的女巫，發誓會拯救你們的靈魂。」她合起雙掌，垂下眼簾，微微側耳像在傾聽靈魂的話語。

他注意到芳的表情又變了。

她不再是那個會對約翰露出幼稚表情，只想任性滿足自我的火箭工程師。僅有那麼一瞬間——不論她身上骯髒的工作袍，或是滿臉的塵灰，都無法遮掩她語調中的聖潔。她挺立於這片光芒之下，眼神飽含憐憫與純粹——約翰訝異地望著。

「僅為荒涼獻上祝福，為天堂留住幸福。地球在上。」

他好像在哪裡見過這個表情。

或許是電視上，或許是報紙上，又或許是在每一次火箭發射的瞬間。

……好吧。看來她確實有點本事。

約翰別過頭，胸口沉重地發悶起來，總覺得自己被扯進一件麻煩事。

「連總裝室都不放過，這些靈魂還真不給人隱私。」他出聲破壞此刻的氣氛。

「這很正常，馬可夫小鎮大概是唯一能做火箭的地方了。」她笑了起來，又帶著那種漫不經心的悠哉口氣。「這個世界只能靠我們了，責任重大呢。」

約翰「喔」了一聲，他才不想管這些，這段時間以來，他的信仰早已不再是地球教會，而是醃肉與罐頭。

「都失敗十二次了，誰知道還要幾次？」

「失敗一千次也會繼續，我們說好了喔。」

從來沒有說好過。約翰很想這麼說，但現在不是跟芳爭論的時候。

「那就祝福我在這之前不會先發瘋。」

她敏銳地瞇起眼。「怎麼了？」

約翰的話語梗在咽喉，一手握拳抵在額際，試圖在腦中尋找精確的措辭。

他該怎麼跟芳解釋？那些在他腦中的聲音，並不是芳想像的那樣。

好幾次了，他與芳之間，以及跟那些靈魂之間，存在著**某種問題**。他不確定問題是什麼，但是直覺告訴他，有東西出錯了，而且錯得離譜。

「我不知道該怎麼說。」他說。

「約翰，我們沒問題的。」芳想了想，伸手輕拍著他的肩膀。

「妳只會說沒問題。」

她聞言揚起充滿自信的嘴角，那是她用來說服約翰的唯一辦法。

「走吧，我肚子餓了，你不餓嗎？」她說。

「餓死了。」

「那就別管火箭了，來準備晚餐吧。」

別管火箭了。

或許約翰就在等著芳說出這句話吧。

晚餐的內容很簡單，只有肉乾、馬鈴薯還有一點乾豆。

兩人都吃得很快，彷彿這只是一個填飽肚子的過程，約翰並不在意味道，芳似乎也鮮少埋怨這點。他們都不是會在三餐中尋求享受的人，尤其當食物沒什麼選擇的時候，就更沒有必要去抱怨了。

罐頭，醃肉，以及更多的真空食品等著他們解決。

疫情爆發當初，荷米市政府還會開著直升機或小型飛機，將物資空投至馬可夫小鎮裡。於是約翰與芳吃的三餐，都是那幾次空投後保存至今的糧食。

——食物本來不該剩這麼多的。

然而人口減少的速度遠超過配給的分量，加上小鎮南遷的人數太多，還記得最後一次收到配給時，管理糧食的警長好不容易將堆得山高的罐頭整理完畢，然後回頭望著村裡僅剩的十幾人，大家都忍不住笑了。

當時他們究竟在笑什麼？是覺得這樣的景色很荒謬嗎？還是覺得警長滿頭大汗的模樣很有趣？約翰記得自己當時也在現場，試著抬頭尋找罐頭與穀糧的盡頭。那時候站在他身旁的人是誰？他們對約翰說了什麼？

一想到這些問題，約翰的眼神立刻沉了下來。

——他記不起來了。

只要他願意，很多事情都可以不再被想起。他很擅長這點。

「地球在上，感謝這美好的一餐。」芳輕輕合掌，看向坐在對面的約翰。從吃完飯後他就不斷在把玩某個東西。「那是什麼？」她忍不住開口。

「妳們教會的感謝盃。我前幾天撿到的，就順手把它修好了。」約翰低頭看著桌面，擦拭著十五公分長的金屬紀念盃，沉重的臺座上有著小小火箭飛向宇宙的雕刻，寫著感謝馬可夫全體居民的簡單字樣，是地球教會跟政府贈與的。

「我好像看過這個東西。是疫後才有的？」芳雙眼一亮。

「對，我們小鎮打算製作火箭，所以收到教會與政府的感謝與支援。當時還有一堆記者來拍照採訪，鎮長可開心了。」

「當整個世界被病毒侵襲的時候，只有你們自告奮勇要繼續完成火箭、舉行宇宙葬。這是很令人敬佩的決心。」芳拍著手，綻開燦爛的笑容。「何況你們的工廠不論是電腦設備或是火箭材料都非常齊全，完全不輸給大城市的水準！」

「嗯。」

「我是說真的啦，約翰！」

「我不在乎。」

「我倒覺得你應該在乎，你是馬可夫小鎮的人，又是在奧伯斯工廠長大的孩子，而且也是地球教徒，難道都不會想要延續這份使命嗎？」

「延續什麼？這座小鎮起碼也荒廢十年了，這裡早就沒有妳想要的東西。」約翰再次擺出難看的臉色，接著又嘲弄地笑了一聲。「對喔，我都忘了，妳是在冷凍艙裡待了二十年的女巫，還不適應這個世界的殘酷。」

「好了，別諷刺我。」

「沒，我真心覺得妳的生還是奇蹟。」約翰將感謝盃擺在桌上，故作無辜地舉起雙手。「以前、嗯……我忘記是疫後幾年的事了。報紙說為了日後重建被破壞的社會，政府打算一口氣冷凍許多人，不只有女巫而已。」

「哪些人？」

「政客、科學家，可能還有老師？我不確定，反正計畫還沒實行，冷凍艙就被反政府分子破壞了，他們那些瘋子，看到任何跟政府有關的東西就破壞殆盡。大概是自己不好過，也不允許其他人有機會存活吧。」

「……真令人遺憾。」她打了個冷顫，眼神一下子變得哀傷起來。

約翰原本想再說些什麼，「所以妳很幸運」、「至少妳活下來了」之類的話，不過仔細想想，他並不認為活下來全然是件好事。

只要再經過三年、四年時間，她遲早會體悟到與約翰相同的絕望。

「要去外面走走嗎？」沒想到，芳忽然在此時開口提議。

「啊？」約翰大喊起來。「在這種時間？妳想把自己重新冷凍起來嗎？」

「不走我就自己出門了。」

「嘖……」

他們起身收拾，穿上禦寒的衣物後一起走出工廠，推開鐵門時也順勢掃開了積雪，走到稍遠一點的停車場處。今天看不見月亮，外頭的黑暗花了點時間才適應，隨後，群星逐漸清楚可見。他們仰望著，過於廣大的天空讓人倒錯了空間，好像雙腳隨時都會失去平衡墜入星空。
約翰不敢再抬頭看，倒是芳整個人像是要被吸入那片宇宙般沉迷。
「你看，那邊是什麼星？」她舉起手指向最亮的星星。
「不知道。」
「這邊這顆呢？」
約翰甚至連她在比哪顆都不曉得。「就說不知道了。妳到底在幹麼？」
芳緊握緊雙手，像是祈禱又像是單純地取暖。
「教會長老說過，火箭升空後靈魂會在大氣層外繼續前進，首先經過離我們最近的克夫曼星，接著經過比納星，靈魂會在那裡找到歸屬，並且準備進行下一趟的旅程。」芳眨著眼，望著滿天閃爍的星斗。
「靈魂的下一趟旅程是什麼，地球嗎？」他吐著薄薄白霧氣問。
「我也不曉得，當時教會的人都描述得很抽象，只說我們會隨著銀河回歸宇宙的中心，回到地球，並在那裡獲得幸福與永生。」芳搖搖頭，語氣活像是在背誦教條般。
「然後呢？」
「然後……」
「算了，反正就是那樣吧，教會都說我們是離開地球之後，搭乘漫長的火箭來到這裡的移民。」約翰嘴角輕蔑地揚起。

那些都是傳說、神話，真相與事實都早已被漫長的時光扭曲而不可考，只留下一個充滿希望的輪廓供人景仰。芳雖然總是重複說著相同的話，但哪些是真的？哪些是虛假？恐怕連她這個女巫也不曉得吧。

「你明明對教義清楚得很嘛。」芳笑嘻嘻地晃著腳丫，就連說話的語氣都像是在哼歌。

「很重要嗎？瘟疫後的現在，還有誰是地球教信徒？」

「別說讓人傷心的話。」芳忍不住發出一聲充滿埋怨的呼喊。

「誰理妳。走了，別浪費屋子裡的爐火。」

芳不滿地撇撇嘴，但她仍溫順地跟著轉身。然而才沒幾步就撞上約翰寬厚的背部。「約翰？你幹麼？」

只見男人僵直著身子，盯著工廠鐵絲網外的樹林瞧，眼神帶著一絲驚愕。

「那什麼……靈魂……？」

她不解地揉著鼻子，「嗯，剛剛一直都很乖巧地圍繞在身邊啊。」

「但靈魂會有人形嗎？」約翰的語氣帶著幾分恐懼。

「──」

芳打了個顫，一時間答不上來。

她聽得到靈魂、感受得到靈魂，甚至有時候看得到。

靈魂偶爾會如雪花般在空中滯留，有如一團飄浮的白霧，在半空中散發出柔和的微光。她向來喜歡凝視著那樣的它們。但是再怎麼說，那都不算形體，更不可能會是人形。

「快跑！」約翰更先反應過來大吼。

芳還沒開口，約翰便用力抓住她的手腕，力道很大，把她的手捏疼了，但是約翰臉上驚恐的表情更讓芳害怕。她被迫跟著奔跑起來，以極快的速度回到工廠，接著芳幾乎是被約翰以粗魯的動作甩進工廠內，讓她差點跌坐在地。

「怎麼回事！」她努力穩住腳步，回頭對著約翰大喊。

只見約翰用力將門鎖上，喘著粗氣貼在牆壁旁，掛在門口旁的獵槍被他迅速取下，緊緊握在手裡。裡頭只有空包彈，不過對於威嚇野生動物來說已經夠用了。

「有人在樹林裡。」約翰側身躲在窗戶旁，指尖微顫地將獵槍上膛。

「不可能！樹林在靠山的這一側，想要躲在那裡，至少得先經過工廠入口、穿過停車場，但是雪地上沒有任何足跡——」

「乓！」俐落的槍響打斷芳的驚呼。

她摀起嘴不再說話，而是看著落地的彈殼抽氣。

過了一陣子，約翰目光冰冷地瞪著窗外，彷彿那站的不只是人影，而是什麼更加凶猛的野獸。可是，他的表情卻十分洩氣，聲音也乾澀起來。

「芳，過來。」

「什麼？」

「妳來看。」他緊盯著前方不敢鬆懈，「外面還有人嗎？」

芳蹲著身子來到窗戶邊瞇著眼，她努力看穿那片黑漆漆的樹林、積著薄雪的停車場，以及任何可能躲著人的死角，但是什麼都沒有。

「我沒看見任何人或動物。」芳不安地打量他的表情。

約翰低聲咒罵幾聲，槍口頹然垂下。

他該說什麼呢？或許這就是他與林芳之間最大的問題。

那道黑色的人影此刻正安靜地佇立於雪上，就在約翰肉眼可見的位置，保持著一定的距離觀察著他們。從剛才開始，那道黑影就沒有離開過，散發著讓約翰毛骨悚然的恐怖氣息。

他冒著冷汗，與那片黑暗對望。

由於沒有月亮照耀，現在外頭一片漆黑，唯一的光源只有工廠窗戶透出去的燈火，黑影靜止不動，彷彿照在雪地上的燈光形成一道禁止跨越的界線。它輕輕喊著約翰的名字，除此之外沒有任何動作。

那道從黑暗中飄來的聲音，那個清楚喊著他名字的聲音。

約翰、約翰、約翰……

「約翰，你還好嗎？」芳低聲詢問。

「沒事。」約翰一身冷汗地轉過身來，將獵槍掛回牆上。

「你看起來才不像沒事，聽我說，我一直……」

「我得睡了，以後別再找我晚上出門。」

「約翰。」

「夠了，管好妳自己的事就好。」他無視芳擔憂的眼神，努力擺出平常的表情，就連口吻也刻意地惹人生厭，希望這樣能讓芳讀不出他的內心。他不想讓芳知道自己的感受，光是要開口就已讓他反胃。

芳的表情像是被揍痛了，她吐出嗚咽，接著也賭氣回答：「好吧，隨便你。」

約翰一點也不覺得愧疚，他現在只想無視這一切，等麻煩自己消失，不管是芳關切的表情，還是那道黑影，都一樣。

他們分別走向不同的房間。

疫情爆發前八年
林芳十二歲

我是教會的孩子。

大家是這麼說的，包括我的親生父母。

由於政府只承認地球教，所以孩童剛出生時就會被帶到教會舉行祝福儀式，正式登記人口之餘，也由父母代表宣示加入教徒。

而在這些孩子之中，教會會挑選出具有潛質的女孩，鼓勵父母將其送往荷米市的教會進行培育——拋棄父母、拋棄家庭、只為教會與世人奉獻——如果能夠被選為「女巫」，這對孩子來說更是莫大的榮耀。

……這樣說似乎還太委婉。

因為我早就知道了。

我是為了成為女巫而出現在這裡的。

「林芳，下來。」

一個沙啞又尖細的聲音從我背後赫然出現，有如蛇的吐信。

我故意無視那個聲音，加緊動作爬上書櫃，腳尖在櫃子上踮了起來，只為了伸手拿到放在最上層的書。初級電磁學、近代物理實驗、火箭工程圖集……我要選哪個？

我看著最上層的幾本書目發愣，指尖也在半空中停頓。

「下來。」那個尖銳的聲音再度響起，而且比剛才近了一點。「這是長老的書櫃，不是妳可以亂翻的。」

「長老說這裡的書隨便我看的。」我沒時間回頭，於是扯開嗓子大喊。

「長老是說閱覽室的書吧？」

「才不是。」

「別以為妳年紀小，我就會原諒妳說謊。」我腦中的那條蛇張開血色大口，露出威嚇性的毒牙。「我再說最後一次，給我下來。」

奇怪，我說的明明是事實，為什麼當我每次進來長老的書房時，她總是要來阻止我？我賭氣似地不理她，但這顯然是個錯誤的決定，你永遠不能背向自己的敵人——很可惜當時的我並沒有學會這個道理。

她輕易從後方環抱住我，將我從書櫃拖了下來，她的雙手細得只剩骨頭，像兩根粗棍子緊緊扣住了我的身體。即使我試圖喊叫，她也不肯放手。

「放開她吧，琴。」

就在這個時候，我的希望出現了。

阿瑪迪斯長老帶著兩名隨侍出現在門口，微笑地朝我們伸出了手。

「可是長老大人，她……」

「她既然是教會的孩子，教會裡的一切都應當為她開放。」

那雙手應聲鬆開了。

我跪坐在地上，終於有辦法回頭看清楚這兩人的表情。

琴穿著深色的教會長袍，她是個面容削瘦、身材也瘦若枯枝的中年婦人，每次走路都像是要隨時被風吹走似的。我都懷疑她吃的飯是不是伴隨訓話聲一起噴出來，琴就是這樣，總會用高昂的嗓音對我們這些孩子指指點點，日以繼夜地不曾停歇。尤其是對我。

但是阿瑪迪斯長老就不一樣了，長老永遠帶著溫柔的微笑凝視著我們，好像沒有什麼事情能夠動搖到她，宛如平靜又廣闊的大海，眼神中藏著深遠的智慧。一看見阿瑪迪斯長老出現在這裡，我頓時鬆了口氣。

「大人，這是您的資料室，萬一林芳將這些書破壞了怎麼辦？」

「我才不會！」我知道現在正是我該出聲的時候。「我只是想看火箭的發動機設計圖！」

「與其想著設計圖，妳更應該多學學基礎禮儀跟神學歷史。」琴不滿地說。

「我不想再聽那些基礎課程了。」

「妳在說什麼！基礎課程才是最重要的根基啊！」她誇張地尖叫，我摀住耳朵。

事實就是事實，我只是說出來而已。

但她的表情好像我做了什麼罪大惡極的宣言，我瞪著她，胸口鼓脹著一陣狂烈的憤怒。

「琴，讓我來吧。」長老揮了揮手。

「她必須明白自己的錯誤，大人。您千萬不能寵溺這個孩子。」

「妳說的這個孩子，是在火箭技術與科學課程中拿下滿分的天才，她對這裡的書產生興趣也是很正常的。」

「就是因為這樣才不能寵溺。」琴無法認同地別開視線，「大人，請恕我先告退。」

琴在長老的允許下離開了房間，而我還跪坐在原地，故意表現出似懂非懂的模樣。

但我很清楚她們在談論的是什麼，那些大人的話題總是圍繞在我的智商上。我理解很快、能夠提出問題、能夠在最短的時間內做出一個動力模型、喜歡的科目永遠保持滿分、我將會是最年輕的女巫、我能夠代表荷米市、我是得到恩賜的天才。

難道所謂的大人，我是說，大部分的大人，就是只會想著這些事情的人嗎？

我花了很久的時間，才明白原來不是每個人都在乎科學、在乎火箭技術的不完善，或是在乎宇宙的遠方存在著什麼東西。當我意識到這點以後，這些人就不太容易勾起我的興趣了。琴就是其中之一。

「孩子，妳想看設計圖？」

此時，長老的目光終於回到我的身上。

我熱切地點頭。

於是長老從最上層的書櫃中抽了一本給我，真令人驚訝，那是一本手工書，裡頭整理了歷代技師與長老留下來的繪圖筆記，並將這些工程圖重新繪製；每個火箭部件都拆解開來，依照火箭型號的順序排列。我眼睛一亮，立刻翻到書背，上頭寫著「阿瑪迪斯」。

我輕輕抽著氣，瞬間抬頭望向眼前的人。

「我可以……借走嗎？」我小心翼翼地捧著書本，就連聲音都有些顫抖。

而那本書的作者，正彎起布滿紋路的雙眼，輕輕摸著我的頭。

「妳想成為女巫嗎？」

「想。」我毫不猶豫用力點頭。「我喜歡火箭。成為女巫就能參與火箭製作，也能進入會議看那些最新的發明；還有，我能夠參加宇宙葬，能夠站在最近的距離看那些……」

「芳，」長老沉靜地打斷我的聲音，蹲下來直視我的雙眼。「只有技術和禮儀兼具的人，才有資格稱之為女巫。」

我雀躍的神情頓時黯淡下來。

來了，大人們總會把這句話掛在嘴邊。當我在其他課程中表現漫不經心，或是露出一點對大人反抗的態度時，他們就會搬出這句話來壓我，好像他們沒有別的辦法可以得到我的注意似的。

「但是，要能夠讓火箭飛得更穩定，技術肯定比禮儀更重要。何況就連女巫試驗也更注重技術與知識的分數，不是嗎？」我嘟著嘴說。

長老微笑著搖搖頭。「不，那是因為比起知識，禮儀的分數更難得到。在歷屆的女巫試驗中，很少有人能夠在禮儀拿到滿分。」

「怎麼會！禮儀不是很簡單嗎？」我歪著頭。「不就是走路的姿態、儀式的歷史與步驟，以及背誦禱詞而已？這些東西我已經全部記住了，可是妳們大人都堅持要我留在課堂上，要我一再重複相同簡單的儀式練習。」

「因為那些只是表面的形式，照著指示就能完成的事情，稱不上禮儀。」

我開始困惑了。

大人明明都是這麼告訴我的，為何只有阿瑪迪斯長老說的不一樣？

「那不然……禮儀是什麼？」

「女巫的任務除了傳承地球的歷史之外，更重要的是將靈魂送往宇宙，也就是主持宇宙葬。」長老舉起冰涼的手，貼覆在我的手背上。「禮儀是其中一種面對靈魂的態度，如果沒有對靈魂的本質充分理解，禮儀便無法發自內心。這是許多人無法拿到滿分的緣故。」

我愣了愣，沒有想到長老會提到這一點。通常，我會在老師授課時冒出許多想法，與他們的言論產生火花，但在長老的聲音面前，我的腦中卻是一片空白，只能純粹地當個聽眾——靈魂——我知道它們是人死後的不同型態，能夠感知到它們的存在，是成為女巫的前提條件。我能聽見它們聲音，或是感受到些微寒意，那種體驗稱不上舒服，不過我跟靈魂的交流僅此而已，所以也不會覺得困擾。據說極少部分的女巫不但能看見，甚至聲稱自己能夠觸碰靈魂，或是承載靈魂的意念。

我大概一輩子都無法達到那樣的體驗吧，但是不論如何，女巫的存在就是要幫助這些靈魂，唯有這點無須質疑。

——靈魂必須抵達宇宙才能獲得幸福，而火箭是唯一能夠幫助它們的辦法。

至於為什麼會有靈魂？為什麼要抵達宇宙？為什麼火箭能夠幫助它們抵達宇宙？並非我不想理解原因，而是所有的教會人員都只會回答「這就是奇蹟啊、這就是人類最特別的地方啊」。

奇蹟與獨特性，這對我來說並不算是答案，只是他們不想深究的藉口。奇怪，難道大家都不想去理解真相，追求未知的事物嗎？

「所以長老已經理解靈魂的本質了嗎？」我眼睛一亮。「請告訴我，我也想知道。」

「這需要花上很長的時間，我們可以慢慢來。」她沒有正面回答，而是很輕地點了個頭。「以一個十歲的孩子來說，妳有著超越同齡孩子的智慧。不過，一下子要理解這些，也會是很困難的事情……」

「不，我可以。我辦得到。」我在這瞬間做出決定。

「……很好的回答，」長老似笑非笑地看著我。「那就先從好好上基礎課程開始吧？就算是乏味又單調的內容，只要重複做上五十次，也會產生新的意義。」

我不確定那時候長老究竟是真的要教我，還是為了讓我乖乖坐在課堂裡的巧妙謊言。我只是有一個純粹的念頭，而那個念頭使我無所不能。如果連火箭這種複雜的機械都能夠理解的話，我一定也能夠理解「靈魂」吧。既然我辦得到，也知道該怎麼做，那就沒有理由不去做。

——因為我，林芳，是立志成為女巫，也必定會成為女巫的人啊。

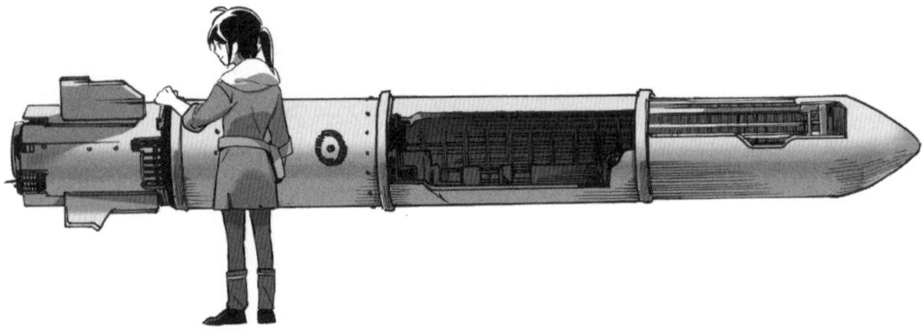

火箭13號

火箭13號製作中
目標零件：金屬廢料

「這些醃肉應該夠了吧。」

「再多拿一點罐頭嗎？不行，這樣太重了。」

「不管是住在家裡還是工廠，定時過來搬糧食實在挺麻煩的。」

「有卡車的話就好了，但是我又不會開車，話說回來，芳會開車嗎？」

「我想她不會。而且就算會，她大概還是會叫我來搬，因為她要忙著做火箭。」

「只要有我在，她就能沉浸在自己喜歡的事情裡，很輕鬆，對不對？」

「……喂，說真的，她這樣也算是女巫？」

約翰回過神來，才發覺自己又在對著空氣喋喋不休。

跟芳已經相處了兩年，他仍改不掉跟自己說話的習慣。不過自從被芳看見自己對著牆上的塗鴉說話說到發脾氣，他就盡可能地收斂了。但是偶爾，自己一個人出門的時候，他還是習慣發出一點聲音，確認自己的存在。

現在，他站在馬可夫小鎮唯一的警察局內，看著那些只剩三分之一的罐頭。撿拾完芳需要的金屬廢料以後，他就趕緊來到這個小樹林包圍的紅漆磚房內，補充工廠的存糧。

警長德雷斯將警局的倉庫清空，好將所有的空投糧食存放在裡頭，上鎖保管。德雷斯巡視跟休息的時間都很固定，約翰後來也很習慣在固定的時間去領取罐頭。

即使後來這個小鎮一個人也沒有了，約翰也還是會走到櫃檯面前，「我來借鑰匙了」，他會這麼說，然後進入倉庫拿取一個星期的分量，再將鑰匙放回櫃檯的抽屜裡。

這十年來他一直都是這麼做的。

「我走了。」

他掂了掂沉重的背包，將鑰匙放回抽屜。

然而當他抬起頭時，視線不經意地往櫃檯後方望去，僅僅是那麼一瞥，便看見了一個意料之外的東西。警局內的格局小又簡陋，因此接待櫃檯後方就是辦公桌，一個警徽躺在積滿灰塵的文件桌上。他不記得以前見過那東西擺在桌上過。話說回來，他以前也不會特意研究文件桌上有什麼。

別過去。直覺這樣告訴他。

但是有時候——或者說自從約翰感受到靈魂的存在之後——那些不經意的視線往往會讓他發現些什麼。有一次是娃娃、一次是錄音機、遺書、鑰匙圈……還有上次的宇宙葬感謝獎盃，明明是深埋在塵埃之中無數年都不曾察覺的遺物，約翰就是能夠循著乍現的靈光找到它們，然後將它們帶回工廠。

那些巧合總是別具深意，而他也是在事情發生了以後才明白。

這次的情況或許也是如此，等自己回過神時，他已經撥開斑黃的紙頁，拾起那枚充滿鏽蝕的警徽。上頭有著雕刻出來的星星圖案，以及德雷斯的名字。

他顫慄地抽著一口氣，腦中浮現好幾個畫面。

黑暗、樹林、雪地、甚至是昨天出現在工廠外的那團黑影。

「為什麼在這裡？」約翰想也不想地開口。

就在他脫口而出的瞬間，一股熟悉的寒意從大門入口撲來，或許是風吧，警局的雙拉門在好幾年前被吹壞了，無法完全關緊。約翰握緊警徽離開警局，但是當他走出大門後，卻又忍不住回頭查看這棟建築，紅白相間的磚房仍保持完好的外型，看起來並不像荒廢，只是沉睡了似的。他踩在泥土地上，直到風又帶來熟悉的聲音。

「……總是為了別人四處奔波……」

約翰記得在哪裡聽過這句抱怨，於是脫口喊道：「雪菈阿姨？」

聲音沒有回應，而是隨著冷風遠去。

他這才想起來，自從警長的太太雪菈死後，警長就不戴警徽了。或許讓約翰找回警徽，正是雪菈阿姨的願望吧？

「可是都這麼多年了，阿姨妳才……」

約翰原想說點什麼，卻只哀嘆地呼出一口氣，話來到嘴邊又默默收了回去。

真蠢。他怎麼能確定雪菈的幽靈就在這裡？就算有吧，他難道還期望死人來跟自己聊另一個死人的事？他下意識捏緊警徽，手掌刺痛不已。

「如果真的是雪菈阿姨，想說什麼自己去說不就行了？」

「不是都已經死了嗎？不管是妳，還是警長……」

他說著，一股巨大的情緒湧上胸口，他不確定那是什麼，只覺得難受。約翰將警徽隨手收進大衣口袋，接著一甩背包便跨步走開。

——即使芳強調靈魂真的存在，他始終無法完全相信。

所謂的靈魂，就只是個連話都無法回應、只會成天說著相同話語的東西嗎？那還算是靈魂嗎？真的能夠完全代表約翰所認識的人嗎？如果這些聲音無法代表死者，那豈不就只是單純的噪音罷了？

他原以為見到女巫之後，就能獲得這些問題的答案，偏偏連芳也答不上來。昨晚的黑影就是例子，即使兩人貼近在一起，也看不見相同的景象。

「算了，不需要思考這種事吧。」

他抓抓頭，離開那被茂密樹林環繞的警局，重新回到大路上。杉木根淺容易密布，在無人管理的情況下，樹木輕易越過原本的邊界，將廢棄的建築物吞食，不放過任何一點空隙，侵蝕著約翰所熟悉的城鎮印象。

約翰沿著最大一條的公路走回工廠的方向，這些路若不是鋪上柏油，大概早就化為森林的一部分了。餐館、五金行、合作社……他走在本該熱鬧的商店街上，一一細數這些半埋進樹林間的建築物，童年的記憶不時跳出來與現實比對。

就在他沉浸於回憶之中，即將轉向偏僻的上坡山路回到工廠的時候，周圍的聲音又開始變多了。

「……約翰、約翰……」

彷彿好幾個人在同時說話，像是一群人站在街邊對著他吆喝。

「幹什麼？」他不自覺聳起雙肩。

「……這裡、來……火箭……」

「夠了！想說什麼就快說，別只是喊著我的名字！」約翰冒出冷汗，不知不覺間，周圍又出現了好多聲音，有遠有近，像是從遠方飄來的吶喊，又像是直接對著腦袋講話。「呃……！」他冒出冷汗，身體或許是過於緊張而感到不適。

感覺真的糟透了，他好想快點回去工廠，找到芳，然後……

「……沒錯，快回到工廠……」

靈魂的聲音正中約翰的心聲，他卻更加反胃。

腦中赫然湧出一些畫面。

年幼的自己走在街上，人們站在自家的商店門口，不斷問他火箭的進度、父母的狀況、宇宙葬能否順利。即使明明知道在孩子身上得不出答案，這些人卻還是像要讓自己安心下來，質問的聲音不斷追著約翰。如果他開始奔跑，那些聲音就會追得更緊。

火箭，宇宙葬，工廠。彷彿約翰永遠甩脫不了這些事物。

「該死！」

他腳步開始急促。

就像以前一樣，他又要被同樣的問題糾纏了，如果甩不開這些靈魂，他知道自己將會一輩子活在陰影底下。

「……宇宙葬……還沒好嗎……」

靈魂的聲音窮追不捨，他啪噠啪噠地跑了起來，快步踩在溼冷的路面上。得快點回去，那個有芳在的地方。

他喘著氣，來到上坡的岔路口，他幾乎沒有時間猶豫，選擇了短而快的小徑，只為了能以最快的速度將靈魂拋在身後。

「……這小子老是這樣……」

「……根本沒有檢討……」

聽見那句話，約翰頓時緊揪著胸口。

他赫然停下腳步，氣憤地回頭瞪著空無一物的坡道，卻不知道自己為何氣憤。

「給我閉嘴！」

他貼在上坡路的岩壁前稍喘口氣，忽然聽見頭上傳來嘎吱作響的聲音，就夾雜在靈魂竊竊私語之間——由於那金屬摩擦的聲音太過突兀，約翰豎起耳朵的同時也警覺地抬起頭來，才發現身後的岩壁上方有一排小型風力發電機，是他上次切下葉片的地方。

其中一臺風力發電機的機身已經傾斜，久未保養的發電機脆弱無比，如今終於承受不住重量，基臺最後能支撐的螺絲彈起，使整臺發電機直朝約翰的方向墜落。

約翰頓時忘了呼吸。

如果他錯過了那短暫的一記聲響，或許他就不用再思考如何回到工廠的問題了。

在胸口狂烈跳動的同時，一股風往自己撲來。他拔腿想逃，但已經為時已晚，索性伸手護住頭頂俯身跑開，盡可能拉開安全的距離。

天色似乎在這一瞬間暗了下來，葉片發出巨大的撞擊聲響，緊接著葉片碎裂至四處，冒出零星的塵煙，巨大的機柱也橫躺在道路中央。

世界恢復了安靜。

約翰心有餘悸地看著那座風力發電機。

他知道這裡並不是正規的大道，而是為了維修發電機方便的山間小路，而且也方便通往火箭工廠。為了能在夜晚前回去，他有時寧可冒險走這條路，如今親眼看見發電機倒場，約翰第一次為自己的苟且心態感到懊惱。

他將視線掃向那排風力發電機的同時，原本倒場的位置站著一道黑色的魅影，只有那麼一下，當約翰眨眼想再看仔細時，那道黑影又消失了，只剩耳邊仍殘存的呼喚。

「……約翰……」

「不要開玩笑了——！」

他咬牙大吼起來。

因為不這樣做的話，他無法壓下內心的恐懼。

約翰回來了，而且心情不太好。

芳即使隔著一道總裝室大門，她也清楚聽見了約翰回到工廠的宣示。

若不是他今天走路的步伐特別沉重急促，她可能還不會注意到。不過，也可能是約翰刻意想讓她聽見也不一定，然而讓芳確定約翰心情不好的關鍵，是他一走進來就將背包用力拋下，罐頭似乎從開口處滾落，地板到處都是喀啦喀啦的聲音。

噢喔，這肯定非常不好。

芳摘下護目鏡，本能地轉頭望向總裝室門口，等待約翰的出現。畢竟這種情況下，隨之而來的多半會是那男人的各種抱怨，與其說做好心理準備，不如說她自己也有點反射動作了。

不過接下來的卻是寂靜無聲。

是回到自己房間了嗎？芳冒出疑惑，於是脫下工程手套，暫時結束手邊的工作——反正今天已經燒壞一條電路，她也不期待火箭在這星期內能有什麼進展。

她穿過靜電處理間，打開鐵門上的機械鎖，探頭望向安靜的走廊。走廊上還有好幾個隔間，分別是餐廳與他們兩人各自的寢室。芳首先往工廠入口的方向看去，果然，罐頭還在水泥地板上無辜地轉動身軀。

她走過去將罐頭撿了起來。

豬肉口味，當然了。哪次不是呢？

就算芳不在乎味道，日復一日地看著相同的圖案還是會感到厭煩。

「約翰？」

她手裡把玩罐頭，並站在原地等了一會兒，只不過這份沉寂也在預料之內。約翰大概是窩在房間裡發脾氣了。

她沿著鐵皮牆來到最底端的隔間，用餐區跟工具架由於堆滿雜物，兩個本該明確劃分空間的界線早已模糊，讓芳感到意外的是，約翰並沒有回到他的寢室，而是在倉庫內踱步碎碎念。

她之前就說過約翰這樣很不正常。

當然，她說那句話的當下是因為約翰正在對著書櫃發脾氣，好像那些書會自己飛起來揍他似的。此刻站在芳眼前的約翰，比較像是急切地想要尋找什麼，又沒有個確切的目標，於是只能不斷在原處徘徊。

「為什麼……那個黑色東西到底想要什麼……」

芳困惑詢問：「約翰？」

「到底是誰……」男人無視她，持續著與自己的對話。

她正想出聲打斷，卻又覺得自己不該介入，以免被那股躁動不安的情緒波及；約翰也像是沒注意到芳的出現，伸手在鐵櫃上東摸西摸。

「肯定不是他。」約翰放下木製火箭模型，摸向另一臺拾荒回來的收音機。「不是。」接著又轉身蹲了下來，盯著一面約一公尺高的石碑前。

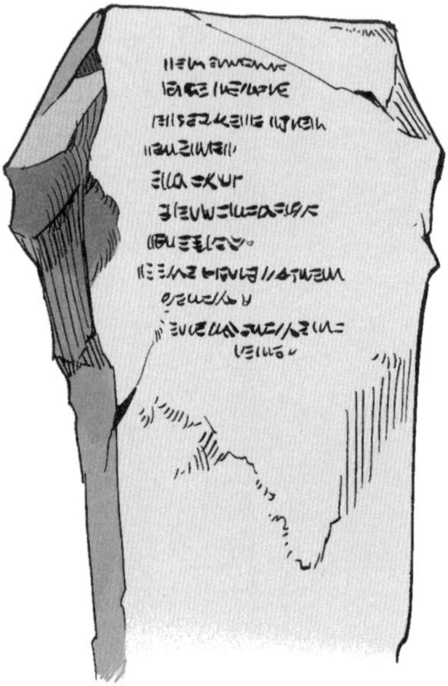

這次約翰看了很久。

芳再也按捺不住好奇心，悄悄走到約翰身旁。她偶爾會注意到那塊石碑，上頭刻著許多人名，卻沒有在石碑上註明用途或目的，反而讓人感覺可疑。約翰嘴裡喊過許多人名，接著抄起一旁的布擦拭那塊石碑，仔細一看，他連毛帽與圍巾都還沒脫下。

「我第一次看你整理石碑。」芳故作悠哉地從旁開口。

「只是順手整理一下，看他們會不會少煩我一點。」約翰並沒有明顯反應，這男人大概早就注意到芳，沒心思理會她罷了。

「等發射火箭以後，我相信會的。」

眼見約翰的反應沒想像中糟糕，她不禁放鬆下來，口氣也恢復平常的悠哉，完全不理會約翰皺眉的表情。

「我想說的不是那個。」

「那不然是什麼？」

「黑……」約翰的聲音迅速微弱，接著他搖搖頭，「算了，沒事。」

她安靜地等了會兒，見約翰不想再提，於是決定換個話題。「上面好多名字。」

約翰像是忍著怨氣，安靜地嘆氣了幾聲，才強逼自己重振精神開口：「都是工廠的人，在南遷以前，有不少人選擇把名字留在這裡。」

「為什麼？」

「宇宙葬停辦後，教會的人就勸我們這麼做。回不了銀河，至少回得了生前的故鄉。」這時，約翰才側眼看了芳，神情裡有著無法捉摸的情緒。「……我還以為妳知道呢，女巫。」

「抱歉，你說的那些大概是我冬眠後的事了。」芳撇撇嘴，盡可能不讓那帶刺的稱呼方式影響自己。

「嗯哼。」約翰不在乎地聳聳肩，將視線移回石碑上。

芳低頭吐出思索般的沉吟。老實說，她並不擅長面對約翰。但是看著那面石碑，起碼還有件事是她曉得的。

「約翰，方便讓女巫幫個忙嗎？」她露出溫暖的微笑。「哪怕是疫後的女巫，也有她應該履行的職責。」

約翰顯露出困惑，但沒有明確拒絕。於是她雙手緊握成拳，清了清喉嚨，接著唱起教會所教導的歌。

那是一首牽引靈魂至應許之地的聖歌，歌詞提到受盡苦難與折磨的肉體，以及璀璨的死後世界。

有那麼一個地方，終會讓人們釋放悲傷，獲得永恆的寧靜。

她很久沒有唱這首歌了，而且聲音因緊張而微微顫抖。但是很快地，她感到自己被溫暖包圍，靈魂的呢喃彷彿與她的聲音共鳴，交織成和諧的音調。

就連約翰也訝異地看著芳，雖然他的眼神仍帶著一抹陰影，對芳卻已不再態度帶刺，而是靜靜地聽完。

當她唱完最後一段，約翰對她輕輕點了點頭，神情也嚴肅起來，那是約翰最接近鼓勵的表現方式。

「願生者得以安慰，靈魂得以安息。地球在上，朋友們，希望我們未來於銀河相見。」芳回望著他，柔聲說出最後的禱詞。

他避開那道視線，拉低毛帽的帽簷，躲回自己的陰影之中。「芳，火箭成功後我真的就不會看見徘徊的靈魂嗎？」

「我說過，宇宙葬肯定能將他們送回銀河，何況你不是火箭工廠長大的小孩嗎？如果不是因為這樣，我們火箭製造的過程也不會如此順利。」

「我可從來沒有想當火箭技師，而且我最討厭的就是火箭跟宇宙葬。」他白著眼撇撇嘴，「要不是一直被這些靈魂糾纏，妳可別想我會幫忙。」

「你又在說這種話了……」

「我的態度一直都很明顯吧。」

「也是，你不想做其實也無所謂，反正晚一天火箭完成，多一天靈魂糾纏。」她攤手。

這句話顯然成功戳到約翰的痛處，他仰頭怒瞪著芳，氣急敗壞地大罵：「喂！哪有妳這種女巫！」

「我走啦，大廳還有一地的罐頭等著收拾呢。」

約翰咬牙，在她即將轉身離去的時候喊住她：「芳！」

「幹麼？」

他糾結地咬著嘴角，猶豫了會兒才重新開口：「妳說靈魂都期待我們完成宇宙葬……那還會有想要傷害我的靈魂嗎？」

芳震驚地停下腳步，表情難看地瞪大雙眼，模樣顯得有些措手不及。

「發生什麼事？」她急忙走回約翰面前追問。

他臉色陰沉。「先回答我的問題。」

「靈魂不會傷害任何人，它們只是想訴說思念、它們是……唉，約翰，還記得我說過的話嗎？如果你真的覺得困擾，那就記好靈魂活動的範圍，他們通常有地域性，只要你不貿然靠近……」

「我知道，所以我在地圖上都會做記號。」約翰主動煩躁地為話題總結打斷芳的聲音。「但是……算了，就這樣吧。」

「約翰，我一直想問你——」

「我沒事，就這樣。」

面對約翰再次強硬地結束對話，女孩嚥著唾沫，胸口頓時一悶。

「好吧，你要來看看火箭嗎？」她只好趁機拋出新的話題。

「還看？我才剛回來，先休息一下再說吧。」

芳的眼神閃爍了一下，「是沒錯，不過這次……」

「妳那是什麼口氣？」約翰瞪著眼前的人，發出煩躁的低吟。「啊，不會吧，妳又搞出什麼狀況來了？」

「是線路的錯，它們太容易接錯位置了。」

「妳真的是女巫？」

「我當然是！你聽好了，女巫可是身兼技術與禮儀——」

「所以我才懷疑，因為我兩者都感受不到。」約翰冷冷打斷，他伸手拍了拍芳的肩膀，然後逕自走向走廊。「走吧，去看看火箭再說。」

芳跟在他身後，不自在地瑟縮起雙肩。

約翰如果想要擺脫靈魂的糾纏，只能將希望放在宇宙葬上，也就是完成火箭。這的確是她想要引導約翰的目的，不過她的內心仍存在著一絲疙瘩。

身為女巫的她，確實親眼見證靈魂伴隨火箭飛升宇宙過。

宇宙葬能夠救贖靈魂，這是肯定的。

但是，若真的要問她是如何定義靈魂——就像長老和其他神職人員總是抱著神聖的想法，芳對它們也有屬於自己的解讀。

單調而純粹的執念、強烈的地域性，以及靈魂幾乎沒有超過一百年以上的存在紀錄，這些共通點讓芳不禁懷疑，所謂的「靈魂」或許只是人類曾經存活於世的一段「紀錄」。

曾經有人說過，魚在海水裡游過的軌跡會殘存一段時間，有些魚類甚至可透過那些軌跡捕捉其他魚類的活動軌跡，她認為靈魂大概也是類似的存在。是時空與記憶交疊出來的「活動痕跡」。

但是她從來不敢對任何人提出這件事。

因為這等於是否定死後世界的存在，更是否定宇宙葬渴望救贖的本質。

如果他們感受到的靈魂只是記憶的殘片，那麼真正的死亡又是什麼？火箭是否又真的能成功讓死者獲得救贖？長老曾經說會告訴芳答案……還有好多事她也未能明白，就被這個世界帶進了冷凍艙。

宇宙葬實際上能夠解放多少靈魂，或是真正解決約翰的問題，她也沒有絕對的把握，更別提在這樣的環境之中，她又能做多少次火箭？約翰從以往至今對她提出的那些質疑，她當然都想過一遍了。

即使如此，她也還是有非做火箭不可的理由。

如果被約翰看透她的遲疑或猶豫，或許就更沒有機會完成火箭了。

她深深呼吸著，下定了決心，然後挺起胸膛直視前方。

「上次帶回來的尾翼材料呢？」約翰大步走進總裝室，臉上明顯露出慍色，不耐地查看火箭體，雙手也在說話的同時戴上手套。

「因為跟以往的尾翼材料不同，我還在用電腦計算流體力學，才能決定厚度與大小。這段時間我想把ＩＭＵ（慣性測量單元）裝上去，結果後面的線就……」

「喔，我知道怎麼回事。」約翰思索了一會兒，指尖緩慢地捏著線路繞過火箭體狹小的空間，以芳未能想到的角度銜接起來。

「地球在上啊……火箭工廠的孩子果然不同凡響。」芳在後頭認真凝視，默默記下約翰的手法。

「我們工廠的主機跟市區結構不同，空間更小、線路也更緊密，喬叔有一次也犯了跟妳同樣的錯誤，所以我才有辦法處理。」

芳恍然大悟地微笑起來。「原來就是他！」

「妳認識？」約翰脫手套的動作停了下來。

「偶爾會跟他在工廠裡打招呼啊？下次我會親自謝謝他的。」

約翰不太自在地看了她一眼。

「妳還看見誰了？」

「有一個老是詢問我火箭進度的顏叔、一個會提醒我檢查滅火設備的艾力克斯、還有一個歌聲很好聽的凱特……」芳伸出手指細數，卻注意到約翰的表情驟然一變，他蒼白的臉頰迅速別開，一手抵在脣鼻處，發出哽咽般的粗喘。

她抿著嘴，知道自己不該再說下去了。

有道冰涼的風在身旁擦過，芳感受到它們存在，帶著溫暖的思念聚集在這裡，讓芳也不禁鼻酸起來。那是單純的生前記憶片段，還是為了回應約翰而特地出現的？

「該死，這太瘋狂了。」約翰在指縫中迸出脆弱的聲音。「這些都是妳自己查到的資料？還是他們的日記？妳是在哪……」

「約翰，他們都是真實存在的。」芳輕輕頷首，無視自己內心的微小質疑，對她來說，約翰想聽的話比真相更重要。「要跟我聊聊他們的事嗎？」芳手心朝上，像是要握住約翰，又像是在小心地觸碰那些靈魂。

「在『他們』面前？」約翰垂下手，苦澀地勾起一抹笑。

「或許這樣更好。」

他偷偷吸著鼻子，表情稍微有了點精神。「去餐桌聊吧，我餓了。」

「很好，那我們真的得去撿起那些罐頭了。」

於是兩人同時輕笑起來。

春季的強風颳著鐵皮與窗戶，發出陣陣呼嘯。

他們經過窗邊，外頭的樹搖晃得厲害，不明的黑影好像躲在其間，又好像只是激烈搖晃的樹影，距離太遠了約翰無法分辨。他本來是回來察看石碑上的名單，想找出那個黑影的身分，但現在約翰確定了一件事——那個黑影的聲音，聽起來彷彿是在空洞內縈繞的回聲，像男人的嗓音，也同時像女人，是一個人，也像是好幾個人同時說出來的。

他很肯定，世界上沒有任何一個人——甚至靈魂——能發出這樣的聲音。

約翰不願細想，卻又忍不住一直在意。

或許等到火箭發射之後，所有事情都能夠找到解答吧。

疫後三年
約翰十一歲

我覺得今天又變得更冷了，簡直不像以往的春天。

自從報紙寫著天氣控制衛星失靈以後，下雪的日子開始拖得更長，有時不只春季，連夏季都偶爾能見到雪花。

我討厭冷天，但如今要甩脫這股低溫是不可能了。

母親注意到我搓揉著雙手、微微抖動身子的行為，她低下頭摟住了我，將我的身體往她靠得更緊些，然後慢慢往人潮走去，與其他鎮上的人們靠在一起。

「這樣就不會冷了。」她吐著白霧，對我露出溫暖如故的笑。

「這時候大家還出門不危險嗎？」我忍不住問。「媽，我想回家。」

「很快就好了，我們聽聽鎮長要說什麼。再忍一忍，好嗎？」

我還想再說些什麼，不過周圍的氣氛讓我很難開口。

大家在寒風中圍繞著鎮中心的廣場，熱烈地交頭接耳，彷彿這股冰冷無法阻止他們的熱情，他們似乎都知道自己為何聚集在這裡，只有我不知道。

不，麥克跟珍，以及其他同學應該也不知道。

再怎麼說，我也已經十一歲了。

我，以及其他的孩子，都與這些大人不同，他們沒有在這個年紀見識過城市的毀滅，沒有被未知的病毒肆虐。自從學校停課以後，我們只能回家自習，有的投入小鎮服務，有的被迫去父母的工廠工作，也有的跟著父母搬家而離開了我們。

至於我呢，當然還是去火箭工廠工作，不全是自願，畢竟他們人手實在不足。

我和大人們穿著同樣繡著工廠標記的粗布襯衫，跟他們吃著相同的伙食，學他們用粗魯的口吻說話，然後努力學習金屬旋壓、切割、焊接等技術。

我本來以為進來工廠工作，代表我能和大人們站在同一陣線上，用同樣的語言說話，可是工廠的人仍將我視為孩子，彷彿我是別的物種，不是夥伴也不是朋友。偶爾、不對，經常，他們會走到一旁嘰嘰喳喳地談論新聞，然後將我伸手推開。

他們還以為我對這個世界的變化一無所知，這真是愚蠢的想法，光是小鎮正式停課就讓我們這些孩子全明白了。

如果不是出於必要，大人們才不會讓學校停課，他們巴不得所有小孩都滾去上學，交給老師接受良好的教育，才不會三天兩頭就把父母氣死。停課是最最最嚴重的大事。肯定的。

但是每次我想要參與，想知道這個世界究竟發生了什麼事，這些大人又總會用「你只是個孩子」的藉口拒絕，然後想盡辦法表現樂觀，卻都只是在演給我看。一邊說著會沒事的，一切都沒問題，然後轉頭繼續拍著報紙，怒罵政府，怒罵這越來越冷的氣候。

——**沒問題個屁**。

「老師不是交代你們每天都要寫字嗎？或許你可以把今天的事情寫在日記上，對嗎？」或許是看見我的陰沉臉色，母親微笑著安撫我，接著又往廣場上的看臺望去。「喔，孩子你看，鎮長要說話了。」

我看不清楚臺上的狀況，只能透過人群的隙縫間，勉強看見敲打擴音器的鎮長。在反覆的試音之後，鎮長終於能夠順利說話了。

「很高興小鎮的人能夠齊聚一堂，我們都知道，目前東亞共和聯邦已經瓦解，荷米市上個月封城，馬可夫小鎮如今也不得不自治，但是……」

鎮長說了很多，我卻開始恍惚。

這些事情我都聽說過了，即使我這時還不明白「瓦解」、「自治」、還有「千萬人死於病毒」背後真正的含意，當數字超過一千之後，對我來說那都是「很多很多」的意思。

總之，這些都是很糟糕的字眼，但我不知道自己該不該害怕，因為大人們還是保持著笑容，對鎮長的話發出熱烈的應和。

「——宇宙葬將由馬可夫小鎮執行！」鎮長高舉起手，終於宣布這次集會的重點。「我們會獲得更多政府的支援，因為我們是疫情最穩定、火箭技術也最完善的小鎮！這份義務將落在我們身上！」

我深深呼吸起來，內心還在驚訝著。

如果是這樣，最近工廠大概會接到滿天飛的訂單吧，光憑我們一個小鎮就要拯救全國的靈魂？不妙，這代表我肯定得超時工作了，為什麼我在工廠都沒聽說這件事？

鎮長還在臺上口沫橫飛，我忍不住豎起耳朵，聽著這個讓人激勵的消息。接著，一名熟悉的身影走上臺，是教會的祭司彼得，他走到鎮長身邊，接下那座沉重的感謝紀念盃。所有人開始拍手。

我的身子卻發冷起來。

「接下來我們會全力製作火箭，一架完全屬於馬可夫的火箭。」

彼得老祭司抱著那座紀念盃，接過鎮長的擴音器低聲宣布，說著那種根本不可能辦到的話。

在一旁摟著我的母親也順從人群發出小小的歡呼，我終於知道自己為什麼要被迫參加集會，因為這是為孩子們演出的另一場戲，我若是不來看就沒有意義了。

「約翰，快拍手。」母親的臉頰特別紅潤，情緒比我還要激動。

我兩眼發直，聽話地用力拍手，深怕大人們得不到他們想要的反應。那些人就站在臺上，堅定無比地凝視前方，像是要向我們傳達他的意念。

——**沒問題的，孩子們**。

——**我們沒問題的**。

回家後，那天晚上是我第一次在心中呼喊地球的名。地球在上。我想試著相信一些虛無縹緲的東西，來說服自己也能相信眼前真實發生的虛假。

我們沒有足夠的燃料，沒有電腦運算元件與高階設備，人力從哪裡來？專業人才從哪裡來？更別說經費，誰要在疫情告急的情況下撥錢做火箭救那些死人？火箭，就憑我們？

這些話可不是我說的，是工廠裡每一個人都在說。

自從新礦場爆炸以後，工廠光是能穩定做出外殼與發動機零件就很不容易了，更別說荷米市停擺後，這些材料連送出去都沒辦法，地球在上，這點道理連我都曉得，可是鎮長卻告訴大家要由我們主辦宇宙葬，建造一艘完全由馬可夫出產的火箭。

看著紀念碑刺眼地閃爍著光芒，這就好像你在學校什麼作業都沒有寫，卻已經上臺拿了優等生獎狀一樣可笑。

我有著極度不好的預感。我連忙閉上眼，害怕地用力拍手，拍到雙手紅腫、肌膚也開始麻木為止。

沒問題的。沒問題的。沒問題的。

就讓我們造一艘該死的火箭吧。只要造好了，死者便能得到救贖，生者也能從瘟疫之中解脫，這個世界會重新充滿希望，迎來那綠蔭遍地、百花齊放的溫暖春天。

大家會過得好一點，而我也會過得好一點……是啊，我只能這麼想。

——畢竟除了相信，我也不知道自己能夠做什麼了。

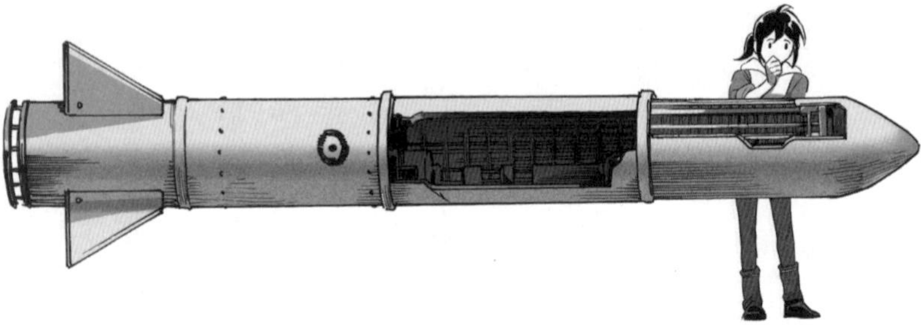

火箭 13 號

火箭13號製作中
目標零件：火箭機殼

約翰踢著地上鬆軟的雪，五官凝重地糾結起來。

自從第九號火箭之後，他像這樣出門尋找材料替補的次數越來越多了。

當然，這都是他早預料到的發展，畢竟工廠的零件可不會自己生出來，他唯一沒能預料的，只有芳越挫越勇的瘋狂鬥志。如果沒盡早帶回上次失敗的火箭十二號的機殼，芳的「善意提醒」大概會比那些惡靈的叨念更加恐怖纏人。

約翰並不想涉險上山，偏偏上次機體脫離的時候，電腦紀錄顯示在這個位置。

當搜尋結果顯示出來後，他大可讓芳自己去找，或者再找其他替代品就是了，可是自己唯一有所動作的，卻是套上雪靴、以金屬切割器割開通往山道的鐵柵欄，然後帶著簡單的行李與對講機出發上山。

「你要去山頂的火箭發射場？」

他沒忘記芳那驚訝到惹人厭惡的口氣，連帶著自己也心浮氣躁起來。

「有需要這麼意外嗎，女巫？」他坐在地上套著靴子，故意不看芳。

「感覺你就是不喜歡宇宙葬，或者教會活動會經常蹺掉的那種人。」

「謝謝妳喔，我是去拿火箭機殼回來的。」

「掉在那麼上面的位置？」芳安靜了幾秒，緊接著開口：「小心點，山區遇到冬狼就麻煩了。」

「妳會擔心？」他起身跺跺腳，好讓靴子更貼合一些。這時他才回頭看向芳，看向她臉上若無其事的微笑。

「這個嘛，多少一點點。」她攤著雙手聳肩。

「一點點。」他忍不住複述。

「畢竟這讓我感覺很好，你負責收集材料，而我也能專心打造火箭。多美好的互助關係啊，只要——」她滔滔不絕的調侃消失在約翰離去的背影中，「約翰！」這次，她終於發出急切的呼喚。

「一點點，什麼事。」約翰挖著耳朵輕哼。

「——謝謝你，早點回來。」

約翰懶得理她。反正芳能說的終究也只有那些，他早就料到了。

不做火箭，他就甩脫不了聲音的糾纏，這些都是早已知道的事情，但約翰就是不斷地想要抵抗這一切。他討厭雪、討厭火箭、討厭宇宙葬，他以為自己總是大聲喊出來了，卻又好像無法將這些聲音傳達給誰。

「認命吧，約翰，誰叫你遇到那個從來不聽人說話的怪女巫。」他嘆著氣，這樣告訴自己，接著大步邁開雙腳。前方有條山路直接與工廠銜接，他推開鐵柵欄門，開始執行今天唯一的工作，拾荒。

一推開柵欄，映入眼簾的就是前方岔路口的歡迎招牌，指示了發射臺與靈魂紀念廣場的方向。因為山勢本身並不險峻，而且非常平緩，也因此被馬可夫當地人稱為傻瓜山。

這裡正是當年馬可夫首次舉行宇宙葬的地方，除了教會跟宇宙葬祭壇，還有小鎮專用的小型二十二號火箭發射臺，不過這段路如今無人整理，只靠他們兩人是不可能將火箭搬運上來的，所以做好的火箭都會移到工廠外的試射臺進行發射。

他才剛要出發，就聽見靈魂在背後傳來嘻笑。

「……宇宙葬要的工具……」

「……就在前面……」

還沒出發就聽見他們的催促，還真是好的開始。他自嘲地想著。

「聽好了，如果你們真的想要火箭完成，就不要妨礙我。」有鑑於之前的經驗，他決定對那些聲音來個下馬威。「如果連話都講不清楚，你們還不如安安靜靜地等著，火箭的事情我自己會搞定。」

「……嘻嘻……」

幽靈們只留下一道淺淺的笑聲，旋即消逝無蹤。

約翰捏著一把冷汗，有時候實在搞不懂，這些東西究竟能不能溝通？

「是有沒有聽懂我的意思啊，這些傢伙。」

聲音消失，他回頭只看見奧伯斯工廠的招牌，吊掛在屋簷垂晃著。

約翰這才赫然想起，自己與芳第一次見面時，也是在現在這個位置。

那時候是春天的尾聲，只是風雪還未停，天氣也尚未完全回暖，約翰不曉得她在火箭工廠究竟躲了多久。他有很多天沒來工廠巡視了，若不是幽靈的聲音在耳旁異常地躁動，約翰大概也不會提早過來察看。

那時候，芳就是躲在柵欄附近的樹下。

「——幹什麼！」當時的約翰不曉得是害怕或是警戒，一個勁地朝女孩低喝，好像自己只記得這種粗魯的應對方式。「舉起手！慢慢走出來！」

「我沒有惡意。」那個樹林底下的小小人影說。「朋友，聽我說……」

她站出來一點，身上穿著不知道哪兒撿來的破舊大衣，尺寸明顯不合，黑色的長髮凌亂地披垂，映襯著她蒼白且消瘦的臉頰。她看起來沒有半點威脅性，但約翰不敢大意，只是晃晃槍口，要求她不准妄動。

「我才不是妳朋友。妳是哪裡的人？來這裡做什麼？」

她乾嚥著口水，才又接著說：「這裡是火箭工廠對吧，我看見招牌，所以才過來……工廠還能運作嗎？有沒有什麼東西……留下來？」

「早就荒廢了，說什麼瘋話！妳到底要什麼？」約翰厲聲說道。

「地球教……」她站在樹林邊緣，聲音幾乎被風雪模糊了，以至於每一個字都必須說得聲嘶力竭，才能傳進約翰耳中。「我是地球教的女巫……」

「宇宙葬都停辦十幾年了，什麼女巫？」他為女孩的話語冒出冷汗。

「沒錯，就是因為沒有宇宙葬，靈魂們才會纏著你。」芳冷不防說出這句話。

約翰頓時答不上來，只是靜靜打了個顫。他不該感到意外的，因為這陣子靈魂的騷動必定與她有關，這女孩不是普通的遊民或乞丐，她是抱著某種目的出現在這裡。

明明是第一次見面，她卻好像看透了許多事情，那眼神讓約翰很不舒服。他的指尖輕輕施力，像是要抵抗那些聲音。

「該死，妳到底……」

「我觀察你很久了，所以我知道你也聽得到。你叫約翰，對嗎，『他們』告訴我的。」她帶著沙啞又哀傷的聲音朝約翰靠近，「我也能跟靈魂對話，因為通常只有教會的女巫可以……所以，我……」

槍聲驟然一響，芳的腳邊濺起些許雪花。

他們之間的空氣頓時凝結。

約翰俐落地重新上膛，再次瞄準目標。他的子彈所剩無幾，但直覺告訴他現在非得開槍不可，他不能任由女孩出現在這裡，說出那些動搖他的話語。

「下次我就會射中。」約翰露出充滿決意的眼神。

這肯定是一場騙局，或是來自冰冷雪中的幻覺——否則有哪個正常人，會在這時候來到馬可夫，還不是尋找糧食，而是先盯上小鎮最沒用處的火箭工廠？

偏偏眼前的女孩不但沒有畏縮，反而更加堅定地挺起身子。

「你……很困擾對吧。」她深深吸著氣，好讓自己更勇敢。「因為你知道我叫什麼名字，也知道我為何過來，這些靈魂都告訴你了，你早該發現我的存在，但你就是不願承認。」

「胡說八道一堆……！」他腦中確實浮現一個模糊的人名，眼神也因此遲疑。

於是女孩大膽起來，纖瘦的身子朝約翰走近，直到她的身形清楚可見，近得足以被約翰觸碰，透過冰冷肌膚的觸感確認她的存在。黑色的長髮、細長的雙眼、蒼白的肌膚……她好真實。比起靈魂，她的存在更加鮮明，也更不可思議。

他不禁動搖了。

她底下還穿著教會的袍子，上頭繡著荷米市才有的地方標誌，如果那真的是她的身分，她又如何僅憑這具瘦小的身軀穿過風雪，出現在這座殘破小鎮上的？她到底是什麼人？

「請幫幫我。」

與那顫抖的語氣完全相反，女孩眼神堅定地望著他，那是約翰看過最美麗、也最脆弱的雙眼。他被那樣的眼神震懾了。

「妳要什麼？」他垂下槍。

「——我想幫助所有人的靈魂，送回宇宙。」

那時候，約翰怎麼也沒想到兩人的相遇，反而成了讓自己在往後奔波不斷的噩夢。

「可惡……」他擦去臉上的薄汗，從回憶中回到現實。「想了這麼多，最後還不是得前進。」他自嘲地說著，硬逼自己邁開腳步踩上山坡。

昨晚半夜似乎降了雪，樹椿與岩石都包覆在純白色之中，雪靴也一半陷入雪地裡，每踏出一步都濺起雪花，縱使鬆軟卻也寸步難行——可以想見，接下來大概不會是太輕鬆的路程。

約翰只顧著注意腳下的路況，無暇欣賞沿路的景致，即使如此，這座山還是埋藏許多珍貴的回憶。像現在這樣走著，彷彿能看見不同年紀的自己穿梭於山間。

與同學在木橋上奔跑的他、跟爸爸載著火箭零件上山的他，或是一閒下來就會站在發射臺，俯瞰著遠方群山景致的他……這裡留下太多關於約翰的生活軌跡，即使平常不會回想起，但還是在重新踏足的瞬間鮮明地浮現。

就在他快走上山腰時，狹長的坡道終於變得開闊起來，約翰踩上石板地，那道聲響讓他知道自己已經走到靈魂紀念廣場，此時太陽也在頭頂閃耀。停車場還有幾臺廢棄的汽車，以及一座小小的哨站，那景色增添了約翰內心的荒涼。

他放慢腳步，順便讓痠疼的腿歇息一會兒，看著坐落在廣場中央的石雕塑，他頓時胸口一緊；死去的人們會將名字刻於此處，約翰不用靠近，也能感受到徘徊在石雕塑附近的絲絲意念，於是更喘不過氣來了。

「……宇宙葬要開始了嗎……」

「……今年我們的小鎮主辦……」

他聽著那些穿過身體的呢喃。顯然有些並非來自於疫後死亡的靈魂，而是更久遠的年代，從它們身上，約翰感受到更加古老的意念，幾乎要讓人錯亂了時間。

搞什麼，竟然是在談論那場遙遠的第二十九屆宇宙葬啊。

那年的他也才六、七歲，總記得自己經歷了什麼事情，但他一點印象也沒有了，唯有當時親眼目睹火箭發射的衝擊感仍殘留著。

周圍的雜音讓他又回到當年熱鬧的氣氛之中，沿路都是遊行的音樂，擁擠的人潮往發射臺靠攏，每個人都想盡辦法占到好位置，甚至不惜爬上樹或屋頂，也要目睹女巫與火箭的風采……火箭是國家開闢疆土的最初起點，任何一個國民都能理解宇宙葬的深遠意義，他當年不也是如此嗎？

「……帶走我們……」

「……完成宇宙葬……」

就在他沉浸於感傷之時，幽靈也漸漸依偎過來，像是在寒風中看見溫暖營火的過路客。各種強烈的意念試圖擠進約翰的腦海，陌生的記憶與情緒跟自己混合在一起，悼念死者的悲傷家屬、低調的攤販、雙手交扣的夫妻……

他低吼一聲，連忙往後退開，試圖與廣場拉開一段距離。

「夠了沒，吱吱喳喳地纏著我很好玩嗎！」約翰趕緊甩頭大吼，像是要把那些融入腦海的聲音揮開。「都給我冷靜點！不准再進入我的腦子裡了！」

他吃力地在雪中大吼，直到四周再也沒有任何聲音為止。

或許是一連吼了太多次，約翰暈晃晃地努力穩住意識，一手握拳抵住額頭，連忙繞開建築物，往長長大路盡頭的火箭發射場靠近。

「可惡，煩死了，這些……」

「嘟嘟嘟——」

無線電對講機冷不防地響了起來。

約翰發出一聲驚訝的低呼，才翻找自己的外套口袋，笨拙地掏出那臺黑色對講機。他快速地連按好幾次通話鍵，然後貼到耳邊。

「咳嗯，聽得見嗎，約翰？還順利嗎？」

是芳的聲音。約翰吐著氣，伸手搓揉自己的眉心，好讓緊皺的眉頭舒緩開來。

「……妳。」

「我什麼？」

「我快到發射臺了。」約翰沉聲說道。「我很好。」

「我只是提醒你，發射臺後側就是一面斷崖。雖然高度不高，下面也接著一條狹長的山道，但是走在雪地上很容易忽略地形差，你要小心。」

約翰確實記得有這回事，聽父親說以前大家擔心這個位置不穩固，最初的火箭廠員工曾經與鎮長激烈爭執設置發射場的事，直到後來實在找不到好地方，發射場依然拍板定案，並且進行了額外的加固，才獲得認可。

「妳怎麼知道有斷層？」約翰更在意的是這個。

「因為靈魂們從你出門之後就一直在擔心。」芳在對講機的另一端笑了。

「妳在開我玩笑。」男人翻了個白眼。

「看見發射臺了沒？」

「看見了。」他才剛要放下對講機，又忽然舉起手。「等等，先別掛斷。」

「怎麼了？」

「發射臺毀了。」

芳沒有說話，對講機只傳出沙沙的聲響。

發射場不會只有火箭支架，還包含了軌道器處理廠、發射控制室等零星建築，如今理所當然地掩埋於雪中。而發射臺更慘，高聳的鋼架原本被工作人員戲稱「圍裙」，用來支撐火箭體，如今鋼架與橫梁歪斜地倒塌，大部分散落在發射臺上，像是一個倒扣過來的鳥巢。

過了這麼多年毀了也很正常，只是親眼看見這畫面，約翰還是不免感到唏噓。

「位置不好吧，畢竟地基不穩。」芳盡可能保持平靜，以為那樣多少能夠安慰到約翰。

「也未必，搞不好是被脫離的火箭撞上。」約翰靠近打量，發射臺本身高度並不高，但要越過倒臥的沉重鋼骨與橫梁又是另一回事了。

「地球在上……希望不要是那樣，小心點，我說真的。」

等她親眼看見這座坍塌的高臺，恐怕也說不出這種輕鬆的話了吧。「我掛斷了。」

約翰深吸著氣，將芳的祝福收進心底。

幸運的是，他馬上看見脫落的機殼卡在無數鋼條組成的隙縫間，那畫面搞笑得令人發噱。不過真正慶幸的是，火箭機殼因此沒有太大的損傷，只要帶回去重新塑型，很快就能派上用場。芳還真是給他賭對了。

他抓著其中一條水泥柱，試圖攀爬上去。

「……火箭要開始了……」

「知道啦、知道啦。」約翰沒好氣地本能回應著。

「……再近也只能……到此為止……」

聞言，他驚愕地顫抖了一下，手指赫然鬆脫。

是因為幽靈說出那句話的緣故？還是融化的雪水讓他無法穩穩抓緊柱子的緣故？他頓時下墜，跌進發射臺下方的雪堆裡。雖然並不痛，但那樣過於巧合的失足讓約翰震驚不已。

「搞什麼！」約翰猛然坐起身，抱著不好的預感回頭四處張望。「別來煩我！」

他慌忙大喊，然後重整態勢爬上發射臺，這次不抓溼漉漉的梁柱邊緣，而是紋路粗糙的鋼條，加快動作往上攀爬。

快點，快點。他得快點。

「……約翰……」

那道呼喚似乎又靠近了一點。

此時約翰已經爬上半個發射臺高，他的心狂烈跳動，為了確認跟幽靈的距離，他吃力地回頭看向身後。發射臺只有連接一條綿長的大道，是當年女巫遊行時的必經路徑，如今地上只有積雪與他走來的足跡，但是在道路的盡頭，彷彿有個人影正在無聲靠近。

他知道那是什麼。

——**該死**。

約翰冒出一身冷汗，身體卻不自主地往上攀爬。

——**都爬到這裡了，不能放棄機殼**。

約翰喘著粗氣伸手，隨時回頭確認那個黑影的位置。然而每回頭一次，那道黑影似乎便又近了一些。**該死，真該死**。他一手抓著鋼條穩住身子，口袋的對講機發出來電聲，讓約翰在驚慌的情緒中找回一絲冷靜。

「可惡！」他沒有時間接起對講機，必須空出雙手，牢牢抓緊鋼條才能不讓自己踩滑，「就差一點！」他盡可能地伸長指尖，觸碰那唾手可及的火箭外殼。

「……不准……」

「媽的，誰管你准不准！」

約翰紅著脖子，吃力地撐著身子，在那隨時可能傾倒的脆弱廢墟上，兩隻腳分別踩著細長的鋼條搖晃，身體則貼在阻擋著自己的水泥塊前，指尖終於抓住半露出來的火箭殼。

很好！約翰緊緊抓住外殼，外殼竟然卡在隙縫中文風不動，他激烈喘息著再次回頭，發現大道上已經沒了身影。

是跑了嗎？還是剛才真的看錯了？

就在他困惑的瞬間，肌膚傳來一陣惡寒。

冰涼的觸感沿著指尖不斷向上蔓延，比風雪還要刺骨。他張開口，卻發不出聲音。

在水泥柱與鋼條交錯的黑暗隙縫間，一隻手從中伸出，輕輕貼在火箭外殼的另一端。約翰感覺渾身都被凍結了，下一秒，鋼條開始劇烈鬆動，轟的一聲，他的身體失去了重心，隨著鋼條的崩毀跟著墜落，而手——已經不見了，他想再看清那隻手，卻什麼都沒看到。

不對，比起這個，更重要的是火箭！

所幸結構開始崩塌，使得原本卡住外殼的鋼條也跟著鬆動，他一鼓作氣將火箭外殼用力抽出，然後緊抱在懷裡。接下來發生的事情只在一瞬間，他沿著外圍跌了下去，巨大的撞擊聲與衝擊力道讓他重摔在地。

他吃痛地抱著外殼打滾了幾圈才停下，等他回過神時，才發現外殼上多了幾個凹洞——如果沒有火箭替他擋下，剛才那幾根鋼條大概會直接插入約翰的腹部——他立刻意識到這件事，於是連忙爬起來，試著遠離那個持續崩塌的火箭發射臺。

「約翰！」

芳的聲音？是剛剛的撞擊讓對講機按到通話嗎？他來不及出聲，對講機已發出一陣嚴重的雜音，接著又傳出聲音。

「……約翰！約翰……約翰翰翰翰翰……」

「……不准准……准准准准……」

「……不不不不不不不……」

——**那肯定不是芳**。

他真的得離開了。

約翰滴著汗珠，吐出痛苦的呻吟緊抱住沉重的機殼，逼迫自己邁開步伐。忽然間，約翰疲軟的雙腳失去支撐，他以為自己是走向下山的路，竟然是踩到斷崖邊緣——他掉了下去，湛藍的穹頂與黑色的森林在瞬間傾斜、翻轉，接著是自己沉重的落地聲，軟雪緩衝了墜落的力道，撞擊的痛感也因寒冷而麻痺，他動了動腳，可能扭傷了。不過還能行走。

他一手環住火箭外殼，重新確認對講機的狀態，只見對講機表面沒有任何破損，而喇叭處只傳出一片沙沙聲後恢復了正常。

「約翰？你還好嗎？」

這次仍是芳的聲音，只是更加溫暖。

「我靠……」他貼在岩壁前吐著深長的氣，讓自己好好喘息。

「你那裡發生了什麼事？」

「幽靈。」約翰虛弱地說。

「聽起來不只這樣，還有好大的撞擊聲，你……哈囉？約翰？你現在能說話嗎？」

「不。」

約翰實在不想繼續留在山上了，他將火箭外殼繫上繩索，無視腳跟處不斷傳來的刺痛，一跛一跛地貼著岩壁走起來，盡快回到安全的山道上才敢真正放心。

那個成人寬度的圓筒上頭，貼著奧伯斯工廠的獨特標籤，而在那金屬外殼底下鋪著碳纖維材料，是工廠最滿意的作品。他現在才看見那道標籤，於是將繩索握得更緊，即使只是錐部的外殼，重量起碼也有十幾公斤，但跟搬運機翼材料比起來已經好太多了。

芳的呼喊不斷從對講機內傳來，約翰很想回應，但他拖著沉重的機殼，又得防備那些恐怖的幽靈。等到芳匆忙把對講機掛掉之後，約翰才驚覺自己這一路上什麼話都沒有說，光是拖著材料就足以耗盡他全力。

「該死……」

他兩眼發直，山間道路飄盪起些許光點，暗示約翰太陽即將落下，幽靈準備再度活躍。

「該死、該死……」

他忍著刺痛穿過廣場、穿過熟悉的手製路牌，才終於看見遠方工廠的屋頂。

「約翰！」是對講機的聲音？不，是芳。她套上外套衝了出來，氣喘吁吁地沿著約翰的腳印走。「約翰，你怎麼都不回應！沒事吧？」她氣急敗壞地大喊。

「妳說呢？」他也忍不住回吼著，但是下一刻便後悔了。芳的臉變得有些難看，他輕嘖一聲，收起情緒垂下了頭。「腳扭傷了，還有一些擦傷。」他比了比自己身上，雪衣的毛料中都是碎裂的樹枝。

「……只有這樣？」她感覺不像是在看著約翰，而是他身後的景色。

「不然呢？妳希望我也坐上妳的火箭？」

「拜託，約翰。」芳哀傷地吐著氣。

「拿去。」他疲憊地將拖著機殼的吊繩甩到雪地上。「妳的新玩具，我拖不動了。」

芳還想說些什麼，但她只是握著雙拳，在顫抖中勉強開口：「我會在今天之內處理好。」她彎下腰，視線卻忍不住追著約翰的背影。「我保證會完成火箭，約翰。我不會讓你的辛苦白費。」

「我才不管妳要怎麼做。」約翰拋下她，逕自往工廠走去。「我只有一個要求，把那些鬼東西帶走，結束這一切。不然我真的要發瘋了。」

「你沒有發瘋，約翰。」

他身子一頓，接著無力地搖了搖頭，雙腳繼續重重踩著雪地。

芳嘆著氣，吃力地抱起機殼，但她並沒有跟上約翰的步伐，而是在風中呆呆站著，視線飄向遠方的火箭發射臺與山路。好一會兒後，她才轉頭回來，追上約翰的腳步鼓起勇氣說：「下次你直接回來就好。」

「啊？」

「你大可不必管火箭機殼的。」芳努力解釋。雖然這對一個拚命幫忙自己的人來說，大概是個非常失禮的想法，但她就是希望約翰能聽見。

「廢話。」約翰冷冷回應。

但他也突然覺得自己很怪，當時為什麼反而伸手抓住火箭外殼，而不是直接逃跑？

那時候的他心裡想的是什麼？

約翰將視線慢慢落向芳手中的機殼，再抬頭看著工廠上的標記圖案，一股酸澀的思念喚醒了他僅存的自尊。那些精細的工藝技術，那些在工作檯前流過的汗水，以及深深刻印在身體記憶內的打磨動作。他唯一與這些人連結著的證明。

「工廠。」他脫口而出。

「啊，嗯。你回來工廠了。」芳從若有所思的表情轉為恍然大悟，但很快地又困惑起來。「怎麼了嗎？」她皺眉。

約翰也不知道該怎麼說明，只好伸出大手拍了拍她的肩膀。
「別想了，去完成妳的火箭吧。」他嘆息。

疫情爆發前五年
林芳十五歲

「——就憑妳這種人也想拯救靈魂？」
女孩的聲音穿透了我。
見我沒有回應，對方再次惡狠狠地開口了。
「別開玩笑了，連身邊的人都不在乎的妳……憑什麼成為見習女巫……」
她好像在哭。真奇怪，該哭的人應該是我吧。
熱辣的疼痛感還殘留在臉上，我的指尖輕輕貼了上去，那股痛意受到刺激變得更加深刻。沒有人注意到我們之間發生的事，大人們以為儀式已經結束，紛紛離開教堂的主殿，而我穿著特殊典禮才會套上的教袍，懷裡抱著一張獎狀，上頭蓋了政府與教會的鋼印，證明我拿到實習女巫的資格。眼前的女孩穿著與我相同的教袍，唯一的差別，只有她的手中空空如也。
全國數千人之中只有寥寥幾人能夠得到如此殊榮，我能理解她的失望，但也不必這樣就打人吧。

「我憑什麼，這不是顯而易見的事嗎？」我眨著大眼問。

「妳在炫耀嗎？」她的聲音憤怒地沙啞。

「事實就是事實，我不懂妳為什麼曲解我的意思。」我抓了抓頭，伸出手指頭細數。「不管工程數學、太空物理、電漿動力……所有學科項目都拿到最高分之外，我的工廠實習分數也是最高的。」

「妳以為女巫只要這樣就行了？妳從來不看其他人一眼、總是擺出輕浮的笑容、高高在上地朗讀歷史……」

我的禮儀也是最高分。我本來要這麼說的，但似乎該停了，女孩難看的臉色告訴我，那並不是她在乎的事情，我只好默默收起手指頭。

對了，我有印象，我確實在實習課程中見過她，我們曾經同組，也一起做過火箭實驗。只有那一次，而且大家經常戴著防護衣與護目鏡，根本看不出誰是誰。話說回來，她叫什麼名字來著？

「我很遺憾，艾莉……」

「我叫愛爾莎！」

噢喔，答錯了。

我暗自冒出冷汗，嘴角彎成一道尷尬的弧度。女孩噙著淚水朝我走來，帶著驚人的氣勢逼近我。糟了，這不太妙。我感覺自己得再說點什麼，好挽回這個不妙的局勢才行——

「妳真的不叫艾莉？」

琴在辦公室內回過頭來，看著將門輕輕推開的我。

教會辦公室的木門遲遲不肯維修，即使只是微風吹過也能發出驚人的嘎吱聲響，她會注意到我很正常。我探頭看了看，發現她是唯一待在辦公室內的人，真遺憾，我本來沒打算與她打交道的。

「恭喜妳，實習女巫。」她細如針的雙眼瞇了起來，擠出更多皺紋。

「謝了。」我努力擠出笑容。「長老呢？」

「不曉得。我剛剛才回來教會。」琴優雅地起身。

如今我也快成年了，性格也變得成熟許多，她已經不需要再像以前那樣追著我跑，也因此我才開始注意到，琴的走路姿態其實很穩重優雅，若不是穿著那雙叩叩響的硬皮鞋，她走起路來簡直沒有一絲聲音。

「好吧，那、拜拜。」我點點頭，準備將門關上。

「等等，我有東西要給妳。」琴朝我揮了揮手，我遲疑一陣後才走了進去，她馬上皺起眉頭打量我的臉。「妳被打了？還打了兩邊？」

「沒事。」我尷尬地垂頭閃躲她的視線。

琴那令人不安的審視氣息又出現了，她抿著薄脣什麼也沒說，而是將一把扳手交給我。「拿去。」

我驚訝地看著那把沉重的扳手，上頭刻了我的名字與見習女巫編號，「這是、哇。天啊，地球在上……這真的很美！」我反覆把玩扳手，細細感受它的重量與冰涼的觸感。好美。我可以看著它一整天。

「見習女巫接下來會學習不同的課程，妳不會只待在荷米市學習，等妳成年後，教會將進行第二次的遴選。」她面無表情地說著，彷彿這只是一個必須交代的流程。「有時候他們不會只選出一位女巫，或者一位也不會選出，這都是常態。但不管怎樣，這把扳手是妳的了。」

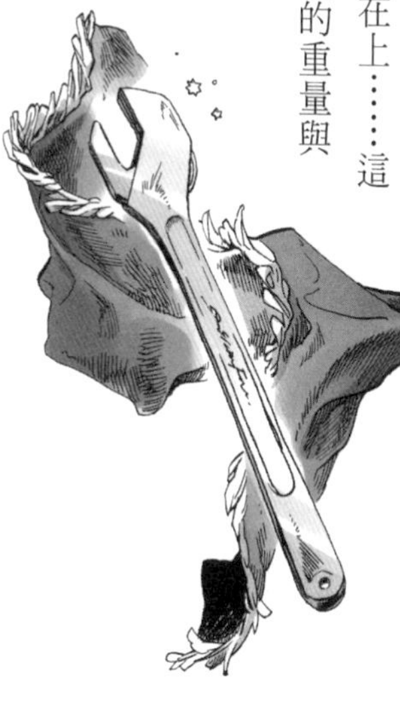

「謝謝。」我露出笑容。

琴安靜地看著我許久，才又開口。「妳會成為正式女巫的。」

「什麼意思？」我抬起頭來看她，發現她的雙眼有些紅腫。

「妳是所有人之中表現最好的，不，哪怕是往後十年也不會有人能夠超越妳。」

琴垂下眼簾，睫毛遮起她疲憊的目光。「我們將所有資源都投注在妳身上，這是妳的天職，妳必須明白自己的責任有多麼重大，別再像以前那樣行事莽撞了。」

「這跟我的天職無關，我只是喜歡火箭而已。」我揚起嘴角搖頭，「當然，我也很樂意接受你們的期許，妳不需要替我擔心，我沒問題的。」

琴又沉默下來，這次她安靜的時間更長了。

奇怪，她為什麼反而露出受傷似的表情？我又說錯什麼了嗎？

「去療傷吧。」

琴最後只說了這句話。對著那冷淡的反應，我雖然早已習慣，卻又覺得心裡不是滋味。我應聲離開辦公室，先是反覆調整自己的呼吸，然後漸漸加快腳步，來到長老的書房。阿瑪迪斯不在這裡，但無所謂，她說我可以隨時過來這裡，於是這間書房理所當然成為我第二個房間，讓我放鬆下來。我隨手將獎狀與禮物放在書櫃上，挑了本書坐好。當上見習女巫後，我擁有資格獨力製作小型火箭、學習電腦數據判讀，甚至可以參與燃料開發與實驗，但是……

琴她到底想說什麼，我哪裡做得不夠好？為什麼說我莽撞，她當時難道又在場了？不不，別想了，我還有太多要學習的東西，可不能在這時候停下來……

「芳？」

長老的聲音伴隨開門聲一起傳來。

「抱歉，長老，我想來找資料。」我抬頭看了一眼，隨口應答。

「妳的臉好紅，被誰打了？」

「有個叫艾莉還是什麼的……」我搖搖頭，「不、算了。沒事，我們很好。」

長老突然走到我面前，伸手輕輕托起我的下顎，這時我才注意到她手上拿著一罐藥膏。「很久沒有替妳上藥了。」長老的口氣有些揶揄，溼潤的藥膏抹上我的臉。

「您的意思是，我還跟小時候一樣招人嫌。」我咬著嘴脣。

「沒這回事，妳一直在成長。」她撥順我的瀏海，然後退後一步，溫柔地看著我。「恭喜妳當上見習女巫了，妳是荷米市唯一脫穎而出的人，大家都聚集到餐廳，打算替妳慶祝。妳應該過去。」

「不了，我打算繼續研究混合燃料的公式。」

長老仍看著我。我知道，任何情緒都逃不過她的雙眼。

雖然我不曉得長老到底理解靈魂多少，但我肯定她比任何人還了解我。

「我很讓人討厭，對吧。」我嘆息一聲。

當我說出這句話的瞬間，眼眶也瞬間熱了起來，但我極力忍住了。冷靜啊，芳，現在還不是脆弱的時候。

「沒有這回事。」

我搖搖頭，「才不呢，琴沒有出席典禮就算了，一看到我還露出痛苦的表情，強調我是受了教會恩惠的『天才』。」我比出了強調那兩個字的誇張手勢。「我不能鋒芒銳利，也不能對自己的才能遮遮掩掩，好像顯得是我故意高人一等似的。」

「妳的扳手可是她特別訂製的。」

「那是因為她覺得我應該要回應這份期待。她今天連典禮也沒有出席。」

一提及這點，長老頓時轉為苦笑。「今天是她女兒的忌日，原諒她吧。」

我驚訝地停止了呼吸。

「忌日？」

「露莎過世了。車子現在才到，琴等等就要回去馬可夫鎮了。」

我抽著氣，大受震撼地看著長老。腦中驟然浮現琴的女兒活潑親切的模樣，我與她只聊過幾次，卻對她的聰慧與溫暖的笑容印象深刻。「露莎？她不是一直都很健康嗎？就算嫁到馬可夫後也還是寫信回來……為什麼……」

「很遺憾，是意外事故死的，清晨才收到通知。琴不想驚動大家，所以低調將事情都處理好了，接下來她打算住在馬可夫。」長老想了想，繼續保持沉穩的聲音說道：「不過她知道妳肯定會成為見習女巫，所以早就派人訂製了扳手。」

「她為什麼不讓我知道？這麼重要的事情……！」

「還來得及，芳。」

我的指尖顫抖起來，吃力地撐著額頭。

然後我迅速起身衝出書房。長老沒有阻止我的行動。

我抓起袍子，一路直奔教會的大門，也不管自己撞到幾個人，那些要我保持教養的叫罵聲迅速被我拋諸腦後。

我順著奔跑的力道張開雙手，重重推開大門，汽車的引擎聲刺耳地從廣場入口傳來，琴提著皮製手提箱，準備踏上一輛黑色的敞篷汽車，我還來不及喊住她，琴就先回頭看見了我。

我應該要說些什麼，但視線交會的那瞬間，我呆望著她的表情，忘了發出聲音。

「進去吧，風大。」琴吐出那一貫刻薄的聲音，如今在我聽來卻多了幾分溫情。

她說完就坐上汽車，沒再回頭，但我相信她已經從我的眼神讀出了一切。

「多久……」我慌張到只剩下隻字片語。「妳要去多久？」

琴凝視著我許久，雙眼宛如閃動著不顯眼的光芒。

我能清楚讀到她眼中的心碎，只是還不確定那份感情是對著我，還是她的女兒。那份情感深深擊中了我，使我腹部絞痛起來，鼻尖也開始酸澀。

「保重。」她避開我的眼神，垂下頭露出淺淺的笑，一個轉身便踏上車子。

我不可置信地站在門口，看著汽車漸漸遠小。

我能想像接下來會發生的事。

她會前往馬可夫的女兒家，在當地人們的協助下，將女兒的遺體火化，而其中一部分骨灰將精製成鵝卵石大小，並好好存放起來等待宇宙葬來臨，未來，這些渾圓的靈魂石會交到我的手中，由我獻上祝福並送往銀河。到那時候，我們會重逢嗎？琴會用什麼眼神看著她女兒的骨灰？又會用什麼樣的眼神看著我？

淚水掉落在手心上，我想伸手擦掉，卻反而越來越多了。好奇怪。我為什麼在流淚？這種悲傷的感覺是什麼？我竟然完全無法形容。

「有好好道別了嗎？」長老溫和的聲音從我身後出現。

「……沒有。」我錯愕地抹著臉頰。
「妳剛剛用很悲傷的表情看著琴吧。」
「不行嗎？」
「就跟靈魂道別是一樣的，我們必須保持微笑。想想妳在考試中的表情。」長老臉上的表情似乎並非虛假，散發出來的溫柔氣息也沒有改變，卻讓我覺得好寂寞，好疏遠。
「不。」我不想笑，完全不想這麼做，我只想伸手抱住她。但是長老輕輕將我拉開，她蹲下身來，粗糙的手貼在臉龐，抹去我止不住的淚水。
我知道她的暗示，於是只能照做，我想著琴、想著那輛車，然後彎起嘴角。然後，這一切稍微變得好一些了。
真奇怪，我還是搞不懂原因。
琴跟靈魂之間，對我來說理應是完全不同的存在，卻又好像沒有差別，我不明白其中的關鍵。
「妳做得很好。」長老這才重新將我抱在懷裡。「現在感覺如何？」
「比剛剛好。」我半是困惑、半是惱火地點頭。
「是的，記住這感覺，這也是宇宙葬的意義。」
我焦急地抬頭。「我和琴還會再見嗎？」
「會的。」她說，「妳很快就會發現，離別是為了下一次於銀河相遇。」

火箭 13 號

火箭13號

目標：已完成，準備發射

「啊啊啊啊啊啊——！」

約翰慘叫著張開雙眼，他緊抓著棉被喘息，胸口急速起伏，身體雞皮疙瘩四起，像似還陷在噩夢帶來的恐懼之中；視線所及之處盡是黑暗，他吞著口水，試圖發出聲音，「我是……約翰……沒事，我是約翰。我沒事。」

聲音隨著時間過去而堅定，心臟的跳動也趨於緩和。他的身體甩脫了噩夢的束縛，內心卻仍被夢境的內容牽引著不安的情緒，他夢見所有村人都要南遷，包括後來照顧自己的大伯。所有人都在呼喚約翰的名字，而自己卻反鎖在房間內，不肯面對馬可夫名存實亡的事實。

——沒時間跟這個孩子耗了，最後一班火車要來了。

——哪能放著小孩凍死在這裡？快帶他走，說什麼也要把這扇門拆了。

——大不了讓警長看著他，還有警長在。

——你不需要扛著這份責任，莎拉丟下約翰那天我們就知道會是這樣……保羅，你已經仁至義盡。別忘了你自己也有孩子。

——保羅，算了吧。算了。

一想起夢裡的聲音，約翰的心又在抽痛。

不論是自己的任性留下，還是大伯的離去，他早就已經為彼此的選擇釋懷；因為直到現在，不論是大伯還是爸媽，甚至是其他南遷的人，一個都沒有回來過。這才是讓約翰更害怕的事情。

一想到說出那些話的人可能也不在了，他就無法不感到恐懼。

「混帳……明明都多久沒有……」

他坐起來，雙手抹著自己的臉。

好像很久沒有像這樣大叫著驚醒了。

「芳在哪？芳……芳呢？」

他才說完，便聽見隔壁房間隱約傳出的敲打聲。

「她在忙……火箭，對了……火箭。我們在做火箭。」

是因為那些敲打聲，才會讓自己做了噩夢嗎？

他撥著暗金色的瀏海，吁出一口長氣。不，應該不是，都做多少架火箭了，怎麼可能現在才回想起以前的事？肯定是因為那個黑色的幽靈，好幾次自己遇到危機時，那道黑影都在現場，他當然會感到在意……

黑影的身分究竟是什麼？目的又是什麼？他完全無從得知。

約翰茫然地盯著房門看。

他披著被單，雙腳踩上冰冷的水泥地板，決定推門走向黑暗的走廊，總裝室的門緣透出光芒。約翰悄聲走了進去，發現裡頭已經沒了聲音，芳正躺在地上呼呼大睡，身上僅蓋著一件單薄的外套，可能是實在太累了，連回到房間的力氣都沒有。

「搞什麼？」

約翰皺起眉頭，將自己的被單披在女孩身上，才抬頭打量起那架火箭。

純白色的機身十分耀眼，那是一架兩個成人高的標準小型火箭，專門為了宇宙葬而設計，甚至不用空間存放骨灰，好讓火箭本身的功能更加純粹精簡。奧伯斯工廠獨特設計的外殼讓他懷念。

他走到電腦桌前看著螢幕上的紀錄，看來配線也完全接合完畢，目前電腦正在跑的系統匹配測試也沒有問題，只差將火箭搬運到其他場地，進行引擎測試了。

約翰一手搓著下巴，忍不住為系統結果佩服起來。

兩年內做了十三架火箭，而且大部分都是由芳獨自完成的，說她是天才可能還有點太含蓄了。宇宙葬瞬間又被拉近了一點距離，不再是那麼遙不可及的幻夢。

但是在那之後呢？他們完成以後？芳從來沒有談過這方面的事，現在想想，與其說她天真，倒不如說她太刻意將目標放在宇宙葬上了。

若是在疫情前還能理解，而現在都過多久了……女巫她……是不是有什麼事沒讓他知道？

約翰端詳著女孩的睡臉，卻找不到任何答案。

「接妥臍帶、電力管路，軌道角度調整、機翼導向板測試……確認完成。」

「很好。」

一週之後，就連約翰自己也開始忘記那場噩夢，協助芳全力投入火箭的組裝測試，或許是越加靠近發射日期，兩人都感受到一股壓力籠罩著彼此。

並非靈魂在一旁不斷喧鬧，而是燃料也填裝完畢之後，任何差錯都有可能讓火箭陷入毀滅性的意外事故之中，因此一舉一動都必須全心專注，甚至沒有互相鬥嘴的時間。

當全部的節面組裝完畢以後，還有一大堆事情等著要處理。除了總系統的測試、燃料的填裝與引擎燃燒測試，諸如此類的繁雜技術測試之外，還必須確保電腦設備的監控與處理，例如氣象測量與預報、發射場的狀態維護、吊裝設備的確認……直到火箭放上發射臺後，也必須不斷進行總裝測試與定位測試，即使發射了也不能鬆懈，在沒能達到一百公里的高空以前，火箭隨時都有可能出現問題，而宇宙葬也稱不上是完成。

幸運的是，這些項目即使只有他們兩人，也不算是無法負荷的程度。

馬可夫小鎮在扛起宇宙葬的責任以後，奧伯斯工廠就一直在強化工廠內的電腦系統技術，考慮到疫情對員工的影響，工程師盡可能將大部分的作業人力簡化，七成以上的作業都能以電腦協助完成計算。

與約翰的壞預感完全相反，火箭十三號測試的過程非常順利。他們開著火箭載運車，花了一整天的時間將火箭移到工廠外圍的試射場，他們會將火箭安置好，然後再回頭以電腦監控發射程序。

天氣預報的結果也很好，彷彿也在要他們把握這段時光。芳製作的十三架火箭之中，也只有六架能夠順利達到這個階段。

「窗口期到了嗎？」約翰抓起對講機確認。火箭會因天候變化的影響，每次都有一段可發射的準備時間，有時長達一整天，有時只有半個小時，工廠的人都俗稱為窗口期。

「放心，今天時間很足夠。」對講機中傳出芳的聲音。「我電腦這邊也顯示狀態良好，沒有問題，我將解除發射安全栓，第十四號火箭準備完畢。你可以從火箭發射臺離開了。」

「十三啦，妳不要自己記錯數字好不好？」約翰翻了個白眼，將直立的白色火箭從頭到尾檢查了最後一遍，才從發射臺下來。但他才一撇頭，耳邊就是靈魂滔滔不絕的哀求。「老天，我們可以快一點發射嗎，周圍的聲音有夠吵。」

「即使是規格最小的宇宙葬火箭，周圍也得淨空至少兩百公尺，想快點發射就給我跑起來吧，約翰。」

約翰嘖聲，抬頭看了發射臺最後一眼。

接著他跑了起來，穿過林間小徑經過了通訊點——在一百公尺跟兩百公尺各有一處通訊點，用來交叉核對火箭的連線與通訊狀況——芳就在兩百公尺的通訊處等待約翰，簡陋的塑膠布蔭棚突兀地出現在道路旁，她在底下布置好筆電與線路，坐在一張折疊椅上敲打著鍵盤，目光幾乎沒有從電腦螢幕離開。

「如何？」約翰彎腰喘著氣，也湊到螢幕面前觀看。

「氧化劑跟加壓氣體灌裝完成。」芳的聲音十分緊繃，「第二階段發射判斷確認……」

約翰專注的目光忽然閃過一抹煩躁，他赫然抬起頭來，伸手想揮開耳邊的空氣，臉上的表情迅速轉為不安與憤怒。「好了沒啊，芳，這群傢伙吵到讓我聽不見妳的聲音了！」

「等你聽不到了，可別覺得寂寞。」芳咧開嘴。「這次火箭速度有機會突破八公里，那樣的話高度就能超過一百了。我們的目標是十一點二公里……」

「芳！」

「飛行紀錄器啟動。」芳聳肩，默默將指頭移到確認按鈕上。

「確認。」約翰在一旁盯著第二個螢幕附和。

「制動器。」

「確認。」

「天候安全狀況再確認。」
「確認。」
「點火器。」
「確認。」
他們在電腦前又待了一會兒，眼見預定發射的窗口時間越來越近，只剩下三分鐘不到的時間，電腦系統、氣候與風速還有通訊狀況都反覆確認。
約翰明顯地情緒緊繃起來，此時的精神壓力已經跟宇宙葬或靈魂無關，而是純粹對火箭的專注，以及發射失敗時可能導致的風險。芳顯然也是如此，儘管目前顯示出來的數據都十分穩定，但意外僅僅需要一瞬間的變化。
在這個當下，沒有多餘的心力思考其他事情。
芳緊緊盯著風速變化，猶豫開口：「第三次發射確認……」
「確認。自動發射程式開啟。」約翰迅速按下程式，兩人的動作默契而俐落。
倒數讀秒的聲音從筆電喇叭中傳出。
這下子是真的沒有退路了。他們忍不住互相看了一眼。
冷卻系統開始預備運作，飛行模式執行。芳捏緊雙手貼在身前，彷彿腹部因壓力絞痛起來似的，她面色凝重，嘴裡喃喃有詞，約翰努力豎起耳朵，才能勉強聽見芳的聲音。她在禱告，在試圖引領那些靈魂們。
『二十、十九、十八、十七……』同一時間，電腦也跳出秒數倒數的提醒語音。

「朋友們，雖然我與約翰還不能將你們送上銀河，但如果各位願意，請與火箭一同向上。」芳緊捏著雙手，指尖泛白，「女巫林芳在此……」

『十、九、八、七……』

「僅為荒涼獻上祝福，為天堂留住幸福。」約翰悄聲接應了芳的話。

『三、二……』

「地球在上——」

「發射！」

芳跟約翰同時閉上雙眼大喊。

下一秒，遠處的白色火箭底下冒出滾滾白煙，接著轟然噴出橘紅色的火光，火箭自樹林間穿出，發出驚人的長嘯往空中噴射，才一轉眼便衝上了天際，留下一道厚重的尾雲。約翰也跑到小徑上看著天空，比出順利的手勢，接著兩人互望起來，眼神中充滿激勵的情緒。

「成功了！約翰！我們成功了呀啊啊——！」芳不顧形象地大吼起來。

「現在高度多少？」約翰急切地回頭看向筆電。

「七十、八十……不……九十九……」芳因興奮而漲紅了臉頰，睜大雙眼看著螢幕上不斷增加的數字。「破一百零二……約翰！我們突破一百了，約翰！」

「一百！」他也激動地大聲起來。「地球在上！妳竟然真的成功了，搞什麼！」

「地球在上！你就不能坦率開心點嗎！」芳捧腹大笑起來，用力拍著約翰的肩膀。「我得把這個數據記下來！約翰，別笑了，我們還有得忙，快點！」

約翰張口吸著氣，他還想再說些什麼，甚至是開口誇誇芳。

不過直到此刻，他才發現還有一件更為重要的事。

「沒有聲音了。」約翰在恍惚中說。

「聲音？啊，你是說靈魂……」芳恍然大悟，下一秒卻轉為埋怨。「我不是說了嗎，宇宙葬會把靈魂帶走，你竟然到現在還在懷疑！」

「真的消失了……地球在上！」約翰震撼地環顧四周。「這怎麼可能！真不敢相信……」

「不得不說，你驚訝的反應真的很失禮！」女孩不滿地舉起拳頭輕敲他肩膀。

「跟你反覆講了兩年的事情，竟然到現在才信我！但你先別太開心，如果發現火箭突破不了重力，他們很快就會回來……約翰？」

約翰沒有回應芳，他一個勁地打量周圍景色，然後緩緩邁開步伐。

「約翰，」芳皺起眉頭。「你要去哪？我們還得監看螢幕。」

「我在聽。」

「你才沒在聽，嘿？」

「這裡好安靜。」約翰仍恍惚地看著天空。

真的好安靜。

剛才原本還聚集在他們四周的聲音，現在已經完全消失了。

——原來都是真的。這些都是真實存在的靈魂，是馬可夫小鎮的居民，而不是自己的幻覺。原來一直以來……他並不是孤身一人。

他往工廠的方向漫步。

「約翰！」芳慌張的聲音緊追在身後。「這只是暫時的，火箭沒辦法突破大氣層，很快就會回來，你——比起靈魂，看著火箭數據更重要啦！約翰——」芳的聲音越來越遠，但約翰已經無心在意了。

他恍惚地漫步於工廠內，訝異的嘴角始終未能闔上。

啊，原來如此——沒有靈魂的世界原來是這個模樣。

他感覺自己的思緒前所未有地清晰，好像已經很久沒有這麼平靜過了。明明是同樣的雪色，在他眼中卻像是被洗淨過一般澄澈，他穿梭在工廠建築物間，細細聆聽風帶來的聲音。

樹木搖晃的聲響、冰雪從屋簷上融化的聲響、小動物開始活躍的覓食聲響……靈魂真的都不見了，陽光落下一片暖意。約翰恍惚地抬起頭，仰望湛藍的天空，以及那被風抹去的白色尾雲殘跡。

沒有半路鑽入腦中的聲音，以及它們語帶遺憾的哀求。

他不用再為了出門而提心吊膽，不用擔心身體會被奇怪的意識占據。是靈魂們真的離去也好、心理作用也好，約翰彷彿重新找回了自己，伴隨靈魂瘋狂了無數年，他終於再次掌控了自己的人生。

——當宇宙葬真正成功之後，就是這種感覺嗎？

「嘟嘟嘟……」

芳的通訊讓他回過神來。他抽起對講機，但與耳朵拉開一段距離，以免一通話就聽見那貫穿腦子的憤怒呼吼。

接通之後，芳聲音反而平靜無比。「約翰，你在哪？」

「小鎮上。」約翰猶豫了會兒，才敢把對講機靠近。「真的沒有聲音了，芳。」

芳吐出無奈的笑聲。「算了，火箭墜落以前，你就好好享受吧！」

「墜落？」他走到工廠外，開放的水泥地空間僅以鐵皮屋簷勉強遮蔽，地上有著半個人高的醇氫發電機正在嗡嗡運作，維持遠方通訊站的運轉。他的目光停在震動的發電機上頭，嘴裡單純地複誦芳的話，並沒有真的聽進去。

「我說了，高度不夠，火箭墜落是遲早的事。」芳的聲音被一陣電磁聲蓋過，巨大的噪音讓約翰聽不清楚她又說了什麼。「看來……差不多要回來……」

「妳說什麼？」

「我說……火箭降落……」

「芳？」

「……為什麼，失敗……沙沙……」

他立刻將對講機拿開。

然而對講機只剩一片沙聲，讓他不確定自己剛才是否聽錯了。

在腦子還沒察覺到狀況之前，身體先本能地將對講機丟到地上。他抖著指尖，轉身想要躲回工廠內，卻發現腳步異常地沉重，不是被人拉住身體，而是強烈的壓迫感瞬間麻痺了他的反應。

可惡，又是這種感覺。

那些靈魂像是有重量似的，伴隨著無數細語回到地表，將約翰壓得動彈不得。耳邊傳來的聲音不確定是來自靈魂的哭喊，還是自己痛苦發出的呻吟。

——**開什麼玩笑，如果高度還差一點，就自己想辦法飛上去啊！**

他渾身冒汗，用力摀起耳朵。

「……火箭壞了……」

「……女巫，救救我們……」

「搞什麼！別回來不就好了，對我抱怨有什麼用！」約翰氣得大吼。

眼前的風景再次變得混濁不堪，他半跪下來，險些被這股重量壓得喘不過氣。

世界清亮的聲響遠去了，變成眾多靈魂凝聚的怨泣，撐脹著他的鼓膜。太奇怪了，不該是這樣。現在明明是白天啊。

「嘟……喀……」

是林芳傳來通訊嗎？還是發電機發出了不該有的詭異運轉聲？約翰腦中不斷浮現芳的臉龐，他試著穩住精神，跪著身子伸手摸索，想要撿起掉在地上的對講機確認。

只是當他視線從地面掃過的瞬間，映入眼簾的卻是一道漆黑的身影，如此靠近，與他僅有幾步之遙。約翰渾身一顫，卻不敢抬頭看。

下一刻，黑影的話語從頭頂傳來，那道嘶啞的聲音蓋過了所有靈魂，甚至是機械逐漸巨大的異常聲響。

「……約翰……來……」

「哈啊！」在恐懼中，約翰驚嚇地往後跌坐，這次他清楚看見那黑色的身影，但也只有那麼一瞬間——黑影宛如一個成年人體型，臉上沒有五官，但是雙手垂下，彷彿正微微傾身凝視著約翰——黑影的身體內發出對約翰的呼喚，站在發電機的後方。

緊接著，發電機爆出轟然巨響，一團巨大的火焰從外殼底下衝了出來，火燙的零件碎片四射開來，撕裂了黑影的形體，也劃破了約翰身上好幾處肌膚。約翰往後倒去，嚴重的耳鳴與痛楚讓他的思緒停止了運作。

他以為自己是順著爆炸倒下去的，卻又覺得自己像是被誰給推開的。

爆炸的殘響還在腦中迴繞。

約翰昏厥過去，陷入柔軟又深沉的黑暗之中……

「醒了嗎，約翰？」

不曉得時間過了多久，約翰睜開眼。

他這才發現自己的雙手交疊擺在胸前，直直地躺在黑色診療床上，動也不動。

這是哪？為什麼好像有個人坐在旁邊看著自己？

「看來是醒了。」耳畔再次響起中年婦人的聲音。

「妳……誰啊？南希？」他吃力地瞇起眼，轉頭想看清那個人影。

「是的，南希醫師，你在這座鎮上的好朋友。很高興你還認得。」不遠處，一名上了年紀的白袍婦人靠在辦公桌上轉動鋼筆，沉穩地笑著。「你剛剛在治療時睡著了，我知道你經常失眠，所以特別晚了十五分鐘才叫醒你。」

約翰終於想起來了。「我是來找妳開安眠藥，不是來這裡睡覺的。」

「你才十三歲，我不該開藥給你，放棄吧。」

「我需要回去工作。」約翰只能緊抓著這個論述不放，那是他唯一能得到醫師同情的說法。「我父母的事，妳知道……如果晚上無法睡覺的話，我就沒辦法工作了。」

他的眼神如死灰，只有在提及父母時，餘燼才會燃起些許火星，但那憤怒的眼神很快又會退去，剩下無力的空洞。

「下一波藥品不曉得什麼時候會送來，管制藥的配給也越來越少了。我只是擔心你萬一產生依賴性，日後會更難忍受沒有藥物的戒斷症狀。」

「我都還沒開始吃呢。」

「親愛的，這會難以回頭，相信我。」

約翰毫無辦法地瞪著灰白的天花板。

「那為什麼約瑟夫可以拿藥？」

「他的症狀跟你的壓力性失眠不同。」

「哪裡不同？」

「他有幻覺與幻聽，鎮靜藥是為了讓他晚上不容易躁動。」

是不容易自殘吧。約翰垂下眼簾，沒有說破。

「是喔，或許像他那樣活著還比較輕鬆。」

南希醫師微笑沒有說話，小診所內只有醫師在桌上書寫病歷的沙沙聲。過了許久，才又開口問：「約翰，你曾經做過內容很荒唐的夢嗎？」

約翰不明白為何要問這個，但還是很努力地想了想。

「我夢過自己被一棵松樹綁架。很蠢的夢。」

「但當下你會知道自己在夢裡嗎？」

約翰訝異地沉思起來。「不知道……」

「就是這樣，不管內容是什麼，你都不會產生質疑，更不會意識到自己在夢裡。」醫師繼續背對著約翰書寫，聲音平靜。「幻覺嚴重起來就是這樣，妄想與現實的分辨機制消失了，你會永遠活在自己製造的夢境之中。」

「啊……」

「有些人可以學著區別，但幻覺未必會因此消失，患者必須想辦法抵抗或者學習共處。那種只有自己才能看見的孤獨風景，絕對不是令人愉快的體驗。」

「抱歉。」他終於意識到自己說的話有多麼失禮。

「不需要抱歉。」南希醫師苦笑起來。「約翰，你已經很堅強了，沒辦法為你做點什麼的我才該抱歉。」

「……我要的才不是堅強。」

「關於你父母的事情，我也很抱歉。」醫師轉動辦公椅，完全正對著約翰。她優雅的身姿沐浴在陽光下，帶著柔和與關愛的眼神看著約翰。「但你總是很努力地活著，光是看著那樣的你，便能為其他靈魂帶來希望。謝謝你。」

「妳在說什麼……」

他再次轉頭望向南希醫師的臉。

除了臉色稍嫌蒼白之外，她的容貌清晰無比，帶著與以往相同的親切和藹，就連眼角的紋路也勾起了笑意。

約翰看著那溫柔的神情，一時間說不出話來。

「宇宙葬就拜託你了，約翰。」

接著，有道悠遠又溫柔的歌聲從診所上方傳來，又或者是從窗外飄來，迴盪在整個小房間內。約翰聽過這個旋律，是宇宙葬時女巫們會唱的音樂，目的是用來牽引靈魂。

就在他察覺這件事的當下，靈魂醫師的身體驟然四散，像是飄動的雪花，或是逐漸淡去的煙霧，往歌聲的方向消失了；椅子還在旋轉著，卻已沒有半點氣息，約翰仍躺著，他感覺自己應該要伸手做點什麼，抓住那縷雪花，或是白霧，什麼都好。但是他當他伸出手的瞬間，卻被一個溫暖的手掌輕輕覆住，將他從那棟白色的小房間內一口氣拖回現實。

約翰睜開眼，渾身疼痛喚回他的記憶。他躺在工廠內的房間，芳正握著他的手，坐在勉強清出一絲空位的雜物堆間，歌聲稍停，細細打量約翰的意識。

「你醒了？」

「被吵醒的。能不能別唱了。」約翰勉強用盡力氣擠出聲音。

「你真的很沒禮貌，讓女巫開口唱歌可是很難得的。」芳咬牙擺出「真不識相」的表情。

「拜託喔，安魂曲不是在這種時候唱的歌吧……！」

「誰規定的？」她故意賭氣般撇頭用力一哼，手也順勢鬆了開來。「我只是看你

睡得不安穩，才想說唱歌安撫你。不領情就算了。」

「妳是把我當成六個月大的小嬰兒還是啥……啊痛……該死……」約翰掙扎著想坐起來，肩上的傷口立刻被牽扯，深刻的痛楚讓他停下動作，只能強忍著發出低吟。

他想起來了，當時用來電腦供電的發電機爆炸之後，有好幾個小零件噴射出來，讓他身上多了好幾道擦傷，其中一個甚至卡在左側肩膀上，芳必須挖開血肉才能將碎片清出；如果只是這樣或許還能順利康復，持續的昏睡與高燒才是拖慢療程的真正原因，一個星期都快過去了，約翰才終於勉強能夠維持較長的清醒時間。

至於爆炸的原因，大概是氣體從高壓罐洩漏，引起燃燒的關係。那是一臺醇氫發電機，壽命已經很久了。約翰並不意外，他並沒有修理發電機的技術，也知道機器遲早會出問題，只是一想到黑影也出現在那裡就令人火大。

「順便換個藥吧。」芳的口氣再次變得溫順，甚至帶著小小的內疚。「外傷必須格外小心，診所剩的抗生素不多了，我們得省著用。」她主動伸手撥開約翰肩上的繃帶。

「隨便吧，每天都在看那些靈魂，反正遲早……」

「約翰。」她的動作突然停下。「別說傷心的話。」

「妳還沒習慣我的個性啊？」他嘴角歪斜地一笑，卻又被芳刻意施力的動作弄痛了傷口。「痛！妳幹什麼？小心點！」

「我們不是約好了嗎？」芳直勾勾地看著約翰，臉上沒有怒意或一絲哀傷，口氣中卻帶著不容質疑的決斷。看著那模樣，約翰到嘴邊的譏諷只能默默吞回。

「好啦好啦，妳……」

「別說傷心的話。」她沉聲。

「是，別說傷心的話。」

芳咬著嘴脣，這才繼續手中的動作，垂下的瀏海蓋住她此刻的專注神情，沉默在他們之間瀰漫，好像只要沒有了火箭，兩人就不曉得該開口聊些什麼。約翰伸出右手撥開自己凌亂的金髮，回想著剛才的夢境。

心底彷彿有某種情緒漸漸變得澄澈，一掃往日的陰霾。

「芳……妳還會繼續做火箭吧？」他的視線掃向鐵製的換藥盤上，玻璃藥水罐貼著葉子診所的標籤，上頭還有南希醫師的字跡。

女孩嘴脣微張，似乎想說什麼，卻又一邊在腦中搜尋能讓約翰滿意的答案。他知道芳還在愧疚，只好將話說得更明白些。

「等我好了之後，再去收集材料吧。」

語畢，女孩訝異地張著大嘴，什麼也沒有說。奇怪的是，約翰本以為自己親口說出這句話的同時，她應該會激動地舉起雙手歡呼，或是開心地大笑出來。她應該是那種人才對。

但芳只是凝重地點了點頭。

「你果然是火箭工廠的小孩呢。」

「別得寸進尺。」約翰眉頭緊蹙。

她嘻嘻笑了幾聲，將繃帶完全包紮好，接著輕拍了一下男人的背。

「宇宙葬就交給我吧，約翰。」

接著，她露出了與夢境中那人相似，溫柔又苦澀的微笑。

疫後五年
約翰十三歲

直覺告訴我，這一切必須阻止。

「我不要你過去！不要！」

我只記得自己反覆伸出手想要抓住父親的衣袖，又被極大力氣的他輕易撥開。

我跌坐在地，於是只好跳起來繼續死命抓住不放，整個人緊緊貼在父親的腿上，大哭著堅持死不放手。

我也不想當個父母口中的難搞孩子，但大人永遠比我更有手段。

他們甚至只需要把我推開，就能輕鬆應付我在腦袋裡尋思硬擠出來的任何辦法。

「莎拉，妳看他這個樣子……」父親嘆息一聲。

他的另一手還抓著旅行包，絲毫沒有要放開的意思。這讓我哭得更大聲了。

「媽說過城裡很危險的！老師也說荷米市都是疫區，你不要去！」

父親眉頭皺了起來。「妳說過那種話？」

「哎呀……」站在一旁的母親也不知所措。

「都是疫區！很危險！」我大吼起來，不想讓父親的注意力移到母親身上。現在誰說過什麼話都不重要了，重點是他不能過去那裡！

父親的態度終於開始動搖，他蹲下身子，將旅行包也放在地上。我的雙眼沒有放過他的任何動作，但不敢鬆懈，只是警戒地吸著鼻子瞪他。

「聽我說，約翰。」父親抱住我，伸手輕拍我的肩膀。「父親這次只是要去城裡拿個東西，就像以前一樣，很快。」

「你騙人。」

「我叫大伯來陪你玩，好不好？你不是最喜歡聽大伯說故事？」

這次我可不會上當。「我們可以自己做呀！你明明說過我們工廠最厲害了！」

「火箭的晶片就像心臟，那種東西我們做不出來的。」

「但你說過的……你說過的！」

「約翰，聽我說，現在已經沒幾間工廠能做這些零件了。如果連我們也不做火箭，就沒有人能舉辦宇宙葬，不但大家回不了銀河，連這樣的傳統也會消失。」他溫和的態度逐漸達到極限，變成壓抑的低沉喉音，藏著一絲令人恐懼的威迫。

「那帶我一起去啊……你說過要教我怎麼成為火箭技師的！」
「抱歉，這次不能帶上你。」
「那為什麼你就可以去！不要去！你不要去啦！」
父親只是沉沉地嘆了一聲，我的身體旋即被硬生生拉開。
「這沒辦法了，莎拉，拜託妳了。」
他站了起來，我立刻不顧一切發出大叫，不死心地想伸出手，卻被母親緊緊摟在懷裡。「約翰，跟媽媽一起在這裡等爸爸，好嗎？」她的聲音有些顫抖，又像是隱忍著情緒，雙手緊緊囚錮著我。
「你答應過要教我的！」我對著那個背影大吼。
「你不是也想當火箭技師嗎？那你要了解爸爸的責任跟心情！他有他的職責！」
「什麼職責？他只是想把我們丟下！」
「約翰！」母親大喝一聲，淚水也在她的臉頰上滑落。我在母親那鮮少會爆發的怒吼聲中停止掙扎，然而那身影已經關上家門，隔著那道門板，我清楚聽見父親在門外與其他工廠員工談論的聲音，接著車子引擎發動聲遠去。母親終於鬆開了手，坐在地上哭得無法自拔。
我瞪著那扇觸手可及的大門，努力吸著鼻子忍住淚水，一股怒火在胸口膨脹，喪失了所有自制的能力，我轉過頭來，把那股將我吞沒的憤怒盡數拋出，與她脆弱而悲傷的臉龐對抗。與這個世界上的一切對抗。

「我最討厭火箭技師了——！」

我也不曉得這句話究竟是在對誰吶喊，或者說，到底有誰能聽得見。

我本以為是雪花把人們交談的聲音都蓋住了。後來我才發現，問題似乎不只如此，可能在那之前我就已經放棄了交談，試圖把一切想法記錄在日記上，可是貧乏如我，卻只能寫下簡短而無關緊要的內容。

父親與母親，以及我，還有我們與這個小鎮。

是從哪一步開始走錯了路，導致他用如此不耐的眼神拋下了我？是我的無知讓他感到厭煩了，還是這個無能為力的小鎮讓他厭煩？否則為何陌生的死者能比家人相聚重要，讓他嘴上不斷空談職業責任與生死大義——不論是父親還是母親，明明連靈魂都沒有親眼見過啊。

在等待父親回家的日子裡，我每天都試圖釐清這個念頭。

但是數年過去，我還是沒能想通這件事。

即使我已經是奧伯斯工廠的正式員工，對於火箭製作的了解已經不輸給其他員工，然而內心始終有一個疙瘩在；我可以漂亮地切割金屬、配合設計圖的需求塑型，甚至開始練習複雜的金屬旋壓加工，工人都說那個技術十分複雜，我父親花了十年才掌握，但我卻花了三年就抓住訣竅了。

「不愧是火箭工廠長大的孩子。」

他們都打從心底發出讚嘆，甚至語氣帶著微微的嫉妒，因為每當我聽見這句話時，總會擺出更加難看的臉色。事實上，我不是鄙視那些長輩，只是一點也不喜歡做這些事；更恨的是，他們總會在這句話之後，提起那失蹤多年的男人名字。好像我都是因為父親的緣故，才會擁有今天這一身技術。

可是對我來說，這些事情已經不再值得驕傲了。

火箭跟宇宙葬，對我們的意義究竟是什麼？政府已經快給不出資金了，荷米市也沒有專家能夠前來支援，因為他們都死了，馬可夫小鎮早就該開始考慮南遷，卻因為那該死的火箭遲遲沒有下文。

而每次談到這些話題的大伯，平常再怎麼侃侃而談，在這時候也只能變得軟弱而沉默。

他總是固定時間開車載我下班，代替我的母親關心我的生活、我的工作、讓我覺得自己好像還是擁有溫暖的幸福小孩。

「宇宙葬啊……」一手掛在車窗邊緣，指尖敲打著方向盤，吐出千篇一律的答案。「不是很簡單嗎？就是為了小鎮福祉的東西嘛。」

「狗屎。」

「別講髒話，約翰，你媽不喜歡聽見那些。」

「為什麼？工廠每個人都在講。」我雙手插在口袋裡，假裝讓自己的口氣像個大人。「反正回去以後我們也不會聊天。」

車子內的錄音帶播放器唱著經典的歌曲，大伯安靜地順著節奏彈動手指。

「多久了？」

「三年，大概。我沒有算日子。」

「我不是說你父親，我是說……莎拉什麼時候不跟你說話的？」

「我哪知道。」我瞪著窗外的景致，城鎮白茫茫的一片，家離我越來越近了，但我只覺得沉重。

「這樣不是辦法，你懂吧。她可是你媽啊。」

「嗯哼。」

大伯沒再說話，轉動方向盤在坡道上緩緩轉彎，雪胎將地板的碎冰刮得嘎吱作響。車子一路下了山，大伯的話題再次回到工廠內的研發進度，前陣子的火箭試射失敗，以及我終於得到一套合身的新制服，不過其實也是從最瘦小的離職員工那裡改來的。除此之外沒什麼好消息，能做為茶餘飯後的話題越來越少。

「到了。」大伯將車子停在門口，無視我陰沉的臉色。「我也進去，走吧。」

我欲言又止，「車子……」

「在門口暫停一下，跟莎拉打聲招呼而已。走吧。」他推了推我的肩膀催促。

真是多管閒事。

我完全猜得出大伯在打什麼算盤，他總是想當和事佬，畢竟母親與我爭吵的次數越來越多，就連哭泣的時間也是，就連今天去工廠之前也看見她在哭。

不過現在家裡倒是安靜得出奇。

「怎麼沒開燈？」大伯率先按下開關，白光閃爍幾秒後才穩定照亮這個小空間。可是黑暗仍然占據了許多地方。臥室，廚房，浴室，沒有任何該有的聲音。

「媽？」

我和大伯一起走進屋內，不過才沒幾步又停了下來，因為桌上放了一張草草寫下留言的紙條，同時吸引了我們的注意力。

「爸爸要回來了，我去接他。我們會完成火箭。」

腦袋瞬間變得空白。

爸爸什麼時候說過要回來了？明明火車都停駛了啊。

「該死！」大伯率先有了反應，他用力抽著氣，按住我顫抖的肩膀。「約翰，留在這裡！」接著他轉身飛奔出門，沿著街道不斷大喊我母親的名字。

而我拿著紙條，一屁股跌坐在沙發上，腦袋嗡嗡作響。

其他大人很快就來了——那些湊熱鬧的街坊鄰居——在聽見大伯的聲音後也衝進我的家門。他們戴著口罩圍著我，伸手推擠我，試圖問我許多話，但我完全聽不見他們的聲音，只是一個勁地重複想像母親是用什麼眼神，在紙條寫下那句話的。

不久後，也可能是好幾個小時後，大伯帶著警長進來。

「約翰，沒事的，我會找到你的母親。」警長脫下帽子，半跪在我的身前，抿著乾裂的嘴脣說：「有人看見她往車站去了，我們……會想辦法把她帶回來。」

我看著他們，奇異的是，所有人都在默默流著眼淚，唯獨我的臉頰只有被風吹過的乾澀。我睜著雙眼，心情沒有一絲漣漪。

「孩子，你要不要先去保羅家過夜？」

警長追問了好幾遍，我才突然出聲：「不去。」

「可是約翰，聽我說……」

「我也不去工廠了，反正我討厭火箭，討厭火箭技師。」

這下子，換圍觀的大人沉默了。

我不記得那時候自己究竟是用什麼表情說話，但是我很平靜，非常的平靜，而且篤信不疑。我緊緊抓著那張紙條，彷彿那是我唯一能說服這些人的證據。

「爸媽要回來了。」

我說。對著每個人大聲地說。對著這個世界說。

「——我，就在這裡等。」

【第二章】

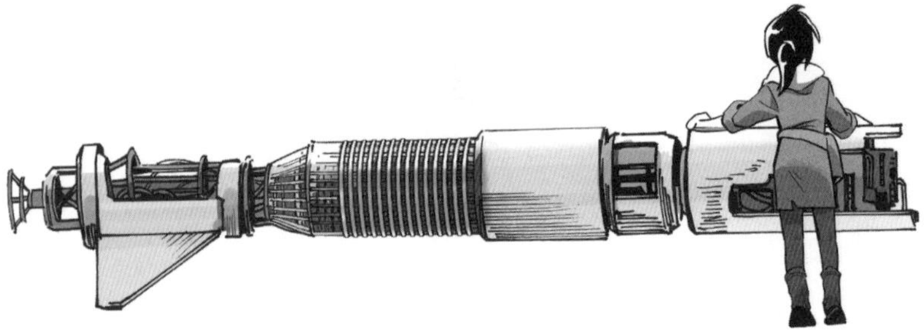

火箭 14

火箭14號製作中
目標零件：感應器

進入夏天以後，小鎮的天氣總算稍微溫暖了起來。

雖然逐年降溫的世界讓他越來越難感受到四季變化，但自從芳出現以後，他們又開始重新計算起時間的流動。

他在工廠休養了一整個月，這段期間芳鮮少提及火箭的事情，反而是約翰自己積極詢問火箭缺乏的材料。

原因他大概也心裡有底——芳多少在為約翰的傷勢感到內疚，加上接下來將使用正式的火箭，準備期也隨之拖長了，需要的東西也不再是唾手可得的普通零件。

出門前，他甚至還收到尋找感應器的要求。

「感應器？妳怎麼會缺那個東西？」

芳沒有正面回答問題，而是自顧自地說：「我會教你怎麼分辨出來，電視、冰箱、火災警報器……之類的大型電器應該找得到。」

「說得簡單，妳是要我一個個拆嗎？」

「拜託啦，就當是復健吧。」

「妳們女巫是不是沒有『必須體恤他人』的教條啊。」

「我只是比任何人都信任你啊——哎唷！」芳邊說邊往後退，結果整個人撞上與她等高的雜物，她閉上眼，隨著哐啷落地的紙張與雜物尖叫出聲：「約翰！地球在上，你的房間真的很亂！」

「等一下，我可是休養了整整一個月……」他臉頰微熱。

「你受傷前的房間也沒有比較乾淨。」她嘟囔著拍去肩上的灰塵。

「謝謝喔，以後千萬別踏進來這裡，我會很感激妳的。」約翰白了她一眼，蹲下身子翻找床鋪底下的紙盒。他一伸手，便挖出底下不曉得放了多久的各種大小盒子，四周又是一陣塵埃。

「咳……你在找什麼？」

「手電筒的電池。進去廢墟總是需要照明才安全。」約翰皺眉將盒子一個個打開又蓋上，「對了，幫我拿警徽，就在妳腳邊。」

她低頭確認，彎身撿起腳邊不遠的金屬警徽，上面重新被打磨完畢，映照著微弱的光芒。「為什麼要帶著？」她把玩著。

「我不是要留給自己的，而是靈魂們有時候會拜託我把這些修好——啊哈，電池，找到你了。」約翰終於站了起來，將手上的電池放進手電筒內。

「……你就是這點好。」芳輕笑。

女孩那參雜著奇妙情緒的笑容，讓約翰本能地想反抗。

「別誤會，如果我能幫他們修好，或許能讓他們在我腦中安靜點。」

「嗯，總是會不捨。」

「不捨是什麼意思？女巫，妳真以為我想把這些東西撿回來？」他痛恨似的表情瞇起了眼。「我都說別誤會了，是他們太吵。」

芳驚訝地看了約翰好一陣子，嘴角的弧度緊接著顯露出苦澀。

「約翰，你這種個性真的很讓人擔心。」

他不悅地接過警徽。

或許是稜角分明的形狀刺痛了他的掌心，所以連帶扭曲了他的表情吧。

「──管好妳的火箭就好。」

就這樣，他又回到了馬可夫小鎮上。

不難預料，火箭工廠可用的零件已經越來越少，尤其是那些關鍵的核心零件只剩下極少存量，也無法用普通的材料替代。在跟芳討論之後，約翰主動扛起尋找替代材料的責任，盡可能轉換利用小鎮內的廢料。

「反正資料庫已經建立起來，我也漸漸熟悉你們工廠的火箭規格與運算模式，你可以不用經常待在工廠裡協助我。」芳曾經做出這樣的結論。「再說，你也不想要老是跟工廠裡的靈魂聊天吧。」

後者倒是說中了。

有一半想盡快收集零件的動力來自於此，另一半則是火箭十三號的成功，讓他更加確信自己在做的事是正確的，對所有人來說都是「正確」。他從口袋中掏出那個警徽，仔細重新打量，然後悄悄握緊。

感應器什麼的先不管了。

復健的第一站，是小鎮北方的樹林。

——約翰有股直覺，自己必須先從這裡開始出發才行。

「……火箭為什麼壞了……」

「……約翰，我也想去宇宙……」

走在路上，似曾相識的聲音不絕於耳。

「什麼為什麼，真以為火箭那麼好做啊。」約翰從嘴裡哈出氣來，不耐煩地應著：「先別說機身材料的不足，光是電腦運算、燃料公式計算就折騰死人了。每一次發射的氣候、風速、角度、燃料的完全燃燒都會互相影響——」

「……但是不發射的話，政府就不援助小鎮了啊……」

「就說了這種事沒那麼簡單，你們到底在奢望什麼？」

「……拜託政府，不要放棄我們……」

他頓了頓。

並不是因為自己又跟靈魂聊天起來，而是這些對話早就在以前重複過了。不是與芳的前幾次失敗，而是在更早之前，在馬可夫小鎮揚言舉辦疫後宇宙葬的時候。

儘管奧伯斯工廠承接了如此重責大任，也確實投入了許多技術開發與資源，甚至聘請外地人士來到工廠支援，卻還是無法順利發射火箭。

真要說的話，原因有太多了。

奧伯斯工廠只是機體與零件代工，本就不負責火箭組裝與發射，第二十九屆宇宙葬也是靠荷米市的人力支援才能順利完成。現在突然要轉型為火箭發射場，確實經歷不少阻礙。

再來就是燃料。

馬可夫大部分的火箭燃料都仰賴「研33」這個貴重金屬，也是目前最穩定的固態燃料。

可是自從第二礦場爆炸之後，研33已經無法開採，導致工廠必須重新尋求混合性燃料——也就是只靠少部分的研33與液態燃料混合——為此，工廠員工與科學家們必須重新計算新的火箭燃燒公式，在那之後的火箭試飛也幾乎敗在這裡。

不是燃燒不完全，就是初期燃點上升過快，不然就是溫度的不穩定導致機體無法承受……對一般的民眾而言，每一次試射都應該離成功更進一步，但是對工廠的人來說，每一次失敗都是讓進度重新開始。

約翰回想起自己當年站在廣場前，他們與鎮長一起報告火箭進度，以及廣場下的人又是如何焦慮與憤怒。火箭若發射不出去，馬可夫小鎮遲早會被政府冷落，轉而將資源轉給其他更重要的一線城市。

就連鎮長從一開始激勵喊著「我們要成功發射」，到後來也轉為「做不成也無所謂，但報告上至少得讓人覺得充滿希望」的哀求態度。

於是約翰坐在工作檯前，每天假裝自己雕塑著人們的希望，但那些零件在他眼中，只不過是變成了美觀的廢物。火箭發射不了，所有員工都知道，卻沒有人敢真的說出口。

那股退無可退的絕境氛圍才是最可怕的。

「……感染者21名，死亡者18名，失蹤者2名……」

靈魂在他耳邊複誦當年的廣場播報，約翰的腳步也跟著拖沓起來。

多餘的雜音從記憶中不受控制地浮現。

——約翰，走了，還在這裡做什麼？

——大伯，為什麼鎮長要把我爸媽列為失蹤人口？

——他們不懂，別管他們。

——可是小鎮要封鎖交通了，這樣他們要怎麼回來？

——外頭都沒人來了還封鎖什麼？說說而已。快點，跟大伯走，我們要去領食

物了。

——等等、我得告訴鎮長，如果爸媽……

——別管他們了！約翰，什麼都別管！

約翰垂下頭，歪曲地勾起嘴角。

「什麼都別管……我不是一直都這樣做嗎？是你們不放過我吧。」

他來到樹林入口，下雪的日子開始減少，因此不再需要擔心雪地行走的問題，在雪景下顯得單調的樹木，如今也多了幾分生氣，四處都是小鳥或松鼠發出鳴叫的聲音，比起下雪時的無聲，現在反而更能給人寧靜的感受。

約翰吁了幾口氣後，才逼自己抬起腳步繼續向前。

他沿著唯一的小徑不斷深入，兩側高聳的樹木盤根錯節地纏繞著道路，不過平緩的坡道還不算難走，他才走了十幾分鐘，見到前方Y字型的岔路口，就知道自己差不多到了。

約翰站在岔路口前，燦陽下交錯的林蔭模糊了地面的紋路，他無聊地用腳撥弄地面的枯葉，在沙沙聲響中掏出口袋裡的警徽，隨意朝個方向高舉。

「德雷斯先生，好久不見。」約翰吐出低沉的聲音。他鮮少會主動呼喚特定的靈魂，所以也不曉得這樣做是否能順利。「雖然很奇怪……我有東西要交給你。」

他吞了吞唾沫，忍住不安的情緒繼續說。

「這是你的警徽，是雪菈阿姨——不對，是被我撿到的，也替你修整過了。瞧，阿姨還在上頭留了字呢。」他晃了晃銀亮的警徽，露出上頭刻著的文字，等待風能帶來的任何耳語。

「你不是老念著阿姨的名字嗎？即使把你埋起來了，也會在這裡聽見你的聲音。」

「假如，你是真的在這裡……」

「那也順便告訴你，在埋了你之後，我也替父母建了墓碑。」

「沒為什麼，就是想通了。」

「如果連你都走了，那大概也不會有別人在鎮上陪我了。」

約翰的手垂了下來。

「哪怕徘徊，你也只會喊著雪菈阿姨的名字。看來阿姨跟你都是一個樣。」

「只是我以為……你們至少在另一邊能重逢的。」

「總之，我是來說這些的。抱歉那麼久以來都忽視了你的聲音……再見。」

他撥弄著警徽，接著才將它收回口袋。

此時，一道小小的聲音貫穿了他的身體。

「……約翰……」

那句簡短的呼喚已經道盡了一切，聲音中沒有任何感謝，也沒有感慨，但是約翰彷彿能看見德雷斯蒼老五官下正在展露微笑，釋放了沉重的枷鎖——究竟是自己的幻想，還是那聲呼喚確實包含了複雜而深邃的情感——他感覺內心深處也被這個瞬間牽動了。好像直到此刻，他才真的意識到德雷斯的離去，以及警長再也不會回來的事實。

約翰順著那股衝動啞聲開口。

「……我會完成宇宙葬的。」

這句承諾完成的同時，連他自己都能感受到其中沉重的分量。

「我會幫你們的。為了你們，我，還有芳她……如果是芳，或許真的做得到。」

他哀傷地看著空中，雙手用力緊捏起來，快不曉得自己在說什麼。「放心吧，警長……請你……」

他沒能將最後的話說完。

後來想想，其實也不必要了。

森林宛如一座空殼，即使表面上沒有變化，他仍能感受到某股氣息忽然被抽離的空虛。不管那靈魂是不是德雷斯，如今都已經「離開」約翰的身旁。

從今而後，這裡會被新的生命填滿，停滯的時間也將再次流動吧。

至少對約翰來說是這樣。

他再次看了一眼森林，才回頭順著腳印離去，明明許下了平常不可能會做出的承諾，他卻覺得腳下步伐踩得更加踏實；渾沌的雜念被沖刷殆盡，前進的道路清晰浮現，彷彿很久沒那麼晴朗過。

他一路離開了森林。

然而回到小鎮之後，現實的困境又將他逐漸從輕鬆的氣氛中拉回來。

腦袋放空了一整個月，如今突然被迫計算起時程、材料製作還有處理金屬時的切割手感……他還不確定自己能否精細地操作機器，切割、塑型、打磨等粗重工作大多是由約翰進行，所以忙碌的可不只是芳而已。

加上現在是夏季，他最好趁天氣穩定晴朗的時候加緊準備更多零件，以免入冬之後吹來暴雪，房子也更容易坍塌破壞，約翰也會越難收集材料。別說找零件了，以往他們光是要確保糧倉與工廠無恙，便得費上許多功夫。

「喂，不是我在嫌……但那女巫的要求是不是真的越來越刁鑽了？」

他以圍巾遮起口鼻，盤坐在廢墟內拆解一臺電視機，尋找芳指定的感應器。算他幸運，才搜索到第四間建築，就找到一個保存情況還算良好的電視機。

他左看右看好不容易拆下來的整片電源板，上頭的元件密密麻麻分布在電路板上，像一座迷你城市的立體地圖。他果斷放棄處理，決定將它直接帶回工廠給芳再說。

他將電路板小心放進自己的背包內，又額外墊了幾層軟布，才安心地扛在肩上。不過才剛起身，約翰便注意到這座廢墟的格局有些熟悉，直到他看見其中一扇門上掛著「診療室」的指示牌，只是字樣早已斑駁脫落，剩下殘膠的外框。

「等等，這不是……」

來。

他剛剛是直接破窗而入的，加上診所早就沒了招牌，他才沒有在第一時間認出

約翰伸手轉動診療室的門把，意外地沒有上鎖，而是輕輕一轉便推了開來。他順勢走入房間，南希醫師的古典辦公桌與診療床立刻映入眼簾，與夢境中的記憶如出一轍。

他嚥了口唾沫。

「南希醫師……」

灑落的陽光照亮整個房間，塵埃也像是發著光般，在這凝結的空氣中載浮載沉。

他打量積滿了灰塵的病歷櫃與桌子，脆化泛黃的文件攤開在桌上，內容依稀寫著病毒與疫苗的相關討論與研發進度。

諷刺的是，其中一份感染紀錄卻是來自南希醫師自己。

她死於病毒感染，且發病的過程很快，儘管用上了所有可嘗試的藥物，也抵擋不住她臟器衰竭的速度，而南希的丈夫喬治——那個連約翰也沒見上幾次面，經常待在荷米市的內科醫生——拒絕了經營診所的請求，並在安葬好南希

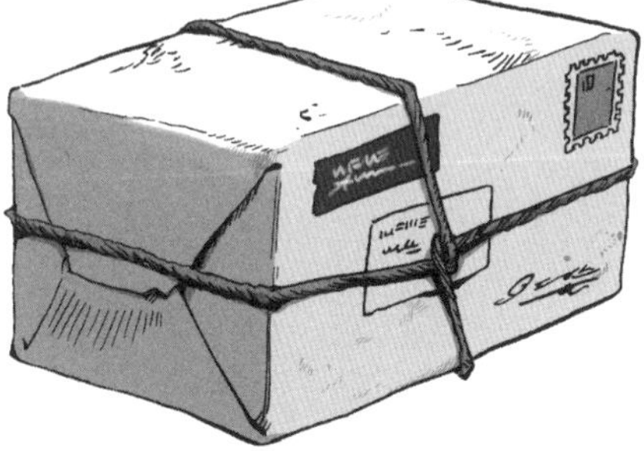

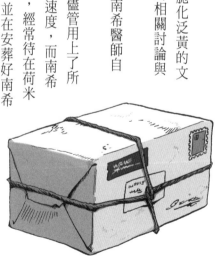

之後，迅速帶著孩子回到荷米市研發疫苗。從此沒人再聽過喬治的消息。

葉子診所因此荒廢，藥物也集中交給鎮長保管分配……

連這個溫暖的庇護所也失去之後，約翰也沒有其他可以說話的地方了。

「一直以來都很謝謝妳，醫師。」

約翰的手輕輕掃過桌面。

南希醫師在一張紙條上寫著荷米市醫院的地址，那字跡看起來十分急促潦草。

約翰依稀記起南希醫師曾為了一份包裹追著郵差跑，甚至為了讓對方收下而激烈爭執。

——拜託你，請替我送到荷米市的首都醫院，這真的很重要！

「唔……！」

他垂下顫動的眼簾，像是被電到一般迅速收回指尖。

剛剛那是回憶中的聲音，還是來自南希醫師的靈魂？

約翰扶著額頭，努力讓自己鎮靜下來，然而不管過了多久，他都沒有再聽見南希醫師的聲音。他只好退回門邊，以懷念又遺憾的眼神看向那空蕩蕩的辦公椅。

「抱歉，醫師。如果是其他的事我很樂意幫忙，唯獨荷米市……」

約翰關上門，將那片風景重新封印起來。

在那個房間內，約翰曾坐在診療床上一次又一次地揭開自己的傷口，荷米市、瘟疫、失眠與噩夢……南希醫師會理解的。

他捏緊背包肩帶，像是要逃離這份回憶般，加快腳步往工廠的山坡前進。

回到工廠後，才剛放下行李，約翰便注意到總裝室沒有半點聲音。平常這時間芳早就開工了，要嘛把整座工廠吵得不可開交，不然就是急匆匆地跑出來求他幫忙處理機體。

「芳？」

他脫下帽子與外套，大步走進總裝室內，發現芳確實還在裡頭，只是不是在火箭前，而是坐在電腦桌提筆寫著字，一邊發出輕柔的笑聲。

「這次又是誰？」芳對著空無一物的牆面出聲。「等等啦，你們擠在一起，我根本分不出來誰是誰了。」

不是工廠人員的靈魂嗎？約翰抱著困惑悄悄走近幾步，馬上聽見一道輕如歌詠的嘆息。

「……我想回到銀河……」

「好啦，我知道我知道，我這就繼續趕工。」芳彎起嘴角，直到轉頭看見約翰，立刻驚喜地朝他揮手。「約翰！感應器回來了？」

「有差嗎，妳看起來也不像在趕工。」約翰雙手交疊，似笑非笑地對桌上那疊紙卷使了個眼神。

「哼，這可是歷代聖徒們的名字。」芳瞪了男人一眼，指尖輕輕敲著紙張。「看清楚了，這是宇宙葬發射的前置作業之一，我必須請升往銀河的歷代聖徒為眾靈魂引路。」

約翰這才恍然大悟。「但我之前從來沒看妳寫過這些。」

「因為之前都是試射，這次我們是要來真的。當聖徒的名字完成後，我會燒掉它，再將餘灰裝進火箭鼻錐裡。」芳的聲音帶著堅毅的覺悟，試圖以此蓋過內心的緊張。

約翰輕哼一聲，走過來細看紙張上的字跡，但僅瞄一眼，就被那娟麗且隆重的花體字給震撼了。

每個名字的筆法似乎都經過設計，以襯線延伸出華麗的妝點，其細緻程度絕對不是隨手寫在紙上而已。約翰對此雖然一竅不通，依然能透過那繁複的文字感受到力量。

他驚豔地看著那張紙，半晌說不出話來。

「我很久沒寫了，所以花了點時間才找回手感。」芳一反往常那股自信的作風，而是羞澀地將紙張小心收好。

「寫這麼辛苦的字竟然要燒掉？」

「不只燒掉呢！火箭發射時，你還會看見女巫一一唱出聖徒們的名字，期待

嗎？」

「聽起來跟唱安魂曲一樣，誰會期待那種事。」他忍不住白眼。

「你要慶幸這世上還有人能唱給你聽。」

「……那妳要慶幸還有人聽妳唱了。」

「嘿！」

約翰故作無辜地聳聳肩，他知道這時候該怎麼迴避芳的埋怨目光。「好啦，我一個人生活的那幾年，找不到人說話時確實有些無聊。」

果然，芳的氣焰稍減，在那副表情中安靜了好一會兒。

「所以就說了，你要慶幸還有我在。」她瞇眼。

「講得好像自己就不怕一個人似的。」約翰嘴角微動，像是說給靈魂聽的悄悄話。

「你說什麼？」

「哼嗯。我是說，自從妳冬眠醒來以後，一路上有遇過任何人嗎？」

他們之間又沉默了一段時間。

芳的臉色突然變得有些難看，稱不上痛苦，但有一股強烈的疲憊忽然湧上她的眼眸，就連聲音都顯得十分脆弱。

「現在還問這個做什麼？」

約翰沒料到她會有這種反應，於是雙手一攤，沉聲解釋：「某一年我突然很想離開馬可夫，所以隨便裝了點糧食就往大角路走去，那裡可以通往礦坑，也能接到地球大道。或是鐵路。隨便哪裡都好。」

芳睜著大眼，沒有說話。

「我其實也沒抱什麼期待，走了一天一夜，什麼人影也沒見到，有的只是不認得的屍體，於是我突然間覺得這一切都真的……很沒意思。所以又回來等死了。」

「——我有遇到人。」她斷然開口。

「真的？」這次換約翰震驚了。

「旅行途中，我有在一個小村落留宿。」

「運氣滿好的。」他立刻坐了下來，視線與她正對。「在哪裡？」

「那是個不錯的地方，有隱密的森林又有湖泊，但是沒有人，所以我繼續往南走。」女孩的視線與她的聲音一樣縹緲。

「然後呢？」

「接著，我找到一個老營地，有一臺很老舊的露營車，裡頭沒人，但是有留下一點水與食物。我藉著那點糧食撐了五天，遲遲等不到車子的主人，所以我又往南，陸續經過了幾個小聚落……」

「所以怎樣？到底有沒有人？」約翰緊皺著眉頭，急切地打斷。

「有。」

「喔？」

突然，芳將目光拉向他。

「雖然槍口指著我。」她緊接著擠出一絲微笑。「但我遇到了你。」

約翰一手撐著臉頰，愣愣地不作聲。

他總覺得自己應該要有點回應，或是假裝生氣罵她亂開玩笑也好，不過一抹惆悵已經瀰漫在兩人之間，就算吐出任何話也都像是嘆息。

或許是感受到同樣的氛圍，芳垂下頭來，用極為輕淡的語氣開口。

「約翰，如果遇到你不是奇蹟，地球在上……靈魂便不曾言語。」

當她再抬起頭時，約翰不確定自己有資格承受那樣的沉重神情。

——只因那是他見過芳最悲傷，卻也最燦爛的笑容。

疫後二年
林芳二十二歲

那兩名記者坐在我的眼前，帶著充滿興趣的目光剖析我。他們穿著襯衫與吊帶卡其褲，一個人拿著紙筆，另一人則抱著厚重的木製相機拍攝，而我即使知道他們出現在此的目的，卻還是感到微微不適。

並非討厭他們，只是單純不喜歡面對鏡頭。

如果無法說出符合大家期待的話語，豈不是壓力更大嗎？

只是就像這些記者無法推辭工作內容，我也無法推辭聽令於政府的報社採訪。

「林芳大人，您做為最年輕的女巫，是怎麼看待宇宙葬的？」

「火箭是人類跟宇宙對話的唯一方式，也是人與人之間聯繫的方式。火箭製作過程需要運用各種科學的總和，明明是運用各種數字與公式統計出來的結果，卻承載了整個國家的信仰，支撐起聯繫心靈的橋梁，這是非常迷人的事情。」

「不好意思，請問能解釋得更清楚一些嗎？」

「晶片與線路會告訴我這個世界是如何運作的，我很難說明，但我深深為火箭著迷，每一個技術結晶背後都有著許多故事，讓它足以背負最艱鉅的任務……」

「原來如此。是因為從小住在教會內，接受阿瑪迪斯長老的教育，所以使妳特別熟悉這些知識嗎？」

「這個——」

「長老從小就察覺到您的天賦了，是這樣嗎？」

「不是的。」

就算那是事實，也不該是重點。

我還有好多想談的東西，關於火箭、科學與信仰，還有最新的團隊研究——

但是果然還是變成這樣了啊。

「您在小小年紀就展現出驚人的才能，可以跟我們具體談談您的出身嗎？您又是如何看待將您奉為神子的人民？您會回應他們的期待嗎？」

「……我認為……我對這些……是，是的。我認為這是女巫的使命。宇宙、火箭與科技，都是為了讓我們完整實踐信仰的過程，現在正是城市最脆弱的時刻，我們希望大家能夠團結起來，在銀河的祝福下攜手撐過……」

「抱歉打斷您，您剛才用上『脆弱』這個字眼，難道大人認為政府的政策有問題嗎？」

我壓抑住在他們面前起身走人的衝動。

「我永遠相信荷米市。」我抬起頭，堅定地瞪著他們。「因此就算全市封鎖，我也認為這是必要的決定。還有其他問題嗎？」

記者們同時對我露出曖昧的微笑。

結束採訪後，我離開了那個令人窒息的小房間。看看時鐘，離集合的時間還差一點，但大多數的人應該都準備好在主廳等候。

我穿過一條戶外長廊，高大的聖者像在花園內陳列，無神的雙眼凝視每個從它們面前走過的人。

我漫不經心地回視那一雙雙目光，總覺得當上女巫以後，也還是對這些聖者像沒什麼實感。

唯一能同理的，大概就是女巫的工作有多辛苦這件事。
每位女巫都有不同編號，背負不同的使命。我身為第十二位女巫，是象徵著「死與新生」的位置，偏偏這樣的我卻幾乎感受不到靈魂的存在，也真夠諷刺的。
但這也讓我更加堅信一件事情。
比起死者與信仰，讓活著的人幸福才更加重要。
我的火箭與宇宙葬能夠讓活著的人幸福，我的存在能讓教會的人們幸福，這樣就足夠了。
「咳嗯。」我推開休息室的門，「我就知道妳還在這裡，先繞過來確認是對的。」身材嬌小的女孩將視線移開電視機，甩著一頭捲短髮轉頭看我。
「芳，妳有看到電視嗎？疫情真的蔓延了……」
「別看那些了，貝朵。長老在叫大家集合，妳得動作快點。」我苦笑。
貝朵聞言，動作笨拙地套上職員外袍，從小與我一起接受女巫訓練的她，是少數不會因為我的地位而拉開距離的人。這點簡直讓我充滿感激，也讓我特別喜歡找她說話，不論理由為何。
「大家都想逃離荷米市，妳覺得這股撤離潮會走多少人？」貝朵伸手整理頭髮。
「他們離不開的，」我捧著臉頰，心底還有一股怨氣揮之不去。「荷米市要封城了。接下來一個人都走不了。」
「地球在上！」她驚愕地張大嘴巴，與我一起走出職員休息室。

大多數的教會職員已經集合在祈禱廳內，害怕地互相依偎或是交頭接耳，想要抹除內心的不安，看來不少人都聽說了封城的消息。

我跟貝朵分別走向自己的位置，她走向其他人，而我則是走上演說臺旁，與所有人一起等待長老出現。

沒多久，阿瑪迪斯長老也現身了。

「荷米市市長已經下令封鎖內城，禁止所有人進出，周圍的小路已經先封鎖了，接下來就是主要的大橋。」她甫一站上位置，便開門見山地進入話題，冷靜的聲音響徹整座大廳，「越是這樣險峻的時刻，我們更要團結起來，努力援助市民。」

「還沒回城的職員怎麼辦……」

「宇宙葬呢？下一個預定日都安排好了……」

「宇宙葬已經取消，沒能回城的職員我們也盡快聯繫了。」長老耐心地回應每個人的疑問。「因應人力有限，教會開放祈禱的時間也會調整，我也會請琴重新分配工作，減少不必要的勞動。接下來的時光會很漫長，請大家務必要有心理準備。」

「準備……」大家茫然地複誦著這個字眼。

要有什麼準備？為什麼會是長期準備？

突然，一名職員從入口處破門而入。

「長老大人！長老大人！」

「冷靜點，法藍斯。」

「有人在街上暴動！」法藍斯無視長老，反而發出害怕又尖銳的喊叫。「我剛剛去山下採購，他們、有好多人在抗議政府的封城決策，上千人集結在街上，四處丟石頭與汽油彈——」

不只是我，所有人都倒抽了一口氣。

我們之間有人開始哭了起來，恐懼如漣漪般迅速蔓延，讓大殿內的人抱緊彼此，或是在這小空間內緊張踱步。

「女孩們，保持鎮靜！」阿瑪迪斯的聲音重新讓大家安靜下來，「攻擊不會波及到這裡，做好我們該做的事。琴，工作分配麻煩妳了。」接著，長老大人轉頭看著表情驚訝的我。「芳，跟我來。」

我與長老走下臺階，身旁還有兩名隨從跟著她。

我悄悄打量長老的神色，發現她似乎並沒有對剛才的消息感到驚訝。

「採訪還順利嗎？」長老在我身旁柔聲問道。

「很順利啊，他們只聽他們想寫的話，採訪很快就結束了。」我故作輕鬆地笑著。

「嗯，那麼，接下來我說的話只有妳能知道。」她一邊說著，一邊帶著我踏入長老的私人書房，那個能夠讓我卸下溫婉文靜的表象，展露真正自我的舒適空間。長老站在辦公桌前，神情凝重地小聲說：「我剛剛收到最新的電報，疫情非常地……不樂觀。接下來可能會發生我們都不願見到的景象。」

「怎麼回事？」

「我還在與政府的人交涉，他們打算趁局勢不穩，搶回權力自行運作，卻接連丟出許多荒唐的政策，我們很想幫忙，但反教會分子跟反疫苗人士不斷阻撓，加上染疫者無法有效被隔離，如今越來越多的醫院罷工……」

「有什麼我能做的？」我趕緊握住長老的手。

對於長老在處理的這些政治交涉，一向不是我的專長，更不可能在此時提出膚淺的意見。但是長老需要，我隨時能夠獻出自己的一切，並且毫不猶豫。

只要努力，我們就肯定還有辦法，還有希望。對吧——

「芳，聽我說。」長老平靜的聲音底下，藏著我意想不到的脆弱，「我不想將這份重擔交給妳……但考慮到最嚴重的情況，我有義務將教會的最終計畫告訴妳。」

我張著嘴，才剛冒出的熱血念頭瞬間被那道灰心的眼神澆熄了。

如果還有挽救的餘地，阿瑪迪斯不可能會露出那樣的表情。

「『最終』是什麼意思？」我啞聲。

長老的手捏得更緊了些，慈愛的眼神中盡是沉痛。

「我必須確保妳了解冬眠計畫的所有細節。」她說。

「冬眠又是什麼意思？」

「就是字面上的意思，妳必須接受冬眠，時間不長，只要十年就好——」

「最嚴重的結果是什麼？」

「芳，那不是妳該考慮的事情……」

「告訴我。」我堅決地看著她。

長老眼神一沉，試圖朝我擠出微笑，接著如同往常那樣抱住了我。

「我知道妳可能無法接受，芳。如果到時候世界一片荒涼……請把我們帶走，好嗎？」

我閉上眼，腦中閃過每一次主持的宇宙葬，以及離開身邊的那些人們；那些紀念碑上曾被我誦唸過的名字，全都替換成了自己相處了十幾年的熟悉人名。

我已經讓自己笑著送別許多次了，卻還是忍不住疑惑，眼前的人為何總是能走在我的身前，對我勾起嘴角，平靜說著自己即將死去的事實。

阿瑪迪斯，我親愛的阿瑪迪斯。

以女巫的身分，我當然可以笑，但是「林芳」該怎麼辦呢？

妳都還沒有教導我，也沒有教導過任何人……

笑著的話，該怎麼哭泣？

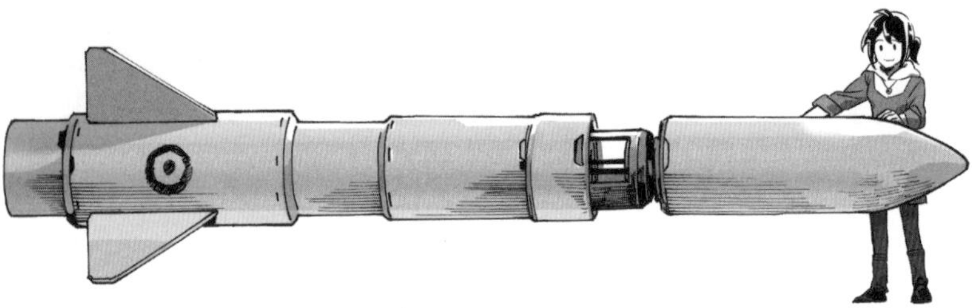

火箭 14 號

火箭14號
目標：已完成，準備發射

芳全神貫注地寫完最後一個聖名。

雅各、骨喇爾、猶它、拉斐爾、梨鼎……她重新拿起紙張逐一查看，尤其是後來追加的人名，沒有教會認可的標準字能夠參考，只能憑著自己的感覺設計字樣。反正，意念有確實灌注進去才是最重要的。

「地球在上，我記得歷代聖徒沒有到三百人那麼多啊，到底是誰在我冬眠時亂追封了這麼多人……」她繼續數著人名一邊碎嘴，直到那些陌生的字逐漸變得熟悉。

愛哭鬼法藍斯、最貪吃的貝朵、腦筋不太好的由莉思嘉，以及……總是對自己最嚴厲的琴……芳的指尖掃過這些姓名，同時也是她重寫最多遍的姓名。

最後，指尖停在第二十一代地球教會長老，阿瑪迪斯的名字上。

光是能夠順利寫完這個名字便已是奇蹟。

「啊啊……不行不行，會弄溼……」她顫抖地抬起頭，以免自己的淚水滴落在紙上。「林芳，堅強點啊，妳花了那麼多時間，可別又要重寫了……」

她硬擠出一抹微笑，往空中看去，想搜尋任何一個靈魂的存在，她好想聽聽那些靈魂的聲音，感受它們的願望，以及它們的陪伴。約翰很幸運，這些存在於馬可夫小鎮內的靈魂大多都是溫柔善良的人們，光是與這些靈魂相處，就感覺自己又能找回前進的力量。

「……女巫在哪裡……」

「是，我在這裡。」她吸著鼻子，努力讓自己的聲音別太沙啞。

「……火箭，還不行嗎……」

「我會完成宇宙葬的，放心，只要工廠與約翰還在，我就……不，我……」

她深深吸氣，然後用力眨著大眼坐直身子，拍打自己的臉龐。

「——沒錯，要堅強啊！我大概是世界僅存的女巫了！振作、振作！」芳站起來朝空氣揮拳，彷彿是跳給自己看的加油動作，然後再次看向空中飄盪的微小光點。

「我會盡快讓你們前往宇宙的，我保證！」

她露出燦爛的微笑，等待靈魂的回應。

光點在眼前閃爍了幾下，在即將消失之際，擠出最後一道氣若游絲的聲音。

「……可憐的女孩，如此年輕……」

——

芳錯愕地望著靈魂離去的聲音。

她腦中赫然閃過自己主持宇宙葬時的畫面。

面對身為女巫的自己，眾人的手若不是充滿渴望地伸向她，就是在她面前虔誠地緊握，伴隨在祈禱的聲音之間，總會穿插些許雜音飄進芳的耳中。

她的資歷與年紀都過於年輕了，這在當年可是件大事。全國幾百萬人的魂魄，將會仰賴這名十幾歲的女孩得到解脫，她現在只要閉上眼，都能立刻回想起那些人曾經談論過的對話——

「主持宇宙葬的人就是這個女孩？」

「報紙說這孩子是天才，是地球贈與人類的瑰寶。」

「可憐的女孩，如此年輕就肩負重擔……」

「怎麼會呢？她就跟早期的拓荒者一樣，眼中存在著宇宙與銀河，她是生來註定要成為女巫的人啊。」

「過來了！那孩子往這裡來了，真希望她能看我一眼。」

「林芳大人，請您看向這邊！」

「芳！拜託您！請不要遺忘我們……」

「帶領我們吧——」

「芳——！」

……啊啊，那些聲音至今仍迴盪在腦海深處。

人們的祈求、徬徨與孤獨，一股腦地往她身上投射。

與全世界的人相比，自己的思念根本微不足道。

「火箭……沒錯，我必須完成火箭。」她重新睜開眼，抽起桌上的工具，走向組裝到尾聲的火箭機體。她強迫自己集中意識，盯著複雜纏繞的線路與電腦元件，還有每個機體之間的銜接部位。

首先得完成最核心的電腦部位，還有陀螺儀跟加速儀，接著等待電腦計算跑完，還得跟約翰確認他的製作工期，有幾個特殊型號的螺絲已經不足了，啊，燃燒測試的次數記得控制到最少，以免過度浪費燃料，還有什麼必須完成……對了，這次的結構比以往複雜，但是不需要加壓饋送，紊流方程式計算出來的結果也趨近理想值……喔，想起來了，她還得去檢查前幾次發射時燃燒室的數據，還有幾個疑點要確認……總之現在剩下三十分鐘可以裝上感應器，等等還要拜託約翰檢查地面雷達，確保無線電區域運作……不過約翰會不會已經睡了？每次晚上去找他都會被罵，是不是該做個留言板，不，之前就做過了，但他完全不會去看……

等等，她現在本來要做什麼？她為什麼拿著吸錫器與焊槍？用在約翰……不，是陀螺儀身上。不對！是感應器！

「啊啊啊現在不是難過的時候，根本沒有時間了！」芳發出接近哭泣的哀號，絕望地看著時鐘指針悄然滑過凌晨三點，形成無聲的壓力。

她拿出約翰帶回來的電腦板，逼自己重新集中意識……

偏偏眼皮異常地沉重，她明明還站著，手也照常動著，視線卻不時陷入模糊的昏暗。

這樣不行，太危險了……

她得想辦法清醒起來……清醒……起來……

「芳，妳怎麼又睡在這裡？」

「哈……？」

約翰的聲音讓芳一震。

但是她睜開眼的瞬間，便發現手裡已經沒了焊槍，而是溫暖的毯子。而且她並不是站著，而是躺在火箭面前睡著了。

「我就知道妳還在忙，不過睡在電腦桌已經很誇張了，現在竟然直接躺在總裝室地板上，妳……」約翰的話梗在咽喉，轉為看向靈魂飄晃的位置，神情略帶無奈。「好啦，拜託你們別急，女巫這不是在幫忙你們了嗎？」

「我睡著了？」她驚嚇地坐了起來，整個人恍若隔世。

「這還用問嗎？」

「我到底睡了多久？現在幾點了？」

「凌晨六點。」

「噢我……地球在上！」

「火箭進度還順利嗎？」約翰歪著頭問。

芳雙手貼著臉頰，花了點時間才重新整理好思緒，同時也找回往常那股自信的表情，一邊整理散落一地的工具。「嗯、嗯，順利吧，只剩頭部的電子儀器部位，這是最後一個部位了。真糟，我睡得太久了。我現在應該要整理電腦的讀數。」她一邊碎碎念，一邊茫然地收拾工具。

「記得還是得找時間……」

「我知道，我只是不小心睡著了！」她煩躁地低吼一聲。

「……休息。」約翰小聲將話接完，然後尷尬地對上芳錯愕又懊悔的眼神，才安撫般伸手說道：「嘿，沒事。關心一下而已。」

芳撐著額頭，才驚覺頭髮還是一片凌亂未整理的樣子，她趕緊伸手將烏絲理順，今天早晨簡直是最糟糕的開場方式，她很難想像接下來的事情會有多順利。天啊，她剛才到底在激動什麼？竟然還對約翰大吼？

「放心吧，我很快就會完成火箭。」即使如此，她還是必須這麼說。

不管是靈魂們的請求，還是約翰的困擾，她都有義務幫忙解決，因為她是——

「妳需要幫忙嗎？」

「……」

「怎麼了？」

「不用啦。我自己來就行了。」約翰的關心讓她瞬間忘記自己該說的話。她勉強擠出一絲艱澀的笑容，以免自己被觸動了淚腺。「你是怎麼了，約翰？是不是靈魂又在催促你？」

約翰皺眉陷入思索，似乎並沒有馬上認同，但他還是點了點頭。

「確實，最近工廠這邊又開始聚集一堆聲音。」

「每次火箭要發射前都會這樣呢。」芳吐著氣說：「大概是感覺到火箭要完工了，所以才會聚集吧。你還沒習慣嗎？」

「不要每天都跑進我腦袋裡講話的話。」約翰以手掌敲了敲腦側。

「之後就要跟他們告別了呢，你可得珍惜。」她咧嘴露出壞心的笑。

「只剩一團光，也不曉得誰是誰了，看不到可能還比較快樂。」他本能地反駁，卻注意到芳的笑意收斂了些。他輕咳一聲，別過頭不看她受傷的臉。

幸好，女孩也聰明地自己轉移了話題：「對了，我需要確認你的工期時間，還有巡視無線電的運作狀況。」

「我會處理。」約翰輕輕點頭，準備離開之際又回頭確認：「只要這樣就行了？」

「幫我弄早餐？」芳聳肩。

「都可以，只是想幫妳多做點事情而已。」

「……沒問題的，你已經幫我很多了。」芳垂下頭，感覺自己被話語中的暖意稍微撫平了。「等我完成最後的部位，將火箭組裝起來，還得盡快跟聖徒名單的最後幾位進行告別，之後，我們就可以進入發射測試了。」

「最後幾位？」

「嗯。名單最後那幾位，都是在我進入冬眠以前，還陪著我的人。」

約翰的表情明顯動搖了。芳看得出來他想說什麼，於是在那男人真的說出口以前，她連忙伸手打斷。「沒事的，在疫情後的世界，我們都已經很習慣告別了。」

「我很遺憾，芳。」

但約翰仍把那句話說了出口。

唉，她偏偏就是不想聽見那句話啊，這個傻瓜。

「沒事的，記得我說過的嗎？」她連忙回想起自己站在萬民身前，用那種不屬於自己的口吻，莊重、嚴肅、夾雜著自己也無法理解的故作超然。「——現在的告別，都是為了彼此能於銀河相遇。地球在上。」

約翰沒有回答，而是看不出情緒地點了點頭。

嘿。好像從以前開始就是這樣，不管自己再怎麼努力，那些安撫的話語總是沒辦法成功傳達給他的樣子。若不是火箭十三號差點成功，約翰大概從來沒有打算信任她吧，真是個彆扭的傢伙。

芳輕哼一聲，捲起袖子，將頭髮簡單紮起了馬尾，然後抓起手邊的組裝工具。

只有這才是唯一能讓彼此前進的辦法。

火箭必須完成，宇宙葬必須完成。

「她」必須讓這一切完成。

日後，火箭的進展十分迅速。

與火箭十三號一樣，過程中沒什麼太大的問題，都是進行調整後就能處理的小細節；至於有些設備與材料的穩定性尚未解決，不過芳不是要打造「完美」的火箭，而是「能夠發射」的火箭。哪怕只是一次性的飛行也好。

以這點來說，火箭十四號已經足夠了。

而約翰似乎也能明白芳的意圖，雖然表情總是掛著不滿，卻也還是安靜地配合。直到火箭發射當天，或許是急於為靈魂送行，他一反往常的沉默，反倒是焦急地對芳不斷出聲催促。

「目前溫度與風速都很穩定。」

「這次窗口期有四小時的時間，到了下午之後風向就會變化，可能會變強……」

「所以不代表妳可以一直唱——芳！妳有在聽嗎？」

「理我一下吧，事關重大，妳就別管那些傳統儀式了！」

芳無視催促的聲音，獨自站在火箭發射臺上，確保火箭固定完成，同時握拳唱起先前用來安撫約翰的安魂曲。輕柔悠遠的歌聲迴盪在天際，沿著微風不斷飄旋向上。

以往十二名女巫各自負責不同的合音，如今只剩下她單薄的聲音，讓安魂曲聽起來單調許多，即使如此，光憑這樣的歌聲便足以將靈魂牽引至此，芳從約翰越來越煩躁的表情中就能看出端倪了。

只見他不斷伸手揮舞，彷彿將那些靈魂當作惱人的蠅蟲。

芳忙於祈禱，甚至連瞪他的心思也沒有。

「芳，已經半小時過去了，還沒結束祈禱嗎？」約翰站在底下哀怨地開口。「它們真的煩死人了！」

確實，那些雜音數量眾多，交織成歡騰哄鬧的聲浪湧入發射臺，龐大的壓力讓人喘不過氣；芳張望著環繞於身旁的點點微光，宛若懸浮在空中的小小塵埃，每一粒光點卻又承載著龐大的意念，沿著枝葉、雪花與微風而來，不斷往發射臺聚集。

芳只能硬撐著身體，不斷詠唱歌曲，忍受靈魂在耳邊的呢喃。

只要再一遍就行了。拜託，約翰就算無法安靜一點，也起碼要會看場合吧。

「真詭異，以前是一群人圍觀宇宙葬，現在換成一群靈魂，似乎也沒有舒服到哪裡去。」約翰摀著耳朵，咬牙瞪著周圍不明顯的光點。

「……約翰，記得嗎？火箭晶片就像……」

半空中隱約傳出靈魂的聲音，讓約翰驚愕地住了口，就連芳也忍不住往他看了一眼。

「——夠了夠了，我就要跟你們說再見了！」約翰連忙回過神來，奮力揮開身旁的光點。「所有小鎮的人都來了嗎？很好，再見，恭喜你們遇到女巫，等到這場奇蹟的宇宙葬。」

「所以拜託別再來找我了，煩了我這麼多年，我一個人也根本不可能做出火箭。」

「畢竟光是活下去都很困難，真是抱歉啊。」

「……好了沒啊，芳！我快受不了了！」

這個傻瓜約翰。芳在內心嘆了口氣。

她演唱完畢，做了最後一個祈禱的手勢，冷靜保持自己的步調。耳際穿過幾道熟悉的聲音，她的指尖抽動了一下，正想細聽那些聲音說了些什麼，卻又很快被其他靈魂的細語蓋過去，她抬頭看著光點飛往火箭，整個發射場彷彿飄盪在充滿靈魂的洋流之中。

胸口加速跳動起來。

忍住，芳。不要動搖。不要去想。

她已經不是第一次主持宇宙葬，也不是第一次送走自己認識的人了。所有人的肉身遲早會經歷磨朽，就連自己也遲早會成為靈魂，這些都是十分自然的生命過程，她不需要在意。

「願為生者留下祝福。」芳說完，才終於肯低頭望向發射臺下的約翰。「最後，觀禮者們，有什麼話想要跟靈魂說嗎？」

「我？」約翰迴避似地退後一步。

「尊重點，這是正式的宇宙葬。」她先是用力瞪了約翰一眼，才繼續維持那優雅而穩重的姿態，朝他伸出了手。「唯有告別才能再會，說出來吧，約翰・曼森。」

男人張嘴盯著芳看，沉默了幾秒。

「好吧。再見了，靈魂們，我約翰・曼森要跟你們說再見——」他深深吸氣，接著中氣十足地大吼：「今後絕對不會再想起你們！」

「這算什麼告別！」她扶著額頭，忍不住跟著回吼。

「這幾年來我什麼不會，唯獨告別這件事最拿手。妳就別管了。」

什麼跟什麼。芳一個勁地瞪他。

「好啦，隨便你。準備好發射了沒？」考慮到時間，她也只能向約翰的失禮妥協。

「那是我要問妳的。」

「什麼話，我一直都準備得很好。」她抬頭看著火箭，「雖然是與火箭十三號外型相似，不過配合機身的穩定度做了些調整，上次燃燒室內的燃料也沒能完全充分發揮，不過這次燃燒測試也沒有問題，一定可以成功……」

「妳到底要不要去通訊站啊？」

芳撇撇嘴，兩人這才往無線電站點移動，就像前幾次的發射流程相同，他們來到監控火箭狀態的電腦前盯緊螢幕，讀數看起來也非常穩定。

火箭沒有問題。

但她還是有些心神不寧。

這次是真的要跟靈魂們告別了，馬可夫小鎮的人們，荷米市的人們，還有教會的人們……大家都要前往銀河了。這樣一來，自己的使命也完成了。

——**但是自己呢？**

——**等自己死後，又要怎麼前往銀河與大家相聚？**

「芳，妳在幹麼？」
她整個人驚嚇地坐直身子，才發現自己竟然產生了如此可怕的念頭。
「我、沒事。軌道支架淨空！」
「確認。」約翰點頭。
芳雙手貼在控制鍵盤上，卻根本無法專注在電腦顯示的內容上，跑過眼前的數字與代碼，全都成為一個個解離的陌生符號，喪失任何意義。
不管怎麼做，都無法相聚了啊。
大腦無法控制紛亂的思緒，阿瑪迪斯長老的臉龐不斷顯現，像是在呼應她內心的焦慮。
宇宙葬或許是大家想要的，但是她呢？她想要的是——
「芳？」
「備……備用電源開啟。」
「確認。」
「地面發射程序啟動。」
「確認。」
——**就憑妳這種人也想拯救靈魂？**
——**別開玩笑了，連身邊的人都不在乎的妳……**
某個女孩的聲音越過記憶，刺穿了芳的內心。

她呼吸迅速紊亂起來。

「芳，要發射了。」

「我知道！僅為荒涼獻上祝福，為天堂留住幸福——」

「地球在上。」

「發射！」她緊閉雙眼，用力按下發射確認鍵。

……這樣好嗎？

好不容易在這座小鎮裡重逢的靈魂們，一旦回到銀河，就再也無法見面了。他們都走了。真的走了。那些自己最景仰、最親密、最重視的人們……真奇怪，為什麼只有自己被放進冬眠裝置，還得在醒來之後笑著與為他們送行呢？是因為她是女巫？是難得一見的天才？還是因為她是林芳？

——有好好道別了嗎？記住這感覺，這也是宇宙葬的意義。

——妳很快就會發現，離別是為了下一次於銀河相遇。

「不……！」

芳摀住嘴，忍著不吐出痛苦的嗚咽。

但是下一瞬間，程式立刻跳出警告，錯誤的數據閃爍浮現。她睜大眼，不敢相信自己看見的畫面。而在數百公尺外的火箭發射臺上，發出巨大的轟轟聲響，卻沒有如預期般順利點燃燃料，更別說是飛上天際了。

「沒發射？」先說話的是約翰。他困惑地監看螢幕，試著調整發射程序。「我來取消自動飛行，改用人工操作！芳，妳可以嗎？」
她驚醒過來，這才重新將視線回到電腦上，愣愣地輸入指令。「不行，指令沒有反應……停止發射。約翰，我們必須終止程序！」
「別開玩笑了！」他叫出聲。
「如果你不想看火箭爆炸毀掉發射場，那就聽我的，終止發射！」
約翰這才咬牙按下終止的指令，然後用力關上電腦。「該死！」他用力捶著自己大腿。「測試明明都通過了！氣候也沒有影響……我就知道火箭不會成功！妳用東拼西湊的材料，做出一個無法精準配合公式的火箭，還有最棘手的燃燒室……該死，閉嘴！」
「約翰，拜託，該安靜的人是你。」芳慌張地重複檢視螢幕，試想各種還未找出來的問題，是燃燒室？還是火箭材料？還是電路連接的問題？還是無線電……她得找出來，她得……都是她分心想著別的事情，她不該想的……她不該……
「該死，芳，它們過來了！」
她往約翰所指的方向看去，如細雪般的大量光點從發射臺的位置向外擴散，無法升空的它們，抱著連女巫都無法承載的悲傷回到地表。它們隨著強吹的風在空中狂舞，躁動地吱吱喳喳起來，一面如浪潮般撲來。
這畫面一點也不令人欣喜，芳很久沒有對它們產生恐懼，甚至是作嘔的感覺。
「約翰，我們回去……」芳努力無視淹過耳畔的聲響，她轉頭想看約翰，但她看見的卻是跪在地上，痛苦抱著頭的男人。靈魂的重量將他狠狠壓垮，讓他只能勉強撐著身子，發出殘破的呼救。

「別再過來，我受夠了！那個黑影……」約翰的聲音藏著恐懼與憤怒。「你……去找……女巫！去找女巫！」

「黑影？在哪……」她看向約翰身後滿布的光點，心頓時涼了半截。「啊……！」

她看著靈魂的方向，頓時眼眶一紅。

現在她理解了，那種日夜折磨著約翰意志的究竟是什麼。

擠滿了森林的靈魂像是傾倒於地面的銀河，帶著悲傷細語如洪流淹沒了他們。

而十四號火箭安靜佇立在發射臺上，冷眼觀賞這一切。

——在那之後，他們對於自己是如何逃回工廠一事，已經半點印象也沒有了。

疫後八年
約翰十六歲

這座小鎮只剩下我與德雷斯警長了。

我們很自然而然地一起生活，方便互相照應，而且保羅大伯的房子在某次地震中出現裂痕，後來又在某場冬天被厚厚的積雪壓塌了。

警長是個好人，相處起來也很讓人輕鬆，我們經常一起行動，找許多話題聊天，或是做一些娛樂來消遣。

過了一段時間後，我們開始會重複聊起相同的話題，總覺得好像講過了，但又覺得不說話的話氣氛更糟，所以還會對彼此的事情虛應幾聲。

但是隨著時間過去，我們之間的聲音越來越少。

每天都過著狗屎爛蛋的無趣日子。

雪、雪、無盡的雪，無盡的冷酷。

我們機械性地不斷重複日常作業，收集柴火、機械維護、設置動物陷阱、巡視小鎮、清理積雪，以及預防嚴冬的暴風，然後……是啊，這些無聊事真的沒什麼好說。

到後來，一起吃飯時也只剩下咀嚼食物的聲響。

也不是討厭彼此，就是不想說話了而已。

我們不再努力找樂子打發時間，大多時候是發呆，甚至一起坐在沙發上發呆。

這樣快樂嗎？好像也不重要，我已經不曉得什麼重要了。

——德雷斯警長與我最後一次見面，大概是在剛入秋的某天早晨。

乾雪已經持續下了好一陣子，只要輕輕一抖肩膀，就會落下無數細粉狀的冰晶。德雷斯套著黑色大衣，站在門口像是發著愣，又像是在打量那片終年陰灰的天空。

「警長？」

「我去巡邏。」他晃了晃手電筒，聲音低沉沙啞。
「你今天已經巡了兩次。」
「是嗎？或許吧。」他似乎不以為意。
「嘿。」我喚住警長正要離去的背影。「你還打算去南方嗎？」
警長微微側頭，枯瘦的身子在雪白的世界中看起來弱不禁風。
「你說過不去。」
「我是我。但你不是連路都探好了。」
「有嗎？」
「有吧。」我吞著口水，覺得喉嚨好乾澀。「我記得有，或許，我不確定。」
德雷斯濃密的鬍鬚底下隱約牽起了嘴角，但距離太遠了，我很難看出他是在笑還是不悅。
「這樣啊……」他還是那道不以為然、沒有半點起伏的聲音。「算了吧。」
算了吧。
奇妙的是，我對這句話印象特別深刻。警長不是個容易放棄的人，也正因為如此，他才有資格當上馬可夫的警長。反過來說，他若是放棄一件事情，也會執行得十分徹底。
我那時候還不明白他放棄了什麼。
等我意識到該去尋找德雷斯，已經是四天之後的事情了。

如果德雷斯不小心巡視得太晚，他會直接在外頭野宿，他總是會自己回來的。就算出了事，他也有隨身攜帶信號彈，只要我抬頭就能看見。

直到我在第四天早上開罐頭時，割傷了拇指。

「該死！」我抽回手，「啊——該死！」

那天不管做什麼好像都不順利。

一下床就先踢翻了夜壺，還有發電機發不起來，柴薪也被弄溼了。我胡亂吼叫了一整個上午，卻又不是真的在生氣，只是自己好像哪裡變得不太對勁，如果不放聲大叫就無法放鬆這股緊繃的情緒。

等回過神時，我已經出發去找德雷斯了。

事情當然沒有預期順利，這座小鎮對我來說已經變得太大了，我去了幾個警長最常去，也較為危險的巡視點，想確認警長是否受困在附近。不過隨著時間過去，細雪早就掩蓋掉他的足跡，我繞了幾回，也沒有任何野宿的痕跡。

……所以我才不想來的。

過冬要準備的事情跟山一樣多，這樣簡直是浪費時間。

但是時間對現在的我來說又有什麼意義？我到底在找什麼？

「別去，約翰。」

「沒回來就算了，你少管閒事。」

「別去找……別走了……」

「快停下來啊……！」

更惱人的是，即便我這樣告訴自己，腳下的步伐卻沒辦法停止。

——找到德雷斯警長的屍體，是在他消失第六天的事。

我都忘了他有段時間很喜歡在森林閒晃，有時是想狩獵，有時只是想去看看風景。不過最近動物減少出沒之後，我們好一陣子沒有往北方的森林去了。

粉雪將警長的黑外套染成純白色，若不是我堅持往前多走了幾步，也不會注意到那個蜷坐在地上的人形輪廓；德雷斯靠著樹幹像是在歇息，身上沒有半點外傷，連提燈也沒有帶。他看起來像是入睡般平靜，也不像是死於意外。

這樣啊，這樣啊。原來你在這裡啊。

話說回來，你是有提過以前常跟太太在這座山踏青，如果你想念她的時候就會來森林走走，沒想到我現在才意識到兩者之間的關聯性。

是早已想好自己的結局了？還是小覷了秋天驟降的氣溫？

啊——我沒有很想哭啦，畢竟這沒什麼好哭的，你也算是解脫了。

不過很累倒是真的，畢竟這一切都太莫名其妙了。

德雷斯啊，如果你想死的話，好歹也給我點徵兆吧。

「……」

奇怪，明明應該是要把這些話說出來的。

我剛剛都沒開口嗎？我在這裡看著屍體多久了？我不該在這裡發呆吧。我在幹麼。我為什麼躺下來了。還躺在屍體旁邊。這很詭異吧，別鬧了。約翰。

我得帶著德雷斯回去才行，把他埋葬起來，就像我們親手埋葬了其他居民一樣。流程我都記下來了，就算只有我一個人也做得到。我可以的。

德雷斯警長，我可以的，對吧？我自己一個人也可以。我總是這樣告訴每個人的，所以我也會這樣告訴你。

不需要擔心我。

去吧，我一個人也可以。

「……」

喂，說點什麼吧。德雷斯在看著呢。

拜託，快說說話。什麼都好。這種情況下總要說點什麼吧。

快說啊約翰。這是你的責任。

你必須說點什麼。說點什麼說點什麼說點什麼。

「德雷斯警長，救救我。」

哈哈，講這什麼鬼。

太蠢了，這一切都實在太蠢了，我到底在說什麼。這不是我想說的吧。

「救我。」

不是這樣吧。

搞什麼，約翰。

「救我。」

我在笑嗎，還是在哭？真是夠了。

所以我才不想來的啊……

【第三章】

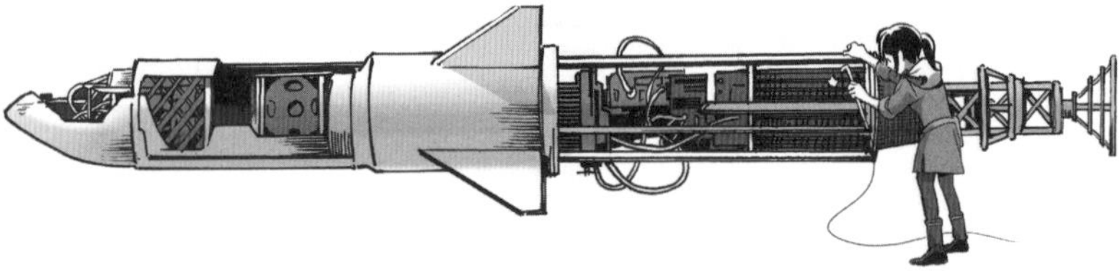

火箭18號

火箭18號製作中
目標零件：研33燃料

十四號始終沒能成功發射，經過一週的調整之後，他們不得不決定放棄十四號。

六月二十四號。

林芳試著做了第十五號，卻一樣點火失敗。

七月二十四號。

林芳重新組合材料完成第十六號火箭，卻出現電源控制系統異常。

火箭墜毀於發射臺一百公尺處，雖然沒有波及發射臺，火箭卻完全報廢。

九月十二號。

林芳完成了第十七號火箭，結果火箭的節面銜接O型環燒毀，在半空中爆炸，殘落物還差點引起森林火災。

——那些她所承諾的火箭，一次也沒成功升空過。

約翰並不介意繼續做火箭，不如說，他可是從第一號火箭就在持反對意見的人，現在介不介意好像也沒差別了。宇宙葬是必要的，事到如今已經不可能停下來了。

他摸著眼袋下日漸加深的黑眼圈，走在滿地殘骸的新礦場內。是啊……就算他必須來礦場找尋燃料。

「約翰，你確定爆炸後的礦場還有研33？」對講機傳來芳不太清楚的聲音。

「不然還有哪裡會有？」他不耐煩地舉起對講機回應。

「我知道荷米……不，當我沒說，那裡應該比新礦場更危險。」

「女巫，我打死也不會去荷米市。我應該說得很清楚了。」

『我知道。』她隱約在另一頭嘆息。『對不起，我得去看電腦測試結果了。燃料……大概什麼時候能帶回來？』

「不可能一次就運完足夠的量，我得多跑幾趟。」他揉著眉心，想要開口罵人卻一點力氣都沒有，含糊地發出一串字句後，他才問：「總之，看妳要什麼時候發射。」

「入冬前還有兩次機會，我會盡力把握時間。」

「嗯。」他在心中估算自己必須帶回去的分量，然後對腦中得出的結論露出不悅的神色。「知道了，再見。」

「咦？所以什麼時候……」

他斷了通訊，然後冷冷瞪著那臺沉寂的機器說：「自己想想看吧，天才女巫。」

接著，他將對講機埋進背包的最深處。

——這裡是馬可夫小鎮外的新礦場，也是火箭的固態燃料「研33」的最大來源。

整個小鎮可說是憑藉這座第二礦場繁榮起來的，在那之前，鎮上甚至沒有專門的火箭零件處理廠，就只是個人口極少的偏鄉地區。

地理位置更便利的礦場，很快吸引了大批人潮。在約翰的印象裡，移居到礦村的人口跟進駐投資的實業家，甚至一度超越了馬可夫小鎮，而原本在小鎮內的第一礦場也很快遭到廢棄。如今在疫後時代，第一礦場早已掩埋在深雪底下，約翰是不可能找到東西的。

反倒是第二礦場約翰還更熟悉些，除了父親偶爾會帶他去工作之外，疫情爆發後約翰也和工廠人員去過好幾次。

好幾次他都羨慕礦村，羨慕他們坐擁新建的房屋與優渥的生活，甚至擁有比小鎮更熱鬧的夜晚娛樂。酒吧、妓院、地下賭場……約翰以前不懂那是什麼，但大人們提及時總會露出曖昧的笑容。

不過那些羨慕都沒有意義，如今這裡和馬可夫一樣，只剩下靈魂的訕笑。

「……這裡也有啊。」他拉緊圍巾，不悅地前進，一邊在地圖上記下靈魂出沒的位置，以免自己身體不適。十四號火箭簡直是場災難，事後他跟芳都虛弱了好幾天，連記憶都模糊不清，約翰險些以為自己要死了。

在那之後，芳不再熱情地暢談靈魂的事，反而是把自己整頭栽進總裝室內，在短短幾個月的時間內又造出好幾架火箭。

他們是不是太勉強了？

「……列車……我得趕上列車……」

突如其來闖入視線內的光點，帶著模糊的聲音傳進約翰耳中。

「唔！」

約翰停下腳步，等靈魂與自己拉開位置後，才低頭重新審視自己從導覽手冊上抄寫的簡易地圖。

地圖大部分都是民房與商家的簡介，對於工廠的指引只能完全憑自己的印象，他記得有燃料加工廠、變電所、重化工廠與精煉廠……更重要的是燃料存放的倉庫。南北貫穿的鐵路將建築物與礦場劃分開來，而工廠區也另外圍了起來，與一般的民房有段距離。

「先往南走總會有路吧。嗯？不過這是……」

約翰看著眼前的街道，在積雪處能明顯看見野獸的足跡，腳印橫向貫穿這條街道。他蹲下來確認了，足印有九公分長，是兩片明顯的半月型，而且步伐幅度大約有四、五十公分……鹿、不對，是野豬？

「是的話可就糟了，」他站起身，摸摸自己只有空包彈的獵槍，如果這還沒辦法嚇唬野豬，他就只有等死的份了。「唉，饒了我吧……」他在附近房屋牆上做了個記號提醒自己。

反正不可能只來一趟的。這個念頭讓約翰不禁冒出冷汗。

於是他趕緊提起獵槍握在手裡，這才多了幾分安全感。

「嘟嚕嚕嚕——」

直到這時，他才注意到對講機在背包裡不斷震動。

男人翻了個白眼，他沒有直接接起，而是離開野豬的足跡範圍後，才小心接聽。

「約翰！為什麼這麼久才回應我，我都呼叫你十幾分鐘了！」女孩緊張地叫喊起來。

「煩死了，沒聽到也不行？」他咬牙忍住把對講機拆了的衝動。

女孩隱約在另一端鬆了口氣，但馬上又切入主題：「總之，你沒告訴我今天什麼時候回來，這樣我無法確定今天晚上要先處理燃料比例，還是要處理電子儀器！這會影響到我接下來的工作——」

「我今天不回去。」約翰挖著耳朵吐出冷語。「我帶著帳篷出門了，今天會在礦村住一晚，至少把安全的路線摸清了再說。」

「所以我必須處理電子儀器……你說什麼？」對講機那頭沉默了一下。「礦村安全嗎？」

「安全啊，有好幾個靈魂想帶我去角落房間樂一樂，還有四處徘徊的野豬呢。」

「你還是回來吧，約翰。」芳嘆息一聲。

「妳還是先讓火箭升空吧，女巫。」

「我有在處理！目前已經將幾個大問題都排除掉了，你不用擔心！」女孩激動地回應，但是沒過多久，她的聲音又轉為遲疑的氣音。「你……我查過過去的報導，新礦場發生過爆炸，對嗎？」

「那都是很久以前的事了。」

「我知道……還是小心點。」

「……」

「約翰？」

「妳還真愛擔心呢。」

——雖然也只會擔心而已。

「我知道你不想去……總之保持聯絡，好嗎？」

「嗯。」

對講機結束了通訊，他瞪著，想把機器收回背包，但想起芳剛才的反應，只好把對講機掛在背包上。真是的，他當然不想來，誰會想來啊。這裡的靈魂數量就跟森林的樹木一樣密集，想完全躲開根本沒辦法。

才剛想完，他又撞上一條死路。

原本有路的位置如今被倒塌的建築擋住了去路，他抓了抓頭，在地圖上打了個叉。

往森林去的話，會有很大的機率撞上野豬吧。

「這樣就只剩下一條路了……」

他看向馬可夫鐵路站的方向。

自從新礦場繁榮起來以後，立刻建立了一條與荷米市直通的鐵路，也更方便礦車或鐵路貨車運載，結果連馬可夫鎮都仰賴這條鐵路通往荷米市區。

父親那天離開時，大概也搭上了這裡的火車吧。

「──可惡！」約翰低啐一聲，捏緊的指尖喀喀作響。「我沒事幹麼要想這個！」

該死、該死、該死……

他不要……不能去荷米市，絕對不去。

但是不完成宇宙葬，那些被火箭吸引而來的靈魂該怎麼辦？他要一輩子身陷囹圄嗎？

「可惡……女巫，妳最好有辦法。」

他恨恨咬牙，大步走向火車站。

白色的積雪底下，鐵軌只剩下兩條清晰的黑線直直延伸，一路上柵欄與電線桿東倒西歪的，還有少許野獸的足跡，唯獨不見人類活動的痕跡。只剩下一座搖搖欲墜的車站，站務室像是受到巨大的破壞與衝擊，所有窗戶都被砸破，裡頭的東西也早已被破壞殆盡，剩下滿地狼藉。

黑暗的站務室內，隱約飄盪著令人不安的光點。

「……我要去南方……」

「……不要打……」

「……有人必須留下……」

是死於暴動現場的人們？還是生前惦記著南方的死者？

像這樣的呻吟遍布於冰冷的空氣之間，約翰沿著軌道前進，盡可能保持距離。

一幕幕畫面仍不受控制地鑽進約翰腦海，車站不再是空蕩蕩的雪地，而是擠滿了上百名旅客，揮舞著車票或鈔票將站務員圍住，爭先恐後地想跳上火車的畫面。

依據政府防疫措施，明日起南向班次將全數暫停——

請大家不要推擠——不准再越線了——

先生，快停下——你不能直接跳上火車——

「讓我走……」

「我得去南方，我的家人都在那裡……不對……我是約翰！讓我去……我是……」

他踉蹌走在鐵軌上，口中無法控制地喃喃自語。

「我沒有生病，我要去南方……我沒有生病……該死！**醒醒！**」

約翰連忙用掌心敲擊自己的腦袋，對著四周大吼，這才稍微驅趕體內的陌生意識。

他稍停下來確認方向，右手邊沒有任何色彩，甚至連一棵樹也沒有，隱約能見到化學工廠爆炸後殘留的建築物骨架；而左手邊應該就是巨大的研33礦場。他沒有親眼見過，但聽說礦場幾乎比這座礦村還要巨大，不曉得是隕石坑洞本來就那麼大，還是被企業過度開挖的成果。

仔細一看，礦坑入口不遠處多了一排人工堆起的矮圍牆，隔絕了去路，上頭還用油漆寫著「健康者勿越過圍牆」的字眼，約翰不禁打了個冷顫。

聽說礦村的人為了斷絕這場疫病，患者自願隔離在礦場外圍的郊區，勉強將染疫人數壓了下來。直到荷米市偷渡的染疫者經過這裡，讓疫情再次蔓延，再加上化學爆炸事件，接踵而來的災難終於擊垮了礦村。

他停了下來。

眼前的鐵軌鋼條前端斷裂開來，扭曲成恐怖的形狀，表面也燒得焦黑——不只是軌道，就連地面也像是被火焰席捲，化為一片焦土——即使過了這麼多年，這裡仍呈現一片死灰狀，化學原料滲透進土地裡，讓植物始終無法生長，於是這裡一直保持著死寂的荒廢模樣。

他再次掃視工廠區，好幾臺貨車埋在塵土與破碎的殘骸間，還有幾間廢棄工廠，不曉得裡頭狀況如何，但那裡肯定也有靈魂吧，他才不想過去。

不過都走到這裡，即使內心不願意，也該決定要在哪裡過夜了。

「挑個積雪不深的地方，而且不能有太多靈魂干擾……」

「不是空曠處，又能有日照，嗯……」

「就這裡吧？」

約翰沿路都有記下適合紮營的位置，他回頭停在離自己最近的安全地點，忙著鏟雪、清理地面，又必須趕緊點燃暖爐，等紮營工作全都忙完的時候，正好趕上太陽下山的時間。

他坐在帳篷外，點燃煤油燈取暖順便煮雪，至於食物，照慣例還是只有罐頭食物。

「是不是該種點東西了啊？」他咬著相同味道的晚餐，總覺得難得紮營，真想跟著換換食物口味。「或是重新練一下狩獵技巧吧……芳她……擅長這些嗎？」他搓著下顎，看著陷入一片黑暗的樹林與夜空，除了自己點燃的爐火以外，沒有任何可見的光源。狼嚎聲隱約從遠方傳來，但那距離並不危險，反倒讓約翰想起早期與警長在外狩獵的日子。

等宇宙葬順利結束的話，應該能過一段正常的日子吧。他們可以開墾、狩獵，甚至是一起去旅行，尋找其他可能同樣生還的人們。

「……有可能嗎？」他很快甩掉這個天真的想法。「那個只懂火箭的女巫，平常讓她做事也只會礙手絆腳的，算了吧。」

吃著溫暖的食物，總算讓身體跟著暖熱了些，飽腹的感覺令人放鬆，他撥著鍋子內的剩湯，聽著陣陣風聲掃過針葉林，暗自慶幸今天的氣候還算舒適，沒有下雨或雪。已經入秋了，接下來這樣的好日子大概也沒剩幾天。

唯一討厭的大概是靈魂的細語夾雜在風聲之間。在這片伸手不見五指的黑暗，五感本能地敏銳起來，任何一絲風吹草動都特別能激起約翰的注意，也因此讓靈魂的存在更加顯眼。

他忍不住拿起對講機按下通話。

只是例行報備，沒什麼特別的意思。約翰這樣告訴自己。

「我紮營好了。妳今天別再睡總裝室了，否則早上可沒人幫妳蓋被子。」

「怎麼一打來就說這種沒禮貌的話。」沒隔幾秒，芳迅速回應。

「我都不曉得這什麼時候變禁句了。」約翰哈哈冷笑一聲，才接著說道：「我現在紮營在工廠附近，明天才會進去找研33。」

「好。」芳的聲音一下子振作起來，「電子儀器這裡也測試得差不多了，剩下幾個奇怪的錯誤，我晚點得再跑一遍。不過比起這部分，燃燒室與推進器的處理我其實更不擅長……」

「芳。」

「怎麼了，要結束對話了嗎？抱歉。你那邊還有什麼狀況？」

約翰在腦中閃過好幾個畫面，是啊，親自來新礦場一趟，才發現現場的衝擊比想像中還要大。工廠化學爆炸、自主隔離的村人、被毀壞的車站，以及……沒有聽見父親的聲音，真是太好了。

他本來是想這麼說的。

可是聽著芳的聲音，那些衝到嘴邊的話又默默吞了回去。

必須說出來才行，但偏偏不能是她。

「不，沒有了。」

約翰仰頭吐出白色薄霧，茫然地看著蒼蒼夜色。

「好，那你早點休息。我今晚不打算睡了，打算在你回來前一鼓作氣完成所有流程。」彷彿聽見了約翰不以為然的哼聲，她笑著繼續說：『謝謝你，約翰，我會馬上完成火箭的。』

「每次聽見妳這句話只會有氣，妳這傢伙才不是什麼女巫，是政客吧。」

「你說什麼？」

「我說——」約翰氣惱地加大音量，「與其立下不可能的承諾，不如認真想點辦法。」

他等著芳回應，但是過幾秒傳來的卻是滋滋沙沙的聲響，扭曲了芳的聲音。

「什什什什麼？訊號是是是不是救救救我我想回到銀河……」

約翰重重吐了一口氣，動作俐落地結束通訊。

但對講機還在不甘心地發出沙沙聲，於是約翰將它拿起，用力丟進帳篷內。他知道發生了什麼事，就跟上次在發射臺一樣，又有幽靈要來煩他了。

「夠了沒啊，都給我滾開！」他用盡力氣發出大吼，喊得脖子都紅了。「成天只會飄在空中騷擾人，誰理你們！」

他安靜下來，見那些幽靈沒有反應，於是關掉爐火，打算鑽進睡袋裡睡到天亮。但就在他掀開帳篷的瞬間，一道不自然的機械音吸引了他的注意。

約翰下意識豎起耳朵聆聽，發現那個機械敲擊聲十分規律，聲音像是來自鐵道上，除此之外還有鬧哄哄的噪音，像是吆喝、喊叫，或是一群人的歡呼。他站起身，困惑地探頭查看，發現遠處竟然有一道強光閃爍，照亮了半條鐵道。

隨著那道強光逼近，鐵道的聲響也逐漸清晰，是火車，一臺黑色的蒸汽火車直駛而來，裡頭擠滿了人，坐不下的甚至貼在車廂之間，或是緊抓著外圍的把手，緊緊攀著火車不放。約翰站在鐵軌旁震驚地看著。

「嘿！你站在這裡幹什麼？」車掌從火車頭探出頭來，壓低帽簷厲聲斥喝。

「去南方……」約翰睜著雙眼，回答脫口而出。

「要搭車就得去月臺排隊！不准偷渡！」

「可是……！」他愣愣看著火車從眼前穿過，車內的燈光幾乎被滿滿的人臉蓋住，即使那畫面一閃而逝，仍能從人們臉上的苦悶神色感受到強大的壓迫。約翰喘著氣張望，等到火車駛離，他已經開始在鐵軌上奔跑，靠著雲朵半遮的微弱月色看見鐵道的反光，像是隨時會消失的路線指引。

對，他得去買票，搭上火車，然後逃離這一切。

逃離火箭，逃離女巫，逃離這該死的宇宙葬——

「約翰！」

好像有人在後頭呼喚著他。

那聲音是誰？好像不是芳，是警長……不對，也不是……

別理了，他得去……光芒快消失了，他沒有時間……

「約翰！」

好吵，別喊了。

拜託不管是誰，都請放他前進吧——

「約翰——！」

「哈啊！」他整個人像是從水底浮上來似的，冰冷的空氣有如一股壓力朝他撲來，卻讓他因此異常清醒。他用力坐起，胸口快速跳動著，開了一個縫的帳篷入口鑽入呼呼冷風，他連忙將拉鍊拉上，但體內的寒意並未因此驅離。

……怎麼回事，對講機還握在手上，他剛剛是做夢了嗎？

「約翰，你睡著了嗎？」

「睡著？我才沒有——」他扶著額頭，指尖掃過對講機的表面，「等等，我是什麼時候跟妳通話的？」

「你紮營後就一直在跟我聊天，不過你中途好像睡著了，還發出奇怪的喃喃夢話……我本來想關掉通訊，但聽你聲音不太對勁，所以才大聲叫你。」

「我沒有睡著，我剛才甚至以為我還走在鐵軌上。」

「什麼……？」

——該死的，這狀態也太糟糕了吧。

約翰伸手抹著臉龐，淺淺地抽著氣。明明已經好一陣子沒有這麼嚴重了。

持續頻繁接觸靈魂就會這樣，現實與幻夢的界線逐漸模糊，分不清楚哪一邊才是真的，南希醫師說過……不對，這跟幻覺不同，只是被幽靈侵入了意識，他沒有發瘋……

「瘋了也沒關係吧。」對講機傳來異常冰冷的聲音。「就算瘋了也要完成宇宙葬，不是說好了嗎？」

他的指尖顫抖起來，努力壓抑自己的恐懼。

為什麼聲音又出現了？他到底在跟什麼東西對話？

「才沒有說好……」他艱澀地吞著口水。

「明明就說好了！」聲音轉為憤怒的大吼：『你答應要完成宇宙葬的！不准你逃走！』

那聲音不是芳！現在究竟是怎麼回事？不，約翰，冷靜。不能輸給這些幽靈，你並不欠它們什麼。你不欠任何人。

「滾開！」他試圖蓋過那道尖銳的威嚇。「媽的！給我滾開！」

「完成宇宙葬！把我帶走！」詭異的聲音淒厲地尖叫起來，從四面八方將約翰包圍。「我不要留在這裡！不准把我丟在這裡！」

約翰無法控制地倒吸著氣，索性連忙閉上雙眼，身體卻湧入止不住的寒意。

「啊……啊啊……夠了！夠了！」

「約翰——！」

「我說夠了！不要！」他大叫。

「沙……約……翰……沙沙……」

忽然間，那道恐怖的尖叫消失了。

在很長一段寂靜之中，約翰緊閉著雙眼喘氣，完全不敢有任何動作，直到對講機恢復芳滷柔又嚴肅的聲音，就像她平常跟靈魂說話時那樣。「沒事了。約翰，還好嗎？」

「呼、呼……我……」

「先深呼吸，對，沒錯，做得很好。」女孩憐惜地輕聲指引，「繼續深呼吸，已經沒事了。我保證。你是約翰·曼森，而我是林芳，第四十六代女巫。明白嗎？」

「明白。」

他深深吸著那過於冰冷的空氣，才發現眼前仍是一片黑暗，跟閉著雙眼沒有兩樣。奇怪，怎麼會這麼冷？暖爐明明就還在門口的啊——不對，他不在帳篷內——但是為什麼？他到底什麼時候離開營地的？離帳篷多遠了？

好黑。他不知道該往哪裡走。

他迷失了，回不去了——

「約翰，現在情況如何？慢慢回答我。」芳的聲音宛如定心針，成為他唯一的依靠。

「我看不見。我看不見、芳、我該——」

「沒事的，我就在這裡，我會持續用對講機跟你說話。」

「我剛剛怎麼了？」

「先別管了，你在哪裡？我聽見風聲跟很重的雜音，你在走路？」

「我不知道我走了多久，什麼都看不見。我流汗了，該死。芳，這很不妙，我看不見帳篷的營火。我什麼都感覺不到。」

「地球在上……等等，我會幫你。」

「好冷……」

「我會試著透過對講機向靈魂禱告，請他們帶你回去帳篷。」

「不要……我不要它們……」

「專心聽我的聲音，沒事的。約翰，相信我。」

「芳，拜託，不要……」

他聲音剛落，一道微光已緩緩在芳低沉的禱聲中浮現。

那是溫柔的、和緩的暖光，懸空在鐵軌上飄浮，跟剛才完全不同。

約翰不確定是不是自己的錯覺，但是他感覺五感再次活了過來，揮別死寂又黑暗的世界。透過那道奇異的微光，他才看見自己原來站在鐵軌上。真糟糕，雙腿除了冷到發疼以外，一點感覺也沒有。

「你……有看見靈魂嗎？有沒有任何徵兆？」對講機又傳來芳的關切。

「我不想靠近。」他好想哭。

「別放棄，約翰，快跟上去。算我求你。」

約翰渾身顫抖，連齒間都敲出喀喀聲響。他縮著身體環抱自己，僵硬地抬起雙腿，靜靜走在黑暗的軌道上。好冷，好痛，整個身體像是要被空氣撕裂了。他在芳的鼓勵下勉強走著，幸好沒多久，他看見營火的光就在不遠處，照亮帳篷的形狀。

「看見帳篷了嗎，約翰？」

「呃……！」精神一鬆懈下來，約翰便發出接近乾嘔的嗚咽。

「別一下子靠火爐太近，也別搓揉身體。慢慢來。」芳安撫著。

「我知道。」

過了一陣子，約翰才將自己溼透的衣服處理好，四肢也慢慢找回知覺。接近紺色的手腳逐漸恢復血色後，他才敢開始摩擦身體取暖，思緒也終於穩定下來。

至於剛才那個帶路的靈魂，他已經忘記是什麼時候消失不見的。

「妳是怎麼叫出靈魂的？」他搓著雙手問。

「要它聽懂複雜的話是不可能的，所以我只是試著告訴周圍的靈魂，若想得到救贖，請往有火光的地方靠近……類似這樣簡單的指示。」

「講得妳好像在寫電腦程式似的。」約翰蒼白地勾起嘴角。

芳沒有回應這句話。

「身體有知覺了嗎？」她拋出其他問題。

「真他媽好。我剛剛到底怎麼了？我是從什麼時候……」

「已經不重要了，忘了吧。」

「我能活著回去嗎？」他垂下眼簾。

「約翰，別說這種話。」

「為什麼不？我可以把這句話當成墓誌銘。」

「很高興你的幽默感也解凍了。睡吧，休息一下。」

「……能再聊聊嗎？」

芳沒有說話，她可能是在看時鐘。

「十分鐘的話，我應該還能……」

「不、沒關係。」約翰索性閉上眼。「我已經覺得累了。晚安。」

「約翰！沒問題的，我會……」

「完成火箭。」

他打斷芳的聲音，然後主動關掉通訊。就這樣吧。夠了。

等身體終於完全回暖了，他才關掉爐火，爬進溫暖的睡袋內試圖入睡，即使如此，有個念頭始終讓他寒冷不已。**他可是差點就死了啊**。這樣的想法始終揮之不去，占據著他的腦海。

他腦中回想著芳最後的聲音，好讓自己能夠冷靜下來，腦中浮現的卻是父親離去的身影。

「約翰，聽我說。」

「火箭的晶片就像心臟，那種東西我們做不出來的。」

「如果連我們也不做火箭，就沒有人能舉辦宇宙葬。」

「不但大家回不了銀河，連這樣的傳統也會消失……」

約翰模模糊糊地想著父親說過的話，倦意緩緩爬上眼皮，帶著負面思緒沖刷著身體，像是一道道激起的浪花拍打著胸口，巨大的壓力將自己淹沒，甚至連開口求救都做不到，只能眼睜睜看著自己捲進黑暗。

——**「即使可能會失去我，也要完成火箭嗎？」**

他當時只是想對父親說出這句話。

而現在，他竟然再度感受到相似的憂傷。

或許就像他曾經說過的，不是嗎？

他與芳之間，以及跟那些靈魂之間，有東西出錯了。存在著某種問題。

但他已經不想知道那是什麼了。

疫後三年
林芳二十三歲

「好了，各位。芳即將進入冷凍，而十年後，我們將再次迎接她的甦醒，接下來有很多事情得忙呢，大家開心點。」

長老的聲音響徹大廳，每個字句都穿透我的心口。

今天就是我預計要接受冬眠的日子。

政府的動向與疫情的發展，確實如長老所預期的不樂觀。各地爆發動亂、多個重大機關直接停擺、大規模的死者陸續埋葬，政府也逐漸失去用處，反教派分子的攻擊性也逐漸升高……於是女巫冬眠計畫再次被迫正視，讓傳承了專業技術的女巫進入冷凍睡眠，做為文化保存的其中一種手段。

阿瑪迪斯長老再三強調，這只是備案之一，不代表世界就此絕望。

雖然少部分神職人員早已知情，但這是今天第一次正式宣告計畫，從眾人的反應來看，他們說不定早就猜到會有這一天，只是在長老正式宣布之後仍露出不可置信的表情。

人體冷凍並不是一個普遍的技術，即使是經常接觸太空科技的女巫們，也鮮少理解人體冷凍的相關學術研究。但這份技術並不隱密，甚至經常公開討論與發表文獻，只是高昂費用的技術難以普遍運用，導致大多數人以為人體冷凍是件極為陌生而遙遠的事情。

更重要的是，相關的謠言與新聞報導早已滿天飛，而激進的反政府主義分子也已經包圍在教會外頭，要求阿瑪迪斯對此報導出面解釋——原本還一頭霧水，急切等待長老親口否認的神職人員，如今也只能震撼地沉默。

「那麼，」長老在簡短說明之後，掃視在場幾十名神職人員。「有鑒於女巫的性命安全遭受威脅，我將立即帶著女巫林芳前往冷凍艙……」

眾人一陣竊竊私語。

「長老剛剛有提到『迎接者』……是誰？」在雜音中響起第二道問題。

「甦醒林芳，並負責帶領她熟悉環境與照顧其起居的人。但我不會透露迎接者的身分。」長老眼看大家只顧著私下討論，沒有人有心思提出問題，於是一手按著林芳的肩膀繼續說道：「大家不需要思考得太複雜，就當作是女巫旅行離開了荷米市，但目的同樣是為了服務眾人。現在，好好與你們的姊妹、你們的女巫告別，並賜予她最真切的祝福，這就是你們現在該做的。」

然而沒有人說得出一句話。

我站在長老身旁看著他們的表情變化，從驚愕到不捨，甚至些微羨慕——那股隔閡將我與眾人再次劃出一道界線，從「女巫」之於「人民」，變成了「林芳」之於「眾生」。

他們曉得自己眼神中所蘊含的情緒嗎？他們曉得自己眼中的我是誰嗎？

當長老說完之後，他們原本困惑的神色顯露出無比堅定的意志，甚至帶著神聖使命般的決心，紛紛走向我，像是要擁抱，又像是要把我帶離這裡。

「芳，妳得快走。」

「快走。」

「地球在上，快走！」

他們認真擔憂我的溫柔語氣，在包圍教會的攻擊叫囂聲中格外刺耳。

或許我們都心知肚明會迎來這一天。

當我試著裝作對此不知曉的時候，當人民群起抨擊教會與政府的時候，當這個世界無法遏阻病毒蔓延的時候——

我緊咬著雙唇，被她們的溫柔推擠著，前往教會後院地下悄悄打造的冬眠室。

這真是太奇怪了。

我身為帶領國家的女巫，卻只能被動地躺在冷凍艙裡，躲避人民的攻擊。沒錯，我的確同意了長老提出的冬眠計畫，但我以為局勢不會變化得這麼快，政府更不會放棄得這麼快。

——我甚至以為我準備好了。

「他們進來了嗎？」

「有人試圖破門！」離我最遠的神職人員大喊。

「長老大人，請讓我們去拖延抗議者的時間。」有幾名年輕的女性勇敢地回頭。

長老點點頭，然後抓住我的手。「芳，我們得快點。」

我們快步走下樓梯，解鎖一道道厚重的金屬大門，才終於進入一處明亮的地下空間。在那亮白色的空間中，躺著一個被巨大線材包圍的機體，旁邊還有運作中的巨型電腦與操作人員。

先前我已經來過幾次，在政府人員的協助下學習冷凍艙的基礎知識，但這次看著同樣熟悉的空間，冷凍艙宛如棺木，揭示了我無法迴避的命運。

我真的要進去了？

一切就這樣？

教會接下來會發生什麼事？

大家又會遭遇什麼事？

長老該怎麼辦？

我拚了命地成為女巫，就是為了今天這一日嗎？

恐懼再也無法輕易壓抑，我泛紅了雙眼，雙腳本能地抵抗前進。不要，不要，我不要這樣。我不要大家這樣。我不要自己變成這樣。

「小心踏進去，芳。」

「等等，我還沒準備好……」我脆弱地發出哭聲。

「芳，妳是這個時代的瑰寶，妳與其他的十一位女巫，一定能為我們帶來下一個黃金百年。」長老的語氣也粗重起來，但她並不是在憤怒，淚水同樣也在她的眼眶打轉。

看見那眼淚，我也忍不住哭了起來。「那妳們呢……我不想與妳們分開……」

「沒問題的。」不曉得是誰也在哭著安慰我，法藍斯？還是貝朵？「等妳醒來，大家都會陪著妳的。」

「我想要現在與你們在一起。我不要未來，我不要……」我視線模糊地搖頭。

「抓緊她。」操作人員的聲音冷酷而緊繃，像是要斷念般一鼓作氣扯著我的身體。

「拜託！長老……不要！」我大吼起來，用力踢著雙腳，結果卻是連雙腳都被人抓起，整個人幾乎是被壓進冷凍艙裡的。我發出痛苦的尖叫，完全顧不得女巫應有的形象，是啊——我在他們面前想做的並不是女巫，而是——

「冷凍裝置即將啟動，請相關人員離開準備區域。」

電腦虛假的柔軟音調在天花板響起，也在冷凍艙的耳朵兩側喇叭響起。

「我不是天才！我只是喜歡你們，喜歡火箭而已！」

我想爬起來，卻被無數隻手壓了回去。

我不服氣地繼續抵抗那股力量，綁緊我身體的動作就越加大力而粗魯，直到全身的束帶都發出清脆的緊扣聲。

「黃金百年什麼的我才不懂，我不在乎，也沒有資格！拜託！」

嗡——

冷凍艙的透明上蓋緩緩闔上，模糊了那一張張哀傷的臉龐。也模糊了我。

「求求你們！長老！請不要這樣對我，我不想離開你們！」

「芳，我們永遠都在。」有道顫抖的聲音隔著玻璃傳來。

「不要！你們才不會在！我錯了，請放開我，對不起！我不想道別——我不想——」

話語還未傳達出去，那些臉龐已完全消失了。

……真丟人啊。

都到現在這一刻了，我或許該說出來……關於我並不是真的相信神這件事。

我的信仰是我所能觸及、見及、聽及的一切，那些豐滿我靈魂的並不是神，而是將神構築起來、支撐起來的事物。

這些人，這些家庭，以及這些成為了我支柱的人……才是我之所以能夠成為女巫的理由。

我曾以為是我自主選擇了自己的命運。但是沒有他人的意志，我是無法憑著一己之力走在這條路上的。

所以，地球在上，請告訴我吧。

這是我過於高傲的懲罰嗎？

因為我沒有虔誠的信仰？

因為我深愛著身邊的人更甚一切？

因為我自以為能走在前頭帶領大家，所以如今才會被遠遠踢開？
為什麼我看不見任何答案？
「拜託，這不是我想要的……」
我絕望地啜泣著。
那些臉龐消失了，剩下黑暗籠罩了我。
「你們明明是……」
倒數聲響起，冰冷的液體灌入我的四周。
「我唯一的……」
我緊閉雙眼，吸入最後一口氣。

然後。

然後……

我現在，還剩下什麼……

「不好意思，又要你出遠門，這次一定沒問題的，約翰。」
「算了吧，妳總是沒問題。」

「約翰，十八號火箭一定沒問題！只要我們有辦法調整控制系統的參數……」

「誰知道呢，妳總是沒問題。」

不是的，約翰。

只要還有你在，我所經歷的一切就不算痛苦。

所以，請不要再說讓人傷心的話了。

「完成火箭，女巫。」

我會，我可以。

我當然願意。

只要我們之間沒有問題……

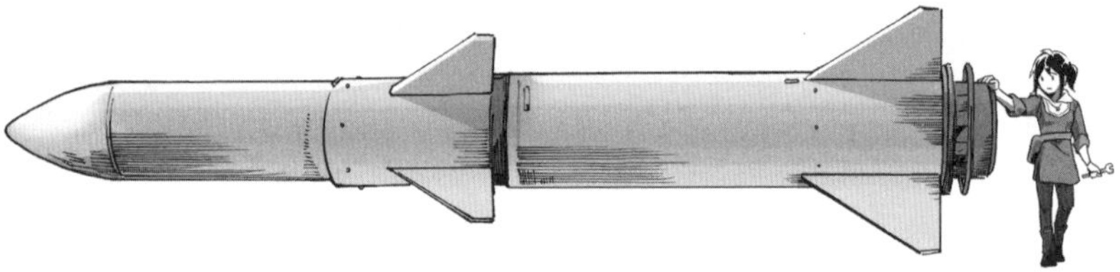

火箭18號

火箭18號
目標：已完成，準備發射

地圖上已經做了最詳盡的記號，足以避開所有具攻擊性的幽靈。

子彈也十分足夠，隨時都能上膛開槍。

接下來，只要將自己的情緒隱藏起來，回想起沒有芳出現時的日子，回想那時候的他如何獨自在城市裡生存、如何面對惡意幽靈的聲音、如何像個狩獵者一樣，展現出冷酷而果決俐落的行動……

就這樣迎來第二趟，第三趟，第四趟……進入研礦穩定地搬運著。

沒問題，他會活下來的。就像以前一樣，靠著自己的力量也能做到。

即使他沉默不語的時間變長了。

即使他看著芳的次數減少了。

即使他明明沒有要去礦場，也會帶著露營裝備在外野宿。

那是毫無意義的浪費行為，但他不想再聽半夜敲打的趕工聲，像是鐵軌上揮之不去的列車行駛聲，兩者都能為人帶來噩夢。

至於那個令人困擾的黑影惡靈，自從他頻繁出入礦場之後，看見的次數也跟著減少了。或許就像芳的猜測一樣，那是有地域性的特殊幽靈，既然如此，約翰只要盡可能地遠離就好。

就像以前一樣……

「約翰，聽得見嗎？」

「嗯。」

約翰隨口回應掛在腰際上的對講機。

他正蹲在焦黑的工廠遺址附近，試圖搬開擋在路上的建築殘留物。這條路原本該是寬闊的產業道路，來自鎮上的年輕人開著卡車日夜不停地穿梭於此，如今柏油融化、殘骸四散，連原本的記憶都因此跟著模糊了。

「我知道你想預備多一點燃料，但今天要不要提早回來？」

「為什麼？」

「火箭的發射窗口期已經確定了，就在明天晚上，所以讓你休息一下也好。」

男人動作稍停，戴著手套的掌心緊貼在黑炭似的焦土上。

「約翰？你有聽見嗎？」約翰沒有回應，芳只好再次確認。

「有。」他淡漠的聲音終於響起。「我明天再回去。」

「燃料已經足夠了吧。」芳的聲音有些困惑。

「上次我來礦場時，看見了令人在意的幽靈，」約翰抬起頭，看著空氣中零星飄落的雪花。「這裡除了一般的加工廠，幽靈提到部分倉庫是完好的。印象中荷米市跟奧伯斯工廠在這裡有個中繼站，我想找找看裡頭有沒有電子零件。」

「確實，我們僅剩的電腦元件都用在十八號火箭上了……」芳聞言陷入沉思。

「但是礦場爆炸之後，奧伯斯的電腦系統仍在持續改版，就算你找到那些零件，也未必能夠用得上。」

「嗯。」

「我知道你不想去荷米市，才會想留在礦場找這些電腦元件，可是……你有在聽嗎？」

「嗯。」

約翰漫不經心地應著，伸腳用力踹開一片金屬板。

「這次發射絕對會成功的。」

「嗯。」

芳沒有再說下去。

她知道不管自己說什麼，約翰接下來都只會有一種回應。

通訊就這樣突兀地結束了，但對男人而言，那段對話就像是毫無意義的風聲穿過身邊，根本不需要去回應，也不值得放在心上。

反倒是眼前的幽靈更需要處理。

「……好熱、熱……」幽靈發出斷斷續續的呻吟。

這裡離爆炸點應該還有段距離才對，是當時化學爆炸的值班員工嗎？還是被意外捲入的人？約翰皺眉凝視著前方，微微感到厭煩。

「……失失失火了……」

「……護身符會保護爸爸嗎……」

「……你就是……爸爸爸爸爸……？」

那股氣息就算看不見，也能明顯感覺到有什麼東西正往自己逼近。約翰毫無表情地舉起槍，瞄準聲音的方向——不需要確實打中，只要將想法透過子彈確實傳達過去就行了。

「滾開。」

他發出粗啞又低沉的聲音，將那股比死亡還要強烈的意念發射出去。

在幾聲槍響後，世界又恢復了平靜。

不需要撫慰、不需要同情，或許他早該這樣做的。

反正宇宙葬沒有完成以前，不管自己做了什麼都無濟於事，與其浪費唇舌，還不如讓他們識相點趕緊滾開。約翰動作不太流暢地收起了槍，逼自己穿過那空無一物的殘骸，繼續前進。

這裡的黑土與殘破景象簡直讓人焦慮，到處都是被大火燒灼後的傷痕，就算沒有靈魂的哀號，他也能想像得出來當時所發生的悽慘景象。

小心翼翼繞過爆炸點另一端，終於找到靈魂提及的倉庫——那是以鐵皮搭建的簡陋建築，離爆炸點跟市區都有段距離，被藏在森林與小徑的後方——約翰總覺得似曾相識，不過這裡太多建築物長得都相似，實在無法確定自己小時候到底有沒有來過。

他以扳手用力敲打掛在門上的鎖頭，沒幾下就開了，反倒是彎曲的門還比較麻煩，猛踹了好幾下才應聲撞開，裡頭飄出陣陣化學藥品的氣味，他連忙拉緊圍巾遮起口鼻。

即使倉庫壞了那麼長時間，藥劑也沒能完全散掉嗎……

他忍住雙眼的酸痛，趕緊退開等氣味散去。

沒有電子零件……就算有，八成也泡在化學藥劑堆裡腐鏽了。

「該死！」

明知道有所斬獲的機率極低，約翰還是難掩失望的情緒。

他用力踢上門，接著甩頭大步走回精煉廠。

——必須現在做出決定。

是要在這裡再待一晚，還是趕緊回到鎮上。

約翰仰頭看了看天色，再打開地圖查看做過記號的安全紮營點，動作快一點的話還能趕上。就這麼辦，留在安全的位置喘息一下，也好過看女巫那張只會催促的臭臉。

他收起地圖漫不經心地移動腳步，「喀」的一聲，靴下傳來一記突兀的聲響。

「什麼……」

約翰低下頭挪開靴頭，發現自己踢中一頂卡在殘骸間的安全帽。整面覆滿灰土，以現場爆炸的程度來看，還能找到保存完好的帽子簡直是奇蹟，可能是主人在爆炸後才趕到現場，或是剛好被壓在其他建築物下的緣故。

他原本只是順勢瞄了一眼，緊接著，目光卻再也無法移開。

腦海中跳出一段段鮮明的畫面，占據了他的思緒——

深夜的大地震動起來，爆炸聲轟炸著每個居民的耳朵，接著是火，迅速蔓延的火勢接連引發了第二場、第三場爆炸。

蕈狀雲蓋住了半片天空，惡火的光芒連站在礦村外也看得一清二楚。

礦村內的救災小組迅速出動，也聯絡了灑水直升機。

但是約翰……不對，是礦場的礦工……由於消防人員不足被找來支援。

「別怕，火勢已經控制下來了。爸爸必須去看看情況……」約翰恍惚地開口，彷彿忘記自己是誰。「帽子上不是有護身符嗎？所以沒事的。唔……你看。」

指尖輕輕一抹，底下的塗鴉便清晰起來。

在下工後的閒暇夜晚，他抱著兒子，一邊指導他該畫什麼圖案上去。那是他整天下來唯一能與兒子相處的極短時光，「只要把你畫上帽子，就像是你隨時陪著爸爸工作了」。他用這種說法說服寂寞的孩子，也用來說服自己。

等等，「他」是誰？是叫麥克的男人，還是約翰．曼森？

「唔……」

約翰伸手揉著額頭，思念自然而然地傾流出口。「兒子……好想再看看你……」

不對。

他是約翰！才不是那個叫麥克的礦工！

「煩死了！這種事情和我才沒關係……滾開……去死……！」

他努力回想真正屬於自己的記憶，不斷與腦中陌生的景象抗衡，但是那股對親人的思念深深鑽入體內，不管是麥克拋下兒子的身影，還是看著父親背影的自己，那股相似的悲傷重疊在一起，化為憤怒又哀傷的吶喊。

「去死……誰管你跟你的兒子！」

等約翰回過神時，他已經大吼著將帽子丟在地上。

「只會嘴上掛著大義責任的傢伙，憑什麼後悔……」他的雙眼一陣溼潤，也不曉得自己究竟是在罵誰。「與其這樣，一開始就不要去！也不想想被丟下的人是什麼心情！」

啊啊、該死。

「最需要你的時候，從來都不在身邊——到底是誰想哭啊！」

停不下來。

停不下來。

「去死！」

「我是約翰，不是你他媽的誰！也不在乎你們任何一個人！」他舉起了獵槍。喀嚓。「我的在乎——對你們一點意義也沒有！」

瘋狂的思念占據了他，雪花落到臉龐，沿著他緊閉的眼角融化成水珠，滴落在帽子上。

去死、去死、全都去死。

他舉起獵槍對準，深深呼吸。

乓——

約翰拖著腳步緩慢回到工廠，累到直接站著發愣起來，就連芳靠近身旁也沒有意識到。

他的身體已經很久沒有這麼疲憊過，大概是跟靈魂的記憶反覆糾纏，導致精神上比往常更加虛弱無力。後來等他完全找回意識的時候，子彈早被打完了，印象中自己根本是對空胡亂掃射一通，這樣根本無法在礦坑過夜，只好不甘願地回到工廠。

「怎麼提早回來了？」芳悄悄繞著圈子打量約翰。「地球在上，你臉色好糟。」

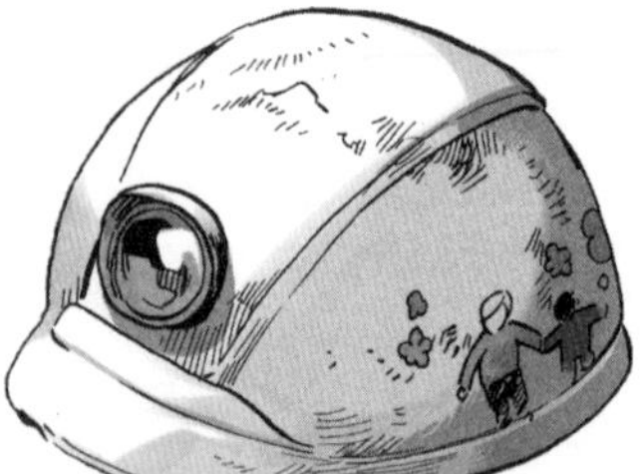

「子彈用完了。」他虛弱地應著。
「你那是工地帽嗎？」
約翰張嘴，看了看自己背包上掛著的燒焦安全帽。「……嗯。」
或許是約翰的表情太過難看，芳露出十分在意卻又不敢提問的複雜臉色，只好將話題拉回收集材料上。「這次有找到有用的東西嗎？」
「沒有。」
「這樣啊。」
約翰的答案似乎也在芳意料之內，她並沒有喪氣，而是擺出體貼的溫暖笑容。
即使那在約翰眼中看來十分刺眼。
他扯了扯背包走開，一心只想著倒在床鋪上，不要再去思考任何事，也不要再去應付任何人……
「約翰，反正等窗口期一到，火箭發射完之後你就能先休息了。別擔心。」
偏偏芳多此一舉的諾言刺痛了約翰。
他頓時停在房間門口，瞪著那一步之遙的舒適黑暗。
「如果沒有成功發射呢？」約翰的手貼在門把上，嘴裡發出很輕的聲音，「妳到時候還是會需要電子零件，不是嗎？」
「不會有那時候。」她嚥著口水說。
「聽妳講夢話真的很累。」

「約翰……我知道荷米市很危險，但你連礦場都順利回來了，不是嗎？」

「所以呢？」

「你是個堅強的人，我一直陪著你，所以都看在眼裡。」她眨著雙眼，渴望自己的心意能夠傳進約翰耳中。「我知道你很痛苦，等完成宇宙葬之後，你的困擾一定可以解決……」

「到底是我的困擾，還是妳的？」

那是個極為冷淡的聲音，連芳的表情也為之凍結。

「什麼意思？」

「妳自己知道。」

「約翰。」芳的聲音也跟著不自覺冰冷起來。「什麼意思。」她執拗地跟著，那對哀怨的眼神不肯放過，約翰這才嘆了一口氣，回到大廳坐在休息處的沙發上，伸手把玩那頂工地帽。

「芳，妳聽好，這是我第一次打算說出口。」他別過頭，瞪著夾了宇宙葬海報與各種八卦雜誌的凌亂茶几。「十幾年前，由於宇宙葬停擺，小鎮忽然決定擔下這個責任，一想到我們這麼小的鎮子也能做出了不起的創舉，所有人都被使命感沖昏頭了。」

「……」

「我的父親尤其嚴重。但是後來工廠努力升級，很多東西勉強上了軌道，唯獨核心的運算晶片，是我們絕對做不到的東西。」

「荷米市……？」

「大家肯定都會這樣想吧。所以囉，我的父親為了晶片前往荷米市，接著失去音訊，母親後來也跟去了荷米市，同樣也沒回來了。那時候我才十來歲。他們說走就走，好像不需要考慮我似的。」約翰停止轉動手中的工地帽，讓芳清楚看見上頭的塗鴉。芳凝視著那頂帽子，像是也感受到了什麼，她澄澈的目光頓時蒙上一道陰影。

「約翰，不是的……」

他將工地帽重重放在桌上。「就讓這些靈魂纏著我吧，我不想管了。」

「可是、如果能完成宇宙葬，一定也會幫到你……」

「幫忙什麼？妳明知道火箭不可能順利。」

女孩就像是被戳到了痛處，忍不住擺出憤怒的抵抗態勢。

「十六號火箭我修改了燃料擺放位置、十七號我重新計算好分離火箭的正確時機，經過反覆調整之後，電腦已經確實完成軌道與燃燒方式，十八號不就連失敗的理由都沒有嗎？」

「每次燃燒測試都會出問題的銜接環呢？」

「那都在誤差範圍之內……我不是說過了嗎，不需要完美的火箭也能完成宇宙葬。就算是以前的國家宇宙葬，也有發生意外的案例！」

「噴注器角度可能引起異常燃燒的問題呢？燃料表面熔損導致冷卻的變數呢？」

「約翰！」她狼狽地打斷。

約翰深知自己在挑剔細節，但他若不說出來，芳也不會意識到自己的火箭問題有多嚴重，甚至死心斷念。自從正式的火箭發射都經歷失敗之後，芳賭氣似地加緊趕工，但為了趕上每次預訂的發射日，火箭的品質也跟著急驟下降。

約翰原本不特意說破，以為那樣能減輕她的壓力，可是他不想再忍耐了。

「妳的火箭根本沒準備好，我看乾脆明年再發射吧？」他強硬地說。

「不行！雪季只會越來越大，我們不趁這時候趕工，要等到什麼時候？」

「再等個半年不行嗎？兩年時間我們不都這樣過來了。」

「雪季越來越長了，約翰。我不知道下一次機會是什麼時候。」

確實，自從氣候控制衛星失靈，每年的雪季都在延長。原來她明白。

那還真虧她能不在意這些更大的危機，只顧著一個勁地發射火箭，替靈魂們送別啊。

「妳啊……」他冷淡的語氣多了幾分無奈。「都不管我舒不舒服就是了。」

「不是的，約翰，拜託你理解我的意思……」她哀怨地朝約翰伸出手。「這兩年間就算靈魂讓你再怎麼痛苦，我也陪著你撐過來了，怎麼可能不在乎你的感受？」

「或許這就是原因吧。」

「什麼？」

「自從妳出現以後，我不覺得我有好過一點。」

就像驅趕幽靈一樣，不，或許比那更具殺傷性。

——他終於也朝芳開下那一槍。

半夜，巨大的月亮高掛在工廠上方，皎潔的光芒照耀雪地，風正要開始強勁起來。雖然目前還沒下雪，但等發射時間一過，天氣預報顯示很快又會下雪，氣溫也會驟降，他抬起頭，乍看無雲的天空正在凝聚水氣，蓄勢待發。

這次的發射期在一個很糟的時段。

約翰很不願意出現，拖拖拉拉許久才來到發射場，芳已經站在發射臺上詠唱完畢，她看了約翰一眼，卻什麼也沒說。她的眼中已經恢復神采，顯然振作得很快。

還以為稍早的爭執會讓她有所猶豫，或是延後火箭的發射，然而一切發展還是不如約翰的想像。看著芳更顯積極的態度，他來到嘴邊的道歉本能地吞了回去。

看來她確實不在乎。約翰·曼森不過是女巫履行職責的工具。

「來得正好，我剛唱完呢。」她點點頭。

「嗯。」

他的視線越過女孩，來到雪地盡頭，瞪著那道在月色下清楚顯現的人形黑影。

他沒帶獵槍來，這是失策，但火箭已經要發射了，黑影什麼的也沒差了。倒不如說快點趁現在滾去銀河吧，噁心幽靈。

「現在，觀禮者有任何話想告別嗎？」芳朝約翰又看了一眼。

「沒有。」

「觀禮者有任何話想告別嗎？」

「別來找我。」約翰對著黑影的方向說。

「觀禮者……」

「我不說第三遍。」

「……好吧。地球在上，準備進入發射程序。」芳的聲音有如嘆息。

「這次會成功吧，女巫？」

他抬起頭，忍不住出聲譏諷。

或許是因為芳每次都只會這麼回答——

「火箭十八號不可能會失敗。」

於是約翰更加嚴肅地板著臉。「真的沒問題吧？」

「我才沒問題！」芳湧上滾滾怒意，難得在發射臺前低吼，也不管那些靈魂有沒有在看。她平時總是自我強調的女巫形象，在此刻蕩然無存。

約翰順著那聲音緊繃起來。

黑影似乎也一樣，隨著她的怒火身軀也隨之脹大、滾動，形狀變得噁心莫名。

「……走吧。」

女孩勉強收起情緒，咚咚大步走下臺階。

他們持燈一路沉默地來到安全距離外，通訊站內的電腦正在穩健地運作，螢幕上的數據持續跳動，目前為止看不出任何異常。

確實，火箭十八號的狀態確實比預期中好。不過約翰不敢大意，還想再等一會兒，反倒是芳先有了動作進入發射程序。也是，時間緊迫。他們都必須快點結束這一切。否則……

「通訊系統啟動。」芳以緊繃的聲音說。

「確認。」約翰匆匆回應。

黑影在不遠處的樹林間緩緩靠近一點，讓他一度無法專注在電腦上。

搞什麼。他就是無法不盯著看。

「電力系統啟動。」

「確認。」

兩人同時停頓了一段時間。

雖然明知是進入發射期的必要等待，周圍的空氣卻特別凝重、糾結。

想停的話隨時都可以喊停——只要約翰故意指出一些數據上的疑慮就行了，芳就算再怎麼天才，也無法在這麼短的發射期內重新檢查完畢——反正火箭不會成功的，何必在此刻浪費材料？他現在就該喊出來。這是為了他們兩人好。

約翰轉頭望向芳，卻看見她蒼白的臉龐與恐懼的神色，完全沒有最初發射火箭時的雀躍和餘裕。她明明沒有把握，但還是堅持要賭這一把。

約翰看著那張側臉，原本興起的念頭忽然又失去了意義。

「沒時間了。」他簡短而輕聲地提醒。「發射吧。」

女孩聞言，整個身子劇烈顫抖起來，彷彿被電到一樣，那反應即便在夜晚也清楚可見。

接著她仰頭深深吸一口氣，穩住指尖停在按鍵上。

「……引擎點火！」

「確認。」

喀嚓，倒數確認聲響起。

芳抱著肚子，彷彿吐出痛苦的沉吟，又像是要揮別所有壓力似的，使出全身力氣大吼。

「僅為荒涼獻上祝福，為天堂留住幸福——發射！」

轟——

才剛倒數完畢，兩人便聽見一聲不該在此刻出現的聲響。

火箭幾乎沒有給予他們理解的時間，巨量的白煙瞬間衝天，機體卻沒有順利升空，而是不斷噴發出異常的白煙。等他們驚覺到異常的同時，火焰已經高高竄了起來，從遠遠數百公尺外也能看見光芒。他們衝出通訊站，沿著覆雪的道路盡頭看去，接著又是一聲轟響，球狀的火焰從火箭內部竄出，幾乎覆蓋住半空中的巨大月亮，瞬間照亮了整座森林。

約翰還在耳鳴，身體先本能地動了起來。他伸出大手，揪起芳的衣領將她用力倒拽在地。

「趴下！」他貼著雪地大吼。

芳顯然還沒回過神來，她掙扎地揮舞雙手，拚命想抬頭看看火箭——

第二聲巨響很快就來了。

那是火箭因爆炸而解體墜地的沉重聲響。

「不——！」芳尖叫著。

約翰還緊抓著芳，冒出恐懼的冷汗。他腦中頓時浮現火勢沿著解體的火箭蔓延，燒毀整座發射場與整座森林的恐怖畫面——毀滅性爆炸——該死，這絕不是他預期的失敗！十八號再怎麼說也不是最糟的成品，但沒有一次火箭發射會慘烈到這種程度！

他回想以前學到的意外事件演練內容，立刻朝芳大喊：「滅火系統呢？」他確定沒有任何墜落物後才敢起身，沒想到芳仍錯愕地跪在地上，約翰下意識學起工廠廠長的說話口氣：「芳！快啟動滅火系統！不能讓火勢蔓延到森林！」

「怎麼會……」芳像是沒聽見約翰的聲音，垂頭頹坐在地。「這不可能……我明明就模擬了這麼多遍，不論是壓力測試還是燃燒測試……」

「妳當女巫時都沒有學過防災演練嗎？還是妳們女巫都靠超能力，所以不用煩惱失敗該怎麼辦啊？」他氣急敗壞地鬆開手，索性回頭自己摸索電腦，沒多久，拳頭便重重落在鍵盤上。「媽的！滅火系統失靈──林芳！妳到底有沒有在聽！」

約翰憤怒轉頭，才發現雪地上的芳滿臉淚水，被他的怒喝嚇得縮起身子，像個不知所措的孩子，無助地望著自己。「啊……什麼？」

「快動啊！妳還在發什麼呆！」

「對不起……約翰……對不起……！」她搖著頭，渾身像是被抽走了力氣，只能癱坐在地上掩面痛哭。

約翰震撼地看著那脆弱無助的模樣。

為什麼要哭？

為什麼要偏偏挑在這個時候──

「妳留在這裡。」比起發怒，此刻的他必須先冷靜下來。

「不、我不要……我……」

「我現在要去發射場滅火，妳最好祈禱火箭不要有第三次爆炸。」約翰語氣冷酷而明確，像是在對自己的員工下達命令。「繼續看著電腦，找出火箭失敗的原因，做好妳的事。」

「不要……我不要這樣！」芳將臉埋進雙掌之間，發出約翰前所未見的悽慘哭聲。「我明明模擬過這麼多次了、明明跟你說好不會失敗的！為什麼事情會變成這樣……我不要！」

約翰總覺得自己應該要被觸動才對，腦袋卻是一片憤怒的空白。

「——妳這個笨蛋。」

他硬生生丟下這句話後，拔腿往火場全速奔跑。

芳還跪在地上，倚著電腦發出崩潰的哭聲，令人頭皮發麻。

他很想安慰芳，但是身體已經比腦子更快行動起來，他選擇了情況更危急的火箭現場。

為什麼呢？火箭明明爆炸就好了，這不是正合他的意嗎？再回去面對那些靈魂做什麼？但是發射場……火勢……還有那座可能會被大火牽連的工廠……

「都是我的錯……我不適合當女巫！」她泣不成聲地拼湊出碎裂的字句，宛如幽靈的顫聲般在背後飄盪：「是我信仰不夠堅定，長老、約翰、大家……對不起……」

又開始下雪了。

他喘著氣，喉嚨好痛，冰冷的空氣大口鑽入肺部。

——所以妳到底在哭什麼啊，芳？我不是說過別再做火箭了嗎？

——我明明說過了，不是嗎？我明明說過了，我說過了。我早就說過了。

約翰在內心反覆大喊著。他趕到火場，發現發射場的火勢並沒有預期中嚴重，只剩火箭殘骸仍在燃燒，可能是窗口期一過，天氣也明顯開始變化，風雪變得更大了，殘骸也沒有墜落太遠，因此火勢並沒有在這空曠的發射場內繼續擴大，這是好事。

但火箭殘骸不能不管。

四周都是光點，在夜晚更加清晰，就連哀戚的呢喃也是。

他轉身在發射場外圍尋找水桶與儲水池，裡頭半空了，但還有些許雪水，他連忙撈起雪水回到只剩零星火苗的殘骸邊。

忽然瞥見黑影站在離火箭最近的位置，從一個變成了兩個、三個、四個……無數道黑影頂著深淵般的面孔凝視著他，在殘餘的劈啪燃燒聲中扭動身軀。

約翰害怕起來。

「……約翰翰翰……我不不不能開開開藥給你……」

「……我我我我去巡邏……」

「……火箭的晶片、拿到了沒……」

無數藍色螢光之中，扭曲的黑影們合唱出以約翰為名的迎葬曲，警長、雪菈、南希、顏叔，還有好多好多人……他認得那些聲音，也知道他們在說什麼。

那些他以為能夠救贖的靈魂，原來沒有一個真的離開身邊過。

約翰絕望地閉上雙眼。

他站在距離黑影僅有咫尺之距的位置，手中那桶雪水始終沒有拋出。

隨後，漫長的雪季開始了。

疫後二十年
林芳二十三歲

警告：儲備電力即將耗盡
電腦將停止供氧，並進入自動危機處理程序
冷凍裝置即將解除，倒數三十秒……

「哈啊……」
沒想到我清醒的第一道聲音是如此沙啞、無力且痛苦。
即使還無法思考，倒是嘴巴延續了原本還未說完的句子。
「長老……」
這個字像一股接通全身的電流，讓我在這瞬間找回了所有記憶。
我是林芳，教會透過基因篩選選中了我，是家人以雙手驕傲獻上的女孩。
我是註定要成為女巫的人，也確實通過了考驗。
我是第四十六代女巫，我是……政府的……暴動下……
「咳……！」
我指尖僵硬地動了動，身體還跟不上大腦的反應，是冷凍的副作用，還是室內溫度低得異常的關係？即使艙內殘留著解凍後的溫暖空氣，但地下室異常地暗且寒冷，很快就把那僅存的溫度帶走了。

電力似乎只維持最低限度的提供，好維持冷凍艙的運作。

奇怪，這不正常。

我試著起身，整個身體都不像是自己的，即使艙內掃描結果都顯示毫無問題，我還是好想吐，整個身體與內臟都像是分家了。

沒想到冷凍艙的體驗如此糟糕！空氣重新擠入肺部的瞬間，胸口一陣麻痛，彷彿被用力按壓或是電擊……我知道肌肉、神經、臟器，都必須在最短的時間內同時恢復運行，但這種體驗比當初接受過的耐受測試來得痛苦多了。

難怪冷凍技術無法普遍，這下子我終於明白原因。

「一五三四〇年六月三日，甦醒日期超出了預定時間整整十年……」我走下冷凍艙，看著上頭顯示的細節資訊喃喃自語。「難怪電力會耗盡，發生了什麼事？」

此時，地下室內的其他儀器與電燈亮了起來，冷凍艙也咻的一聲停止運作，儀表板迅速暗下。是因為冷凍艙被啟動的緣故嗎？感知到我可能已經醒來，電力很快地轉移到其他設備上，整個地下室轟轟震動起來。

我內心響起不安的警告。

「女巫林芳，我們的希望……希望……政府歡迎您。」

電腦語音不太穩定地從控制臺響起。

「解除冬眠狀態以後，請務必遵照下列原則與指示。一、兩小時內禁止飲水。二、四小時內請勿進行劇烈運動。如有任何問題，請盡速與醫師討論，並接受喚醒者的指指指示……」

訊息中斷……不對，是沒有其他的訊息了。

照理說接下來會有其他人接手照看我的工作，電腦自然不需要多做說明。

可是我等不到。

我還抱著身體摩擦，一邊從牆上拿起工作人員的長袍套在身上保暖，在地下室坐了一會兒後，我決定查看電腦試圖與外界聯繫，祈禱有任何人能發現我的存在。

即使地上滿布的積塵已經傳達出明確的訊息，但我的本能仍在逃避。一次也好，我想在這裡當個無知的傻瓜，等著身為「迎接者」的貝朵來找我，然後做我該做的事。

……我該做的事，是什麼？

我敲打鍵盤的手停了下來。

唯一能通往室外的巨門前，牆上的能源線環繞成教會的象徵符號，在我控制電腦的同時閃動著光芒，緊接著，門前出現一道全息投影。那模樣刺激著我的大腦，身體湧上一股熱潮，呼應我內心激動的情緒。

阿瑪迪斯長老，她雙手交疊在身前，感覺是在看著鏡頭，也可能是看著我的冷凍艙。

「芳，妳醒來了吧。」

「長老！」我驚訝地離開電腦螢幕前，趕緊衝向那個投影。

但我很快就發現自己想錯了，那既不是連線影像，也不是模擬人格，就只是單純的錄影。

「對不起，沒時間了，我只能長話短說。」阿瑪迪斯眉頭緊皺，蒼老的紋路絲毫沒變，顯然在我進入冷凍艙不久之後，長老就拍下這段影像了。

我一陣心寒。

「我們無法為妳帶來美好的世界。如果妳醒來，世界一片荒涼……請將我們帶走吧。」

過於直接的放棄宣言，讓我完全無法接受。

長老，您知道自己在說什麼嗎？這不只是放棄了自己，更是放棄了教會以及——

「……希望，我們的靈魂能回到銀河，拜託妳了，芳。」

「等一下？什麼帶走？長老！」

我退回電腦前，雙手還不肯放棄地尋找按鍵，想要找出更多的影像或線索。

但是影像已經結束了，沒有任何細節與交代，如同出現時那般突兀。

「不要啊、不要啊、等一下……拜託！」

電腦沒有留下任何資料，也無法與外界連線。

如果我想搞清楚狀況，就只能夠走出這扇門。

才剛想著，沉重的大門隨著長老的影像消失，應聲解鎖，打開一道縫隙。光透了進來。

「轟——」

隨著那道陽光飄灑進來的，是紛飛的雪花。

這個季節不該有雪，眼前不可思議的景象使我驚呼。我拿起牆上剩下的工作袍，全部套在自己身上，然後害怕地佇立在原地等候。不過還是沒有人。

我知道我該走了，想活命就得動身。

於是我只能向那蒼茫的世界走去。

明明是六月，卻像是經歷了冷酷的嚴冬，世界被雪白覆蓋，像是傾倒在森林間的鮮奶油，硬生生地蓋上路面。我踩在柔軟的雪上，才發現只要伸手輕輕挖掘，就能輕易看見那些焚燒後的火把、倒地的屍首，以及教堂被破壞的遺跡。

我掩面啜泣。

冷漠操作機器的政府人員、民眾的怒吼，還有那一雙雙壓在自己身上的手，我所經歷的一切全都被時間輕巧地抹去了意義。

然而更殘酷的是，這對我來說僅僅是十幾分鐘之間的事情。

如果世界註定變得如此，這些人承受的傷痛究竟算什麼？而我即將要承受的又是什麼？

我穿過本該是長廊的道路，兩側神像已然倒塌，深陷大雪之中。

祂們連自己也拯救不了，自然也不可能對我伸出援手。

我抱著身子，漫無目的地前進。

然而不管走了多久，山上仍是一片荒蕪。

好可怕，就連想要放聲痛哭都不敢，深怕這個世界只剩下我的回音。

貝朵，妳這個騙子，不是說好了嗎，為什麼沒有來找我？阿瑪迪斯長老，還有法藍斯、由莉思嘉，以及琴……妳們真的很過分，約定好的美好世界不該是這樣子的。

我不想要一個人啊。

不管發生什麼事情都沒關係，只要活著就能面對，可是只有我一個是不行的。

因為將我撫養長大，帶領我認識這個世界的妳們，才是我真正的信仰。

我不希望因妳們而獲得的這一切，都是為了親手葬送妳們。

救救我……拜託有誰……

任何人都好……

地球在上，拜託不要只留下我一人……

【第四章】

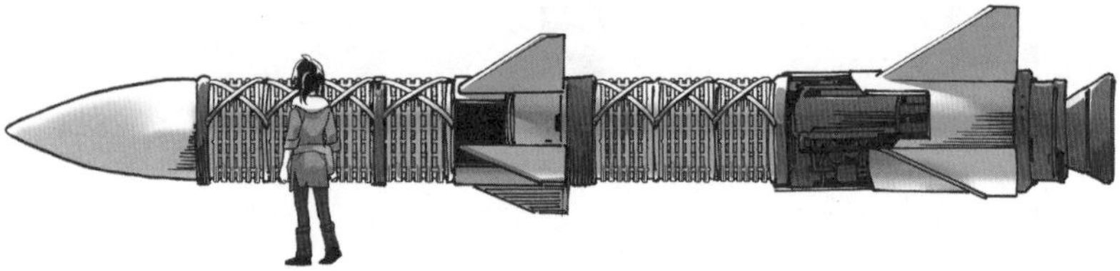

火箭 19 號

火箭19號製作中
目標零件：冷凝設備

冬天來得太快了，甚至讓人有些措手不及。雪斷斷續續地下著，幾乎沒有消退的時間，所有的房子與樹葉都開始堆積厚霜，過陣子可能還會出現冰柱，加深約翰在城市穿梭的難度。

約翰抬頭看著頭頂的廢墟，那個曾經可能成為荷米市最大的建築。

宇宙葬必須完成，這是約定，是屬於馬可夫小鎮與這個世界的約定，是屬於生者與死者之間的約定，也是女巫為了拯救凡人而立下的約定。

會不會正是因為這樣的約定，才會讓所有人的靈魂都被束縛住了？

「我根本不想來這裡。」約翰對著對講機說。

「對不起。」

「因為『這次一定沒問題』，對吧，妳總是這麼說。」

「是因為冷凝設備……我很確信礦場不會有那種東西。」對講機傳來有氣無力的聲音。「十八號火箭是因為發射臺上的分離架出了狀況，導致發射時無法順利分離。不是火箭本身的問題。」

「誰知道，搞不好發射後還是爆炸了。」

「約翰，是你要我找出問題，」那聲音起了變化，微微藏著怨恨與強硬。「我已經找出來了。這就是我的答案。」

他們好一段時間都沒有交談。

在那段沉默之間，約翰也沒有任何動作。他坐在地上，抬頭看著從天花板空洞飄落的雪，隨著微弱的光線灑落半片巨大的圓頂體育館；這座蓋了一半便因疫情停工的巨蛋「湛藍」，外裝工程只完成了一半，將近半片天花板裸露出桁架與鋼骨結構，像個大網子罩在上頭，讓人無法想像這座建築完工後的模樣。

父親曾經承諾，當這座用來紀念地球的「湛藍」完成後，就會帶約翰過來。

如今他卻以這樣的形式來到這裡。

「你在哪？」芳問。

「荷米市的外城區。」

「約翰，聖山上的教會也有冷凝設備，而且我確定那裡建築完好，也比市區安全。」

「都已經自願過來了，東西也到手，妳還要我怎麼做？女巫，我當然知道教會在哪，但我打死也不會經過硫礦電機公司，妳聽見我說的話了。」約翰的聲音粗重起來。

又是漫長的沉默。「好吧。雪季來了，你多小心一點。」

約翰甩著對講機，呼喚了幾次也沒有回應，她是去忙了？還是單純不想再聊了？

總覺得最近幾次的對話狀態越來越糟了。

他靠著牆壁，面色凝重地豎耳聆聽，循著風捕捉潛藏在建築物附近的任何聲音。

自從來到荷米市以後，他就有種被盯上的感覺。

雖然探好了路，顧著避開靈魂卻忽略掉狼出沒的記號，太大意了。

他知道狼不會孤身行動，而是選定目標之後追蹤觀察，哪怕只有一匹狼跟著，其實背後可能還有更多的狼在埋伏。以前還有德雷斯在，兩個人總能合力應付誤闖小鎮的狼，現在他只能自己應付狼群，有可能順利脫困嗎？

「只會說什麼小心，靈魂們可能對我還親切一點。」他悄聲舉起獵槍，貼在牆邊緊盯著破口外的動靜。有動物的腳步聲在遠方經過，卻沒有進來巨蛋內，看來沒有上當。虧他還選了個不錯的制高點。

「……女巫，妳不如直接叫我去餵狼還比較乾脆。」

他冷笑一聲，夾著獵槍快步移動。

出了巨蛋，便能看見荷米市外城的廢墟建築，天空下著溼雪，雖不至於阻礙視線，地面卻溼滑難行。他脫下兜帽環顧四周，街道對面便是林立的公寓，房屋有著淒黑的空洞，表面也焦黑，像是被火焚身過後的景象。

在建築擁擠的貧民窟外圍，其中一棟房子噴上「疫病指揮所」的油漆字樣，看來是當年臨時搭建集中傷患的集中區。明明如此靠近大城市，卻也是疫情爆發時最快陷入瘋狂的地方。

或許能甩開狼，但他可不想進去傾聽亡靈的哭號。

匆匆瞥了一眼後，約翰決定沿著巨蛋往南方的位置奔跑，只要回到大道想辦法拉開距離之後，狼也不會窮追不捨。

他加快腳步，離開這座散發出不祥氣氛的城市，沒想到才剛走幾步，背後便傳來動物的腳步聲。約翰吃驚地回頭，看見一匹灰色毛皮的野狼追了上來，體型看來並不瘦小，幾乎到約翰的膝蓋高，牠沒有先發出呼喚同伴的嚎叫，而是豎起毛髮筆直朝約翰撲去。

——沒有其他狼的足跡，只有牠一個嗎？

約翰看著那速度有如閃電迅速，知道再逃也沒有用，於是將獵槍對準野狼，先是威嚇性地開了一槍。「乓！」巨大的聲響確實讓那匹狼放慢了動作，牠赫然停止追逐，與約翰保持一段距離對峙著。

他俐落地重新上膛，雖然空包彈沒有任何傷害，照理說足以嚇跑狼了。

但那匹狼並沒有逃跑，黑白分明的眼眸瞪著約翰，整個背部高高拱起，張開大口露出嚇人的尖牙。當約翰舉著槍緩緩後退的同時，狼還是決定奮力一搏，再次衝了過來。

——不正面搏鬥不行了。

「該死。」約翰咬牙咒罵，再次開了一槍，狼絲毫沒有退縮之意，眼看就要咬上。約翰立刻橫握槍枝，在野狼躍起的同時轉身以背包擋下，碳鋼外殼的圓筒狀冷凝器竟然在此刻救了一命，野狼身上發出沉重的一記撞擊聲，接著便跌倒在地。

約翰不放過機會，立刻撲上去壓制住野狼的身軀，在一陣撕扯與掙扎中，他以槍托用力攻擊狼的脖頸與眼睛。「混帳！」約翰一邊咒罵一邊不斷揮下，毫無節奏地狂亂攻擊。

又一隻較幼小的野狼從貧民窟中奔馳而來，大概是埋伏的狼同伴，約翰咬著牙又開了一槍，幼狼發出一聲嗚咽，退縮地回到廢棄汽車之間，盯著約翰不放。

「吼嗚——」

此時他身下發出投降的哀號聲。

野狼掙脫開來，但已經無心戀戰，滴著鮮血衝回城市。

胸口劇烈跳動的聲音撐脹約翰的耳膜，他緊握著獵槍，趁狼回頭的同時快步離開荷米市。好痛，該死。他低頭檢查自己的傷口，小腿被咬了一道傷，左手臂也在纏鬥時被咬出齒洞來，這個比較麻煩。但他得先走遠才能處理傷口，不然狼很可能會再追來。

好痛……該死……他應該有走對方向吧？

「……嗚嗚……」微弱的哭聲從風雪中夾雜而來。

「喔拜託，別在這個該死的時候出現。」約翰忍不住碎碎念著。

「……嗚……嘻嘻……」

約翰噙著唾沫，看著前方的樹林與寬闊的道路，視線一陣模糊。好像有什麼人走進樹叢間，一邊對著自己招手，要跟上嗎？不行，傷口不能再放下去了，他必須處理。

他無視那個聲音，忍著痛楚緩緩跪下，脫去外套，從背包找出應急的藥品與繃帶。「媽的、痛……！」他忍著刺痛為自己換藥，此時樹隨著強風摩擦出颯颯尖嘯。他一陣哆嗦，再抬頭時，才發現雪都消失了，身邊廢棄的汽車重新動了起來，急促的喇叭聲四處響起，人們堵塞在公路上，爭先恐後地想要離開荷米市。

突然一陣槍聲掀起四周驚慌的呼喊，那槍聲不是來自約翰，而是幾個身著軍服的男子，從約翰身後悄然出現，朝一名棄車逃逸的男人轟了數槍，直到男人背部中槍，倒在車陣之間。

「已確認感染編號1488患者死亡，現行犯處決完畢。」其中一名軍人開口，接著，那把手槍對準了跪坐在地上的約翰。

軍人五官因帽子的陰影而模糊，俐落的動作展現出無情的冷酷。

「護照與檢驗報告交出來。」

「別鬧了。」約翰冒著冷汗說。「我沒心情跟你們這些蠢幽靈玩……」

「交交交交交出來。」圍繞在自己身邊的軍人越來越多。「如果你不是反政府激進分子，就交交交交交交出來！」

「交個屁！有種就對我開槍啊！」他揮手想用力甩開這些記憶，抬頭終於看見通往馬可夫小鎮的路牌，往大角路，方向沒錯，就是這裡。

約翰吃力地邁開步伐，在聽見手槍上膛的聲音之時，他加緊往大角路的方向逃離。

「交出來！」槍擊聲與軍人的嘶吼不斷逼近約翰，「把火箭交出來！」

約翰閉上眼，虛弱的身體只能憑意志撐著，往前走一步算一步。

「……火箭……交出來……」

「……交出來……」

在回到馬可夫小鎮以前，風雪夾帶著憤怒的威嚇，久久迴盪在他的腦中。

沉重的碳鋼冷凝器用力放在芳桌上，除此以外沒有任何招呼與聲響。

芳驚呼一聲，連忙脫下焊接面具，追上那個快步離去的高大身影。

「你的手怎麼了？」

「被狼咬傷。」

「撕裂傷很難癒合，你有用抗生素嗎？」

「別管。」

「約翰！等等……讓我看傷口！」芳連忙擋住他的去路。

「女巫，妳會完成火箭吧？」他只是陰沉地說。

那不是約翰會有的口氣。

女孩冒出冷汗，連忙衝上去拉住約翰的手臂，「拜託！讓我看一眼！」她用力搖晃男人的肩膀，逼他不得不坐下來。芳蹲下身來捲起褲管，看見小腿仔細包紮好的傷口，她小心揭開一角，然後沉痛地嚥著唾沫，輕輕將紗布蓋回去。

讓她更痛的，是約翰那對空洞的目光，彷彿有什麼混沌的念頭糾纏著他。

「回答我，你的名字是？」她不安地確認。

「托雷・普林斯，東亞共和人。」男人停頓了幾秒，才在這恐怖的沉默中冷笑開口：「……妳害怕了？」

「別開我玩笑！」

「好啦，是妳熟悉的約翰・曼森。可以了嗎？」

女孩不自在地吐了口長氣，她撥著頭髮，重新整理好心情。

「我去找剩下的抗生素。在傷口沒好之前，你得先休息至少……幾天……」

她別過視線沉思著。

看見那移開的目光，約翰像是被戳到痛處似地垂下雙眼，目光中的疲倦逐漸被憤怒取代。

「夠了，我會盡快出發找剩下的電子零件，妳不需要煩惱冬天發射的事情。」

「我不是那個意思！我是在計算你的傷口需要靜養幾天……」

「那還不是同一個意思？最後的結論都是要我出發找材料。」約翰拉下袖子，一邊喃喃抱怨：「也不聽聽妳自己講的話，如果我休息到暴雪來臨，妳受得了嗎？我可不想整個冬天都看妳那張焦慮的臭臉。」

芳吞著口水，抓住約翰的手低聲說：「沒問題的，只要這次火箭完成——」

「夠了……夠了夠了！」他施力揮開芳的手，重新站了起來。「每一次、妳每一次都出問題！都是問題！聚集在這裡的靈魂們越來越多，讓我整個腦子都是聲音！」

「那是——」

「我已經快不曉得自己是誰了，而妳卻還是滿口火箭……到底是在堅持什麼？」

「我們有一樣的目標，不是嗎？」她慌張地問。

目標？去他的目標。約翰覺得自己快要瘋了。

難道只要露出歉疚的表情，就能繼續將他推入火坑嗎？為什麼這個女人可以自說自話到這種程度！芳的存在很重要，他承認這點。可是，這不代表她可以逼約翰傷害自己到這種程度。

「誰的目標？」約翰瞪視著她，帶著前所未見的狂怒，拐著腳步朝她逼近。「妳懂我在外面被靈魂糾纏、被他媽的野狼追趕的心情嗎？我不是女巫，只是個普通人，還得應付各種該死的危險麻煩，而妳，林芳，妳只在乎自己的使命，以及妳的目標！」

她靠在牆上。

即使被約翰不斷逼退，女孩眼中的倔強卻沒有因此而屈服。

「我沒有！我是想讓你好過一點，因為我需要你……」

「是啊，需要我的幫忙。或許我應該心存感激，讓妳繼續用擅長的話術操縱我，然後所有事情都會順利進行。」

女孩抱起頭，抵抗似地大叫起來：「我是女巫，這是我的責任！」

「什麼責任？這個宇宙裡根本沒有妳要負的責任！」

「我是第四十六代女巫林芳，我必須對所有人負責！」

夠了，芳，拜託妳夠了吧。約翰咬著牙，最後一絲憐憫也消失了。

所有人，什麼所有人？哪來所有人？

「早就沒有人了！」他用力擊向牆壁，讓女孩深陷於陰影之下，惡狠狠地吐出他埋藏已久的怨恨：「唯一要負責的只有我而已！而我——**不需要妳！懂嗎？我不需要妳這個騙子！**」

「約翰……！」

芳看著約翰的雙眼逐漸無神，她沒有聲音，而是任由眼淚不斷落下。

此刻，約翰跟芳之間的問題已經清楚地浮現。在他眼中，芳不再是那個綁著馬尾的女孩，而是一道模糊的黑影，脆弱的五官扭曲起來，變成一團流動的黑暗，展示出體內潛藏的惡意與孤寂，原來如此，所以他才無法跟芳溝通。這就是他們總是無法理解彼此的原因。

約翰終於了解了。

是她先開始的。是她的問題。

約翰喘著氣，顫抖地將右手收回，剛剛那一拳讓他的指節破皮滲血，手指疼痛得使不上力。情緒盡數發洩出去的結果並沒有換來愉悅，反而更加空虛。他想躲回房間了，那個只有他存在的安全世界。

他大口呼吸著，背對她走向工廠長廊。

「約翰……」有著芳聲音的黑影啜泣起來。「你知道那個跟著你的黑影是誰嗎？」

他不知道她為什麼在此刻要問起這個。

或許這一切都是他的幻聽。或許芳根本沒有開口，或許她根本不是芳，林芳這個人甚至很可能不存在……他不知道自己在想什麼了，腦子一片混亂，痛楚如暗潮在體內翻湧。

於是他決定就說這麼一次，最後一次。

「妳從來都看不見黑影，對吧。妳眼中的世界跟我完全不一樣。」約翰平靜開口，「但是我現在知道了，黑影是德雷斯、是南希、凱特、顏叔、艾力克斯……然

後，也是妳。」

黑影伸手掩起臉，哭聲更加淒厲。

他想回頭看看那張被自己傷害的臉，試圖找回芳本來的面孔，可是身體辦不到。他累了，他必須盡快逃走，否則那份強烈的孤獨會讓他只想尋求毀滅。

「……芳，都已經疫後二十二年了，妳就饒了我，停止這一切吧。」

他只能哀求似地拋下這句話。

當約翰再次出門時，灰色的天空已經揚起大片雪花，陣陣輕風足以令它們狂舞，就連公路都堆起了厚雪，而且反覆融化又凍結的緣故，雪層如磐石般變得又硬又滑。唯一的好處，或許就是狼不太會在這時候出現。

他默默在荷米市的外城住了幾晚，為的就是將耐壓板與高空通訊裝置帶回來。

即使芳沒有催促，他光看清單也明白火箭還缺乏什麼零件。不過與平常不同的是，他沒有主動與芳告別，芳也沒有問他要去哪裡，這段時間對講機沒有響過一次。

很高興那女人終於放棄了無謂的關心。

約翰鑽過廢棄汽車之間的隙縫，到處都是結冰的冰晶或冰柱，他仔細緩慢地移動。

「……女巫大人，請幫幫我……」汽車底盤下，一道男性的聲音從黑暗的間隙流瀉而出。

「我不是女巫大人。」他下意識縮了縮腳，接著繼續前進。

「……爸媽……被困在荷米市的內城區……」

「……我拋下軍人的職責……不顧一切……」

「你要什麼？」他疲憊應著。

「……我最重要的相框墜飾……」

約翰嘆息一聲。「夠了，我已經知道槍不可能永遠趕跑你們，但是就算找回遺物，你們也不會真的解脫。到頭來也只是不斷重複無謂的騷擾。」

靈魂仍在喃喃重複：「……墜飾……家人……」

根本不需要理會，但約翰還是虛應了幾聲。

「我知道了。別來煩我完成火箭就是了。」

最後，他的包包裡除了耐壓板與高空通訊裝置，還多了一個從廢墟堆中挖出來的金屬相框墜飾。

回程路上，他忍不住伸手摸索對講機的位置，確認自己的頻道。

沒有來訊。很好。

雖然完全沒有對話會讓氣氛有些難受，約翰還是感覺自己因此輕鬆許多，畢竟，總比一開口就是爭執來得好。每次只要腦子一熱，他就不會顧及芳的面子，盡是朝她的弱點攻擊。即使在睡前好好反省自己的言行，睜開眼後芳又會擺出那故作無謂的態度，要求自己去找火箭材料。

內疚與憤怒總是互相拉扯，使他利用了芳，也被她所利用。

這到底是一個怎麼樣的瘋狂關係？他扶著額頭，再次陷入反省的情緒裡頭。

等這次的火箭材料收集完……就讓彼此停止互相傷害的相處方式吧。

愚蠢的宇宙葬夢想也該是時候結束了。

——到時候不管芳做何打算，他都會離開這座小鎮。

就算死在異地也無所謂，馬可夫小鎮聚集的靈魂已經多到無法讓人生活了。再這樣下去，馬可夫將不會再是約翰熟悉的家鄉，而是一座巨大的幽怨鬼城，沒什麼值得留戀。

「我跟芳才不一樣……」約翰瞥向公路的盡頭，「我還想活下去啊。」

需要幫助的人從來就不是他。

因為活下來而感到困擾的人也不是他。

一邊組裝火箭、一邊暗自哭泣的人更不是他。

雖然約翰鮮少過問芳的過去，但他也不認為自己能夠解決女孩的心結。

他才不想再為生離死別感傷，大不了最後就是身邊再多走一個人。到那時候，他會親手埋葬女巫的屍體，將她的靈魂帶離小鎮……

「可惡，我在想什麼！」他煩躁地抓著金髮，阻止那個從腦中跳出來的恐怖想像。「如果那傢伙真的想死，才不會被我幾句話就罵哭了！」

就是因為不想死，不想讓自己苟活的生命毫無意義，才會這麼努力地想要幫助約翰。他明明知道這點。何況這兩年有她的開朗陪伴，日子確實豐富了許多。

……要道歉嗎？

不，先等等，芳自己也該反省吧。他當時可是差點被狼吃掉了，芳好歹對火箭延期的事情認同一下，顧及他的感受……這是在搞什麼，也太彆扭了，芳明明沒有那個意思啊。

「唉，我到底在生氣什麼？至少她沒有丟下我，這樣還不好嗎？」

約翰蹲下來，雙手緊揪著自己的頭髮。

腦袋一片混亂，各種難以理解的情緒糾結成一團。每次想要釐清自己的憤怒，身體都會自然而然地阻擋約翰思考下去，不能面對，也不想面對。

……跟芳通訊試試看好了。

他抽起對講機，發出通訊要求。

先從耐壓板的話題開始吧，說他找到了高階耐壓板與通訊裝置。

然後說他在荷米市遇到了奇怪的靈魂，似乎是被大火燒死的染疫貧民。還有，他還去了電子零件工廠，看到了一些測試階段的高級電子產品，說不定芳會很感興趣。

但是通訊並沒有被接起。

他晃晃手中的對講機，開始感到困惑。

這個時間點她可能正在忙著處理火箭機體的嵌合，或是配合機身材料的差異，用電腦微調計算公式吧。乍看之下都是交給電腦計算就好的東西，其實也需要大量的資料整理，芳光是把倉庫那堆文件紀錄讀完就不曉得要花上多少時間。

約翰只能將對講機收起。

可惜了，有些話就是趁著看不見人才能說出來的啊。

「……算了，先回去再說。」

「把她拖出來吃頓飯，沒什麼好不能談的。」

「以前也都這樣和好了，就這樣吧……」

約翰嘆著氣，拖著沉重的步伐走在柏油馬路上。

他回到馬可夫，這次他並沒有直接走進工廠，而是來到外頭的零件倉庫，直接把東西卸下。一來是想確認清單上是否又有變化，二來也是他還不想那麼快就進去面對芳。

如他所料，上頭的清單確實有改動過的紀錄。

「通訊器……冷凝設備……嗯？」他翻開清單最後一頁，發現上一趟帶回來的冷凝器竟然被芳劃除了，後頭還註記了「無法使用」。

「該死！我白跑一趟了嗎？」

他輕輕敲著A4板，不甘心地反覆確認上頭的註記。對啦！上次他沒有仔細檢查內容，有可能是早就壞了，也有可能是被雪狼撞了那一下……畢竟很多東西當下無法檢測，所以經常帶回廢品，只是一想到又得回去荷米市就讓人頭疼。

更麻煩的是，現在他還真不曉得要去哪裡找火箭專用的冷凝設備。

「我看還是先確認雪衣的狀況吧，以免她又要我跑去奇怪的地方。」約翰將清單隨手放回鐵櫃上，轉頭想要找尋過冬用的雪衣設備，這才發現少了一套。

約翰看著空位，應該是他替芳改的那套雪衣不見了。那件黑色雪衣是從德雷斯身上取來的備用品，為了配合芳才調整成貼身的尺寸，只是他從來沒有提過警長的事情，而是默默地看芳穿著，看那一襲黑色重新漫步於雪原之上。

現在想想，他們真的很少對彼此聊起往事。

「芳……」

她是出門巡視無線電的狀況嗎？還是去準備過冬的環境維護了？

最近氣溫驟降得很快，一時間無法適應，想要穿上雪衣也是很正常的。約翰環抱著雙手，困惑地離開了倉庫，風雪強勁地吹來，好不容易溫暖的身體瞬間又打顫起來，短短數公尺的路程也變得難以前進。他縮著雙肩，連忙踏進工廠，將身上的雪花拍散。

這種天氣，要巡邏或準備過冬似乎都太勉強了。

「女巫！」他冒出不好的預感，連忙呼喚：「妳在嗎？」

沒有回應，而且室內一片昏暗。

他最先注意到的是桌上的罐頭，兩人都沒有時間整理，所以帶回來的罐頭也被隨意堆放在大廳桌上，如今明顯少了好幾天份。

再來是壁爐與木材，看起來還是維持約翰離去前的數量，也就是說，芳短期內並沒有使用壁爐取暖。但在這溫度急驟下降的天氣，她不可能不燒柴吧。

約翰繼續走著。

長廊安靜地沒有任何聲音。

「芳？」

他打開芳的房間，既沒有上鎖，人也不在裡頭。

「妳在嗎？」

總裝室沒有燈光，就連平常總是維持運作的電腦也休眠了。

她還能去哪？約翰赫然想起清單上的字跡，那個寫著「無法使用」的字跡。

她是什麼時候寫上去的？

「喂……不會吧……」約翰嘴角不自然地上揚。

因為當他來到自己的房門前時，正好能看見一張紙條夾在門縫上。

他想伸手去拿，腦中卻閃過好幾段記憶。

大伯、母親，以及警長——

約翰停下動作，連呼吸都顯得不太順暢，腦袋也快要停止運作。

接著，他的手僵硬地移到門把上，紙條隨著門被打開而飄落在地。**別撿**。好像體內有個聲音在這麼說。**只要不去看，就不會發生任何事情了**。沒問題的。芳會回來，不，是馬上就會回來，她總是會回來的，不是嗎？

踏著恍惚的腳步，約翰靜靜走入房間。

他將自己關進隔絕一切的黑暗，等待。

疫後十年
約翰十八歲

我試圖將獵槍對準自己。

槍管太長，扣不到扳機是個問題，但並不難處理。

或許是因為步驟太過簡單，才會拖著拖著就又過了一個冬天。

只要想著隨時都能死，就好像沒那麼著急了。

放下獵槍，我隨手拿起日記本潦草地寫了幾個字：

今天還活著。

然而當我重新審視自己寫下的內容，卻只看見一團

紊亂的圓圈圈塗鴉。什麼啊。我剛剛是想著要寫字的吧……算了，有沒有寫對，好像也沒那麼重要。

我開始往屋外走。

該做的日常準備都完成了，對，完成了，就算只有一個人也能完成，結果真的就如我所說，不需要德雷斯也沒問題。

「哈哈哈。」

我在笑什麼？喔等等，有鳥。就在前面的樹上。

牠在還沒融化的殘雪間來回跳躍，肥胖渾圓的身軀很適合烤來吃。

獵槍……啊，不，還是得靠德雷斯吧。這時候。

我坐下來盯著小鳥發愣。

「啊，斑雀。」我說，「肯定是斑雀。是斑雀啦。」

我對著自己說。

「真好啊，斑雀……」

好什麼呢？不知道。總之比我好。

數字的概念逐漸有些模糊了，時間也是。

我一個人生活了多久呢？

有時候會用腳印製造出與某人並肩而行的錯覺。

有時候會代替警長巡邏這座小鎮。

有時候會坐在倉庫內對著空氣分發糧食——

這個給今天晚上的約翰，這個給明天早上的約翰，來，這個則是明天晚上的約翰的份。都拿到了吧？那就一起吃吧，不然一個人多寂寞啊。

我幫今天晚上的約翰打開罐頭，與他一起品嘗千篇一律的味道。

「……開始受不了了……」

「那也沒辦法，就只能吃吧。」

「如果能抓到斑雀的話……」

「明天來研究一下陷阱製作？」

「好主意，約翰。」

「先吃吧，明天再說。」

我嚼著逐漸無味的肉，礙於必須進食，我只能被迫停止這場對話。

話說回來，剛剛第一句話是誰先起頭的？

是今天晚上的約翰，還是明天早上的約翰？

還是……從我後方空蕩蕩的牆上傳出來的？

……

不妙。

喂，這也太快了吧。約翰。

才自己一個人生活幾年而已，怎麼就要瘋了呢。

再撐一下，別發瘋了，不能在這時候瘋掉。

不能瘋掉，我沒有，我不能……瘋掉……

「沙——」

「沙沙——」

「沙沙沙——」

對了，我成功把電視機修好了。

我試圖這樣在日記上寫著，但字跡仍是一片模糊。

救救我。

我試圖打開電視尋找任何訊號，都是雪花螢幕，我就這樣開著入睡。很浪費電，但是沒辦法。我現在很需要任何轉移注意力的聲音，可以讓我不用感受過於恐怖的寂靜，否則晚上實在太難入眠了，動不動就被細微的聲響嚇醒。

話說回來，我在電視機面前坐了一天……還是兩天？

救救我。

我還得過這樣的日子多久？

這個世界上究竟還有沒有人？

「……約翰……」

不如這樣吧，開槍，馬上開槍，結束這一切。在真正陷入瘋狂之前。

明天早上醒來就開槍，正式地與這個狗屎世界告別——

「……約翰，你在哪……」

什麼……是誰？

好像有什麼東西從雪花螢幕中鑽了出來。

是光點？又像是發光的雪花？搞什麼，是我盯著電視太久，眼睛都出現殘影了吧。

「……約翰，你在哪裡……」

在這裡，我在這裡。但你是誰啊？電視機精靈？還是我的幻聽？

原來如此，說不定我跟約瑟夫一樣——已經徹底瘋了吧。

「……這孩子……根本沒有反省……」

……哈？

「反省個屁啊。」

我蠕動乾裂的雙唇，卻發現自己已經太久沒有開口，連聲音都沙啞得陌生。

原本停滯的時間彷彿又流動起來。

我從沙發上坐了起來，瞪著那道黑暗中飄盪的微光。

「……約翰……」

感覺好奇怪，沒有自己預期的那樣討厭。

難道發瘋的感覺其實還不賴？

「……約翰……」

反覆聽著那道陌生又熟悉，甚至帶點溫暖的呼喚，我忍不住渴望回應。

「我在。」

「……約翰……」

「我在這裡。」

我在，我是約翰，我就在這裡。

但它……不，它們是什麼東西？

我看著這超現實的光景，一道道光點穿過螢幕，聚集於我的面前。

那些聲音述說著時隔數年之後，我努力想要遺忘的恐懼。

「……約翰……」

「……我們，來做火箭吧……」

開始了。

聲音，到處都是聲音。

「……這裡很滑，要小心……」

「……我已經活不了太久了……」

「……火箭……還沒好嗎？」

「閉嘴！」

我在小鎮上奔跑起來。

「閉嘴！通通閉嘴！」

我只能努力大吼，試圖蓋過那些惱人的聲音。

——自從那天以後，聲音不曉得為什麼越來越多了。

起初我聽見的都是輕柔的呼喚，舒適又溫暖，像是要撫平一切傷痛，光是聽著那聲音就能感覺自己被引領至銀河。不過，也就是一開始的事情罷了。

聲音的種類越來越多，範圍也越來越廣，而且甚至能辨認出是誰說過的話。

漸漸地，這些聲音的內容不再討喜，而是不斷揭開我的瘡疤，提醒我不能忘記這些離開的人們，讓我無法輕易結束自己的性命。

「……我還想去南方……」

「……還想完成給兒子的火箭玩具……」

「哈啊！」聲音鑽入我的腦袋，讓我一陣惡寒。

「……約翰你也……不想這樣吧……」

「聽不懂你在說什麼！」我歇斯底里地抱著頭，雙腿發軟。「這是羅傑的聲音……這是羅傑……為什麼？我明明親手將你……」

「……約翰，為什麼你能堅持……」

「……留在這裡呢……」

「你才不是羅傑！你到底是誰？」我努力站穩身軀，崩潰地對著空氣大喊：「你們到底他媽是什麼東西！為什麼要模仿鎮上的人說話！」

窸窸窣窣的聲音交雜著，卻沒有一個能夠對話。

即使聽得見這些聲音，也像是隔著一道看不見的牆壁，無法產生任何交集。

這就是幻聽的感覺嗎？總覺得不太一樣，是什麼……

「啊——到底有什麼毛病！該死！」我索性朝著天空不斷大吼：「你們到底想要什麼！拜託你們直說！」

我摀著胸口，想等待任何回應。

「……嘻嘻，抓到約翰啦……」耳旁冒出了新聲音。

「唔……！」

「……這次……換你當鬼……」

不可能。

我震驚地跪坐下來，想要再細聽那道聲音，然而稚幼的嘻笑聲已經逐漸遠去，在遙遠的那一頭呼喚著要我跟上。

我的思緒老早飄遠，同樣的街道上沒有靄靄白雪，而是更加溫暖炙熱的陽光。我看見了那個與我一起背著書包，比賽奔跑看誰最先衝到學校的瘦小背影。我總是跑不贏他——唯獨躲貓貓——不管他向我發起多少次挑戰，我從來沒有失手過。

提姆，我最好的朋友，至少到疫情爆發以前是如此。

「不、不……」我彎下身來，雙手遮起自己的臉。「你應該去南方了啊，為什麼……」

我不敢說出那個字眼。

這一定是我的想像，不是真的。提姆肯定在南方過得很好才對。

他應該要獲得幸福才對，就像大伯一樣，就像所有逃往南方的人一樣。

「……火箭工廠的小孩，你別忘了唷……」

「……要讓我搭上你爸爸的火箭……」

那是我們以前上學時曾經互相打鬧的說笑？還是他遠涉萬里而來的遺願？

絕望的嗚咽衝上喉頭。

眼角傾瀉的驟雨沖刷著麻木的心靈，直到我重新找回痛楚、恢復了知覺，我趴在地上釋放出孤寂的嚎啕，直到再也擠不出淚水為止。

腦中閃過的千言萬語都只化為一句「別走」，別走，別走……此時我冒出最後一道瘋狂的念頭——就讓這些聲音陪著我吧——只要能讓自己繼續前進，是真實、是虛假、是妄想，有差別嗎？我想要的從來就不是終結……

大家……既然都回來了，就請別再離開我。

救救我吧。

「……大人……」

「嗯？」

「……女巫大人……」

「哼嗯，這裡竟然還有新的聲音。」我輕輕抬頭，想捕捉那稍縱即逝的聲響。「你是誰？自報名字的話我會比較快想起來喔。」

今天是幫重要區域除雪的日子。

我帶好鏟雪工具，清理小鎮唯一的墓園。

機械性的工作能夠讓人放空，總比盯著空房間發呆好。

槍口漸漸地不再對著自己，我想，那些所剩無幾的子彈除了狩獵，應該不會再有其他用途。

日記偶爾還是會寫，而且稍微能看得懂自已在寫什麼。

我還可以，可以繼續走下去。

最重要的是——我開始習慣圍繞在小鎮上的聲音了。

「……那是我的鎮店之寶……袍子……」

「大叔，你這是要我去把東西挖出來嗎？你的店老早就倒塌了。」我沒好氣地哼著聲，這才看見腳邊的墳墓刻著的名字。「搞什麼，不是早就被埋在這裡了嗎，幹麼還心心念念那件破袍子？」

聲音有時候惱人，有時候會勾起不好的回憶，有時候甚至帶著煩惱來找我傾訴。

我隱約能感覺得出來今天的聲音屬於最後一種。

到底是怎麼回事？需要被幫助的應該是我才對吧？怎麼變成是你們在求我幫忙了？

「……約翰……」

「知道啦、知道啦。袍子。」我雙手撐在豎立的雪鏟上，擺出無奈的白眼。

煩不煩，這些人……

「……約翰……」

冬天又要來了，我還得忙一卡車的瑣事耶。

「對，我在。」

「……女巫大人的……袍子……」

「有完沒完啊？你到底是不是在跟我說話！」

「……袍子……」

真是的。

我跪在墓碑前，隱約感受到聲音中傳達出來的痛苦，像針一樣輕戳著我，為我帶來不快。

不過，這樣就好。

痛也總比行屍走肉好。

「……約翰……」

聲音啜泣起來，我只好脫下手套，貼上那片冰冷的石碑。

他需要我，我也是，而且我需要更多。

「我在，」

我吐出沉重無比，卻也比以往都更加堅定的聲音。

「——我在這裡。」

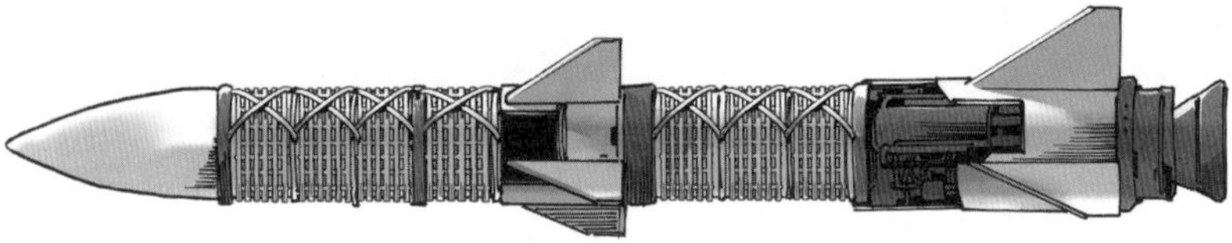

火箭 19 號

火箭19號製作中
目標零件：冷凝設備

「約翰，晶片就像火箭的心臟，我必須去荷米市才行。」
「那我也一起去吧。」
「約翰，我去接爸爸回來，我們會完成火箭的。」
「那我也一起去吧。」
「約翰，大伯要去南方了……」
「那我也一起去吧。」
「約翰，我去巡邏。」
「那我也一起去吧。」
……

如果在某些時刻，他能跟著任何一個人離開的話，是能拯救這些人的性命，還是就此跟著死去？哪一種結局又會比較幸福？他發現自己不知道答案。

約翰半躺在辦公室的長沙發上，看著天花板發愣，電視機又開起來了。他在沙發上睡睡醒醒，一睜開眼又會看見那片雪花螢幕閃動，提醒自己像個渾噩的廢物。

他忘記自己是什麼時候把電視打開的。

自從芳消失了五天、六……還是七天？現在是白天還是晚上？好吵，腦子分不清楚。工廠失去了平常的吵鬧，靈魂的聲音因此變得更加鮮明。女巫、女巫，每個靈魂口中都在談論女巫去哪了，或是火箭做完了沒有。

他一直沒有去看那張紙條。

起初約翰還抱持一點希望，芳八成會自己回來，一開口就是閒話家常什麼的。不過到了第三天，他已經不想在乎芳的去向，管她呢，那個如果沒有遇見自己，遲早也會死在哪條路上的女人。這兩年的相處也該夠了，配合她的任性行徑是該到此結束。

約翰覺得自己沒必要對誰解釋或負責，他只想好好休息一會兒。

何況外頭的風雪正在增強，約翰打開電腦看過回傳的氣象影像，接下來大概沒剩幾天好日子，就連前往荷米市都有些難度，他才不想在這時候出門。

——她大概是死在哪裡了。

——等冬天結束再去收屍就行了。

——將女巫好好埋起來，然後繼續活下去，很簡單。

這些想法在腦中盤旋不去。

他以手臂遮起雙眼，為自己的冷酷念頭感到可悲，嘴角卻輕蔑地勾起。

「媽的……你怎麼不去死，約翰・曼森……」

約翰渾身動彈不得，好餓，身體好僵硬，大廳的溫度越來越低了，壁爐都不曉得燒完了多久。儘管感受到強烈的悲傷，身體仍會敲打著腦袋瓜的大門，尋思各種讓自己生存下來的辦法。去吃點東西吧，動一動，吃吧，睡吧，讓自己好過一點。

約翰搓著數天未修整的鬍子，緩慢地爬起身，想要拿到桌上的罐頭，卻發現桌上已經什麼也不剩了，全都是沒有拿去清理的殘渣與空罐，銳利的罐頭邊緣險些割傷自己的手。

「沙沙……」

電視也猝不及防地跳電，失去了聲音與畫面。

約翰半坐在沙發上，疲憊地看著杯盤狼藉的桌子，這才驚覺自己把大廳搞得一團混亂，已經快看不出來原本的模樣。糟透了，他怎麼會把自己搞成這樣。

——下定決心尋找警長的那天，好像也是這個樣子。

從一點微小的運氣不順，直至整個人的情緒爆發，只需要一瞬間的時間。他那時候就是因為沒能忍住，才會出發去找德雷斯。

可是找到了有比較好嗎？

沒有、沒有、沒有。

他從來都沒有比較好，也從來都沒有解脫過。

這次肯定也是一樣，不要去想就沒事了。

「……你看約翰……」靈魂的聲音再度出現。「……他這樣要怎麼……一個人生活？」

耳熟的靈魂語氣使他猛然起身。

「閉嘴、閉嘴……閉嘴……」他急促地呼吸起來，僵硬又遲鈍的雙腳在垃圾堆中艱難地行走。熟悉的聲音越來越多，搖晃的工廠燈泡讓大廳產生扭動的黑影，一旦注意到就變得難以忽視，莫名的恐懼擄獲了他。

他走進總裝室，將電腦線直接拔除，所有還在維持最低運作的能源都被約翰關閉起來。

靈魂在騷動，又像是在痛苦呻吟。

「誰管你們。」他咬牙，像是在說給自己聽。「誰管你們……誰管你們！沒有火箭了！以後都不會有！連女巫都不在這裡了，你們還想怎麼樣！」未完成的火箭還躺在總裝臺上，他用力壓下開關，讓這一切回歸黑暗。

他退回走廊，將所有與火箭相關的電源一一關閉。

乾脆順著這股氣勢，將燃料倉、金屬加工室，以及經過改裝後成為芳臥室的資料室，全部都破壞掉吧。約翰一邊想著，一邊打開房間的燈，在閃動了幾下之後，燈光才穩定地照亮芳的房間。

這裡已經跟記憶中的文件資料存放區完全不同，他從來沒進來過，如今仔細一看，才發現芳將這個小房間打點得很好，乾淨整潔的程度僅次於總裝室。而工廠歷來整理的資料與文件，被芳經過二次整理之後重新編排了順序，放眼望去，資料用途與功能一目了然。

除此之外，那些被約翰視為廢棄物的宗教藝術品，也被芳偷偷搬來了這裡。牆壁上的教會聖畫、地母神像、地球教聖經、女巫花牌……她悄悄地在這個空間重建自己的信仰。

看著芳的房間，約翰險些忘記自己來到這裡的目的。

「……底片盒……」書櫃角落冒出細微的聲音，

「……請將……請將照片……」

約翰才剛被聲音吸引了注意，馬上又被劇烈震動的窗戶的音量蓋過了。

比起靈魂，此刻外頭的風勢更加驚人。芳也曾說過這樣難以入眠，索性爬起來繼續處理火箭，有時候，總裝室的隔絕環境反而比房間舒適。

不過讓約翰真正在意的，是這聲音聽起來不像工廠的人。

他走向窗邊確認，發現最底層放了一個鐵盒，上頭的字跡並非來自於芳，而是潦草又張狂的藝術家風格，勉強辨識出「廢墟中的光點」等字樣。這下子約翰更肯定了，這是來自一個文史工作者瑞柏的東西。

可能是聽見靈魂的聲音，芳才會將鐵盒收在這裡吧。

他伸手打開，發現裡頭有著無數卷底片與沖洗完畢的相片，即使已經老舊泛黃，熟悉的面容頓時將約翰拉回十年前的記憶，直接觸動他深處的思念。

於是他坐在芳的床沿，查看所有照片與相冊。

當時很多人都說瑞柏在做沒有意義的行為，但也有很多人渴望被他記錄下來，讓後人能夠明白馬可夫小鎮將要做一件偉大的事情——宇宙葬——或許是受到那過於樂觀的氣氛渲染，柏瑞相片中的人物幾乎都帶著笑容，積極而努力。

翻到最後幾張，是工廠製造火箭的紀錄。約翰雖不是主要焦點人物，卻因為年紀尚幼，得到了瑞柏諸多關愛，他總是與約翰分享外地的風光與趣聞，也拍了幾張約翰在加工檯前製作金屬機翼的照片。

約翰嘆息一聲，連忙將臉抬起，不讓淚光溢出眼角。

自從父母離去以後，他鮮少露出笑容，而是習於帶著憤怒瞪視所有人，冷冷揭破每一道大人試圖安撫他的謊言。他痛恨這世上的一切，即使如此，溫暖依舊絡繹不絕。

他翻閱相片，發現鐵盒裡還放了其他東西，以及一封他以為自己已經丟掉的信。

大伯得走了，大家還在等我。

如果大哥回來了，記得幫我跟他們問好。

備註：如果南方沒有事的話，我三個月後會回來接你。到時候你再任性，我也會把你拖走。

保羅　筆

信紙上有著被揉爛的痕跡，卻又被小心翼翼地攤平摺好。約翰這才想起來，當年他們決定把工廠布置成臥室時，行李中不小心混入了一些私人物品，當芳問起時，約翰還當著面說「這些都不用了」，一邊將書信與紀念物丟進垃圾桶內。

那時芳的表情是什麼模樣？

她透過在馬可夫小鎮徘徊的靈魂，得知了多少事情？

自己在當下故作冷酷的態度，究竟被芳看穿了多少？

「……為什麼……丟了……」

是靈魂的聲音，還是自己又產生了幻聽……隨便了，是什麼都無所謂。

「因為離去的人不重要了。」約翰愣愣地看著天花板，嚥著唾沫回應。「活著……以及活著的人更重要，不是嗎？」

「……是這樣嗎……」

「難道不是嗎？火箭、宇宙、死後世界，每個人都在思考那種遙遠的事，好像都不用管自己活不活著，或是其他人有沒有活著。反正大家都會死、反正自己遲早都會死！」他的聲音沙啞起來。「所以我不重要嗎？我呢？我明明還活著啊……誰來……」他哽咽起來，將自己的臉龐埋進雙掌之間。「啊啊……可惡……！」

——**妳到底在哪，芳。**

「住口，別管她了……」

——**我需要妳把聲音帶走，芳。**

「我才無所謂……不要去想……」

乒的一聲，工廠的入口大門傳來動靜。

約翰倒吸著氣，驚嚇地跳了起來，他連忙甩門跑出房間，才發現鐵門只是被風雪吹得嘎嘎作響，不是芳。他等待了一會兒，確定聲音不是來自那個女孩或其他生物，寒意趁隙鑽入工廠，吹向約翰，讓他在黑暗的長廊中快要站不住腳。

他在搖搖欲墜的瞬間看見地上那張被風掀動的紙條，停在他的腳邊。

即使約翰沒有撿起，紙上草率的字跡依然清晰地映入眼簾，他目光掃視了一遍，然後緩緩盤腿坐到地上，將那張信紙拿起。

給討厭的約翰：

火箭十九號需要最關鍵的是冷卻系統的冷媒混合物，不過你帶回來的已經無法使用了，非常遺憾。湊巧的是，冬眠醒來的我知道它在哪。我醒來時的第一教會地窖目前應該還能進入，我知道你不想去那座山，所以我會想辦法。

最後，我要以非女巫的身分告訴你，再強調一次，非女巫的身分——你這個軟弱的混蛋，約翰。

但別怕，我來救你。

幾天後我就回來。

感謝地球的神靈，讓我能遇到你。

他將內容仔細讀了好幾遍，目光久久無法移開。

腦中浮現出許多畫面，含淚刻著聖徒名字的她、激動寫著工作分配表的她、苦惱地填寫倉庫清單的她……以及坐在工廠內，不曉得是抱著何種情緒寫下字條給約翰的她。

他一度想憤怒地撕碎紙條，對著那個遠在山邊的女人破口大罵，最後卻只能將其揉成紙團丟向牆壁，做為他疲憊不堪的抗議。

「被熊吃了算了，混蛋。」

管那個瘋女人去死。

約翰冷冷地靠在牆上吐著氣，瞪著逐漸停止滾動的紙團，然而紙上的每個文字都已經深刻烙印於腦中，就算字條被燒成灰燼，他也感受到芳字裡行間傳達出來的情感。

為什麼人們總是為了有所交集而離開彼此？

簡直像個白痴似的。

不論是她，還是自己——

「媽的！」

他一躍而起。

約翰抓起大衣，踢翻腳邊堆積的空罐頭，一鼓作氣衝出門口。風雪吹得令人難受，但都比不上他此刻無法抑制的怒火來得洶湧。他重重邁開腳步踩著漸深的軟雪，奮力踏進倉庫內，做他七天前就該做的事情。

這次，他毫不猶豫地抓起那套雪地裝備。

疫後二十年
林芳二十三歲

下山前往荷米市的路途中，靈魂的聲音不斷在耳邊迴響抗議，他們在死前不斷辱罵女巫與教會，那些投射在我身上的恨，我完全理解。我不是應該活下來的那個人，從來就不是。

別怪長老，別怪教會，怪我吧。

全都是因為我成為了女巫，我肯定是做錯了什麼才會變成這樣。

眼前的荷米市儼然已成死城，聯繫不到其他女巫，聯繫不到任何人。原本僅存的希望，此刻完全落空。我被獨留在這裡，我沒有地方可以去了。

這是神降給我的懲罰。

「……女巫，請帶我走……」

靈魂的聲音在四周徘徊，他們的數量如今已經多到我想看不見也難。

我看著那熟悉又陌生的存在，內心百感交集，但更多的是無力。

「現在連這裡也進不去了嗎？」

我站在灰白的荷米市城牆前，摸著那道臨時搭建起來的封鎖網，五、六公尺高的鐵絲網將入口大門擋了起來，費點力氣可以爬進去，但裡頭傳來狼的呼聲，我想，我大概是無法徒手進去了。

「……女巫，救救我……」

我喘著氣退開幾步，在離去前吟唱起撫慰亡魂的歌謠。我知道這樣沒有用，靈魂往往只會暫時平靜，卻不會因此消失，但不開口唱歌做點什麼的話，我連死去與靈魂作伴的勇氣都沒有。

唱啊……唱啊……

我以贖罪之名邊唱邊走，接著退到貧民窟附近徘徊了一陣子，總算找到幾個能吃的罐頭。

於是我在這裡等了幾天，直到我確認沒有任何人活動的跡象為止。

一切都空虛到像是假的。

「……女巫大人……」

「貧民窟裡還有人活著嗎？」每當我遇見靈魂就會試探性地問。
「……救救我們，一把大火，把所有人都帶走了……」
「這樣啊。」我撇過頭，「抱歉。」
哎呀，我為什麼要抱歉？
說不定我才是世上唯一的幽靈呢。

我在荷米市的外城區待了二十三天。
我想試著記住日子，但是當我發現這幾天以來都沒有任何人活動的跡象後，記錄日子的行為也變得毫無意義。
明明不過只是一場瘟疫，真的有辦法賠上整個人類的生命嗎？
我到現在還是很難想像這件事。
不管怎麼說，那些靈魂都代表了某一個片段的真實，從他們口中聽見的話語，絕非虛假捏造出來的內容。只有這點我十分把握。
「機場因為飛機墜毀而關閉，火車也停駛……」我吞著手邊最後幾個罐頭食物，縮在骯髒卻勉強能夠遮風避雨的房屋內過夜，強迫自己運轉著腦袋維持清醒。「看來不能走大路，容易混進染病者……必須是便於政府救濟的位置，不與市區相隔太遠，交通上卻不夠便利，才是合適躲藏瘟疫的地點……」
我腦中閃過幾個村鎮的名字。
如果是那幾個村鎮的話，或許還有可能住人。先從那裡出發吧。
「……宇宙……宇宙葬……」
一道微弱的聲音飄了進來。
「啊……」我打了個哆嗦。
直到此刻，我才重新想起長老的留言。
請把我們帶走。阿瑪迪斯在最後是這麼說的。
「……火箭啊。」我苦笑著伸出手，看著自己在火光前張開的五指。「那種東西，現在也做不成了吧。抱歉。」
我這一路上好像都在抱歉呢。
但這就是事實。火箭做不成，辦不到宇宙葬，更別說什麼人類的文化與知識的傳承。我光是要找到第二個活人都沒有機會。
——**這樣的話我還是女巫嗎？**
——**但如果我不是女巫，又有什麼資格進入冷凍艙？**
我忽然茫然起來。
「奇怪，我到底是為了什麼……被留下來的呢？」
找不到理由了。

這麼空虛的世界，甚至連我的存在都失去任何意義。

我遮起自己的臉龐，發出稀落的笑聲。

好可怕。

沒有人存在，竟然是這麼可怕的感覺。

我離開外城區，在大角路上找到一臺露營車。

還沒靠近我就知道無望了，這場雪連續下了好幾天，不只是車頂，就連車門也被半埋在雪裡，表示幾年以來都沒人試圖開門。後來我確實也在附近找到幾個凍死者。屍體啊，我擔任女巫以來真的看了很多。以前曾於病床旁替人禱告送別，以及那些燒成灰後被我送上宇宙的，到現在，我身旁盡是凍死的、被放火燒死的，或是因冰雪融化而被狼挖出來啃食的人骨。

我一度真的絕望了。

我經過葉索村，才發現原來還有這個小村落，比馬可夫更不起眼，規模也小得難以收容太多人。顯然有人跟我想的一樣，與其隨著人潮往南，不如直接躲來這裡避避風頭。

緊接而來的，就是事關資源爭奪的必然衝突。

大型的民房幾乎都有被破壞的痕跡，或是殘留的彈痕，靈魂的哀號讓我很不舒服。但由此聽來，在此械鬥的大多不是本地人，而是外來的強盜或避難者，甚至也有從馬可夫逃來這裡的人。

這樣的話，馬可夫有人存活的希望不大。

——**過去小鎮恐怕也是浪費時間**？

我躲在其中一間民房，攤開自己找到的破舊地圖，檢查自己手邊的資源量。

或許是該往南方了，不過……

「為什麼大家會選擇去南方呢？明明寒冷更能抑制病毒的行動啊。」我喃喃自問。是為了逃離疫病爆發的荷米市嗎？還是南方的當地政府更能夠控管疫情擴散？或是單純無法適應逐年降溫的生活呢？

……不去一趟也無法得知。

但是現在退回原路的話，存糧很可能撐不到穿過礦場。

「而且我連把槍都沒有……」我苦惱地思索。「馬可夫比這裡大得多，或許還是有探索的價值。」確定了方向之後，忽然鬆懈下來的我才意識到身體正在發抖。此時冷風從破窗鑽入，我縮緊身子，努力摩擦身體取暖。

我吐著霧氣，抬頭發愣。

就是這樣，林芳，保持思考，保持希望。肯定還有人活著。

我試著這樣告訴自己，但體內卻悄悄響起叛逆的聲音，對自己故作堅強的念頭發出奚落。

其實我根本不希望有人活著。

反正就算有人活著，也不可能是我愛著的那些人。

我不要。

這樣的世界我才不要。

女巫身分、宇宙葬什麼的，算了吧。誰有心思在乎這個。

「如果在馬可夫找不到糧食的話……」我迷茫地呼著氣。「如果沒有的話……」

什麼都沒找到，我就可以合理地更靠近死亡一步吧。

那樣的未來——

大概正是我想要的也說不定。

雪停了。

嚴格說起來是在我入睡後就停了，一覺醒來，積雪早已因為陽光的緣故融掉大半，路面也都重新露了出來，走起來輕鬆多了。

我輕鬆穿越馬可夫小鎮入口的封鎖線，撇除靈魂們的聲音，世界一如其他城鎮的安靜。其實也不需要聽見人們活動的聲音，只要稍微注意一下環境，很快就能判斷出有沒有人在活動。

「……約翰……」

「嗯？」我回過頭，卻發現是靈魂的聲音。

有趣的是，自從來到馬可夫之後，就一直能聽見靈魂喊著同一個名字。

這種情況在之前的城鎮都不曾遇過。

「奇怪，這座城鎮跟我印象中不太一樣？」

畢竟是離荷米市很近的城鎮，我也來過幾次，許多有印象的店家如今都倒塌了，但是路旁偶爾能看見捕捉動物用的陷阱，或是用來阻擋大型動物的圍欄。我嚥著唾沫，心情不免感到緊張起來。

——**有人！**

而且從陷阱與圍欄的位置，多少能推測出對方的活動範圍，這顯然是城鎮荒廢之後才建起來的東西！地球在上啊！

「請問——」

我正想大喊，卻又趕緊收聲。腦中突然想起在葉索村逗留的那批強盜靈魂，即使真的還有人在馬可夫，也不曉得對方是什麼樣的傢伙。

我壓抑心中的激動，沿著圍欄的範圍繞著圈子，想抓住安全的距離進行觀察。

忽然間，我注意到一件事情——在這個小鎮上的靈魂似乎特別活躍，不只是聲音特別吵雜，甚至能隱約看見他們化為光點或霧氣，在半空中飄盪、移動。

靈魂大多具有地域性，但是女巫如果努力呼喚，偶爾還是會有靈魂能夠無視距離現身，此刻，我所見到的靈魂就屬於這種。無數光點緩緩飄動，像有意識地集中往同個方向靠近。

我驚訝地張大了嘴，立刻想起舉辦宇宙葬時才能體會到的景象。

「不會吧……」

我胸口劇烈跳動起來，呼吸小心翼翼，腳步下意識跟著靈魂的方向。

沒多久後，靈魂停了下來，在一片墓地前迴繞。

而我也見到了那個男人。

他穿著厚重的大衣，孤零零地佇立在墓園中央，手持雪鏟勤奮地除雪，靈魂們往他身旁聚集，喊著他的名字。約翰，約翰．曼森。這大概就是男人的名字吧。

我記下這個名字，屏息悄聲找了個建築物做為掩護，使我能清楚看見男人的容貌，又能夠不被他發現。只見他並未察覺我的出現，而是抓著雪鏟來到其中一個墓碑前，從背包掏出一件女巫袍子。

哪來的袍子？他又不是女巫，那才不可能是他的……對吧？還是說過了二十年後，女巫也開始收男人了？我甩頭揮去腦中荒謬的畫面，輕輕打了自己一巴掌，接著聚精會神地聽著他與靈魂的對話。

「喂，女巫的袍子。我替你拿來了。」男人冷冷開口。

「……女巫大人……的袍子……」

「對，袍子，為了清理它，浪費我一大堆時間。」男人細細打量墓碑，將封裝的袍子擺在墓碑前。「我就擺在這裡囉，天天都能看見袍子，這樣滿意了？」

「……這是我們的榮幸……女巫大人……」

「到底是怎樣啊？你們真的有聽見我的聲音嗎？」

「……約翰……」

「我在這裡。」

男人撐著下顎，蹲在墓碑前，接著，他悄悄將臉挨近，額頭倚靠在墓碑前。

他垂下眼簾，壓抑的表情直到此刻才展露出一絲脆弱。

「拜託回個話，我就在這裡啊……」

「……約翰……」

「……約翰……」

忽然間，靈魂們隨著他的情緒舞動起來，彷彿男人伸手攪動池水，而水波也為了呼應他而激起漣漪。光點與薄霧圍繞著他，四周細語瀰漫，成為撫慰生者的合音，處於漩渦中心的他卻對此渾然未覺，甚至還以為那些只是擾人的死者餘音。

「會不會是我搞錯了？從一開始，你們就只是我的幻覺？」他貼著墓碑，從中絲毫感受不到任何溫暖。「如果真是這樣，那我該怎麼辦……」

靈魂答不上來，只能一個勁地重複生前的話語。

等我回神過來時，我早已看著那景象淚流滿面。

女巫就是註定與死人為伍，是透過死者來與生者溝通的存在。

——**生與死，無論少了哪一邊都不行**。曾經有人這樣說過。

我始終無法完全理解這句話的意思，現在卻多少可以明白了，這個世界就是如此運作，仰賴著生死維持平衡。此刻的我，站在薄弱的「生」的這一面，看著天秤達到平衡的瞬間，那畫面是難以言喻的奇蹟，卻也沉重地足以將人粉碎。

「……小約翰……我們要將……火箭完成……」

「這種時候還叫我完成火箭，是瘋了吧。」男人抬起頭，伸手用力將鏟子插進土裡。「還有，誰跟你小約翰？別用這種噁心的稱呼叫我，你到底是誰？」

「……請女巫大人……宇宙葬……」

「宇宙葬？早就沒有那種東西了。」男人忽然咬牙嘖了一聲。「如果只是完成遺願，我會盡力，但是別拜託我做辦不到的事。」

「……火箭、火箭……」

男人忽然感到好笑地噴著氣，對著墓碑揚起苦澀的嘴角，淚光像似在他眼眸中閃動。「我的天啊。」他的聲音顫抖起來，「又是火箭……哈哈，都這種時候……」

他跪在地上發出痛苦的呻吟，好一陣子後，才終於收拾好心情，泛紅的目光掃視那些靈魂。在最後一刻的脆弱中，他穩住了自己的腳步。

「我會再來的。」

他吸著鼻子，像是對著自己說，也像是跟那些靈魂說。接著他收拾工具，靜靜離開了墓園，我卻被男人的舉動深深吸引著，即使滿臉止不住的淚水，我也捨不得移開視線，看著他獨自走在荒土上，堅毅地散發生命的力量。

在男人身上，我看見了自己所沒有的勇氣。

「啊……」等確定男人聽不見我的聲音後，我再也無法控制自己，像是要釋放所有堆積的情緒狠狠大哭起來。

我想，約翰大概永遠都不明白我當時為何而哭吧。

但是那個只有我看得見，而他始終無法明白的風景——

讓我終於稍微理解了，我存活下來的意義。

【第五章】

疫後二十二年
約翰三十歲

公路上吹起紛紛大雪，兩側的杉樹覆滿冰霜，隨著凍骨的冷風垂顫著身姿。

約翰望向公路盡頭灰白色的山頭，從聖山頂巒吹來的風在隱隱轟鳴，冬天的風聲與海浪很像，時常不間歇地發出低鳴，彷彿整座大地都在撼動。約翰的感官持續受到刺激，像是暴風雪真正降臨之前的威嚇，在在提醒人們只能接受自然的擺布。

沒有意外的話，芳八成是沿著大角路回到聖山上的第一教會。

他停在一條岔路前，在地球大道路上，一條不起眼的上坡路歪斜地插著路牌，指示出聖山與第一教會的方向，如果沒有留心注意，確實很容易直接走到荷米市區去。但路牌上另一個字樣讓他更加感到刺眼，「硫磺電機公司」。

要前往教會，就必定會經過父母常去的硫磺電機公司……約翰抱著頭發出呻吟，無法控制體內奔騰的思緒，巨大的衝突折磨著腦袋。

約翰從未去過那座聖山，但有段時間他與工廠的人會去礦場叫貨，那時的他總習慣從地球大道眺望山頭，假想自己與那座聖山之間的糾葛。是思念的投射，抑或是恨與憤怒的延伸，約翰也不太曉得自己屬於哪種。

他原本只想看著，並不打算做任何事，如今卻是真的要親身前往那裡了。

「別去，約翰。別去。」

芳只會走這條路，不可能有別的更快的路。

「別去。」

都走到這裡了，難道還要回頭嗎？

「就為了這種任性妄為的女巫……」

往上，往前。

「夠了，會死的。」

不能沒有芳。

「那個天才笨蛋，肯定被熊吃了……」

就算這樣，也不能沒有芳。

——沒有她，連怎麼活過下個十年也不知道。

他只能往上，往前。

風勢隨著進入山林之後變得更大了，吹得渾身都冷。

杉樹林直挺挺地承受著風暴，眼前的景色只剩下灰白，冷峻又嚴酷的風景彰顯出他的動搖。山間的呼嘯像是勸退的怒吼，拚命警告約翰回頭，吹痛他的肌膚。

平常的冬季憑著這身雪衣足夠了，但他從來沒有試過挺入風暴之中。

接下來的路途不曉得有沒有避雪處，也不曉得路況，這不是瘋狂，而是明擺著找死。

——不是說了別想嗎？他甩頭朝自己暗罵一聲。

他繼續往上，卻因為視線中瞥見一道突兀的黑影，因而停頓了腳步。

「搞什麼，竟然跟來這裡了。」

黑影竟然選在此時出現，帶來讓人厭惡的呼喚。

「……約翰……」

「幹什麼？」他沒好氣地喘氣應著。

「……如果連我們也不做火箭……大家會……回不了……」

約翰毫無血色的臉龐更顯慘澹，聽著靈魂的細語，並沒有感到舒緩或安慰，甚至讓他前進的壓力更加沉重。他想聽的並不是這些。這全都是自說自話，沒有約翰也無所謂的自說自話。沒有人想聽約翰說話，沒有人。連芳也沒有。

他痛苦地抬起腳，踩在淹過足踝的軟雪上。

「……約翰……」

靈魂的聲音偏偏不饒過他。

周圍明明盡是撕扯著空氣的狂風，靈魂的聲音卻越是靠近，彷彿貼著腦袋說話。

「……你不是想要……成為火箭技師嗎……」

——這到底是怎麼回事。

這場惡意的玩笑究竟什麼時候才要停止。

「天啊。」他停下腳步吐出慘笑，彎身以雙肘護住頭部，整個人蹲了下來。

「芳……拜託，芳……妳到底在哪……」

「……約翰……」

回應的只有他最不想聽的聲音，他回頭，瞥見那黑影仍緊隨在後，伺機而動。

約翰顫抖地伸出雙手攀在雪地上，逼迫自己往上走。

「……我等你，約翰……」黑影輕輕地說。

「等我什麼？」他笑了起來。「等我自己去死？」

黑影在雪中飄蕩，沒有回應。

他當黑影默認了。

「反正火箭也不可能完成，所以乾脆讓我過去那一邊……是這樣嗎？」約翰的嘴角繼續扭曲，即使說出來的話毫無道理，他也必須想辦法開口。說話可以讓他保持意識清醒。

「我受夠了，盡是一群任性的人。」

「火箭的事女巫也是逼不得已，我當然知道。」

「我們都……所以，才不應該思考多餘的事情。」

「不要去想，不就什麼事都沒有了嗎？」

或許是一口氣抱怨了太多，他忍不住停下來喘著氣。

「……是啊，只要燒了教會、燒了女巫……就什麼事也沒有了……」

那道突兀插入的聲音感到錯愕。

是黑影嗎？不對，那不是黑影的說話方式。

是附近有幽靈出現了嗎？連在這偏僻的聖山內都有？

煩死了，到底哪裡可以避開這一切……芳到底在哪裡……

「……政府都是騙人的，教會才不打算拯救我們……」

約翰抬著頭想找到任何指示方向的路標，但看不見盡頭的灰白山路開始使他絕望。

「……你們看，女巫要逃走了，她要躲進冷凍艙了……」

意識因為靈魂的緣故，開始有些飄遠了；約翰在雪地中跪了下來，白茫雪花不斷覆蓋在他身上，在白色的風中宛若一個小點。

此時他感覺周遭有什麼……無數的聲音，圍繞……不，是經過他的身邊。

「不能饒恕……不能放過……」

「為什麼只有林芳能活下來！」

那股鮮明的恨意讓約翰抱緊身體。

腦中浮現眾多人們手持著火把的畫面，他們手中的點點火光沿著山道前進，像一條燃燒的銀河，直衝第一教會的方向。所有人都在痛苦地呼喊，咳嗽聲穿插在憤怒的口號之間，與人們內心的絕望以相同的速度蔓延。

約翰被這龐大的憤怒情緒推擠著，幾乎忘記自己身處何方。

他瑟縮著身子，任憑那些人影與火光劃過自己，最後化為模糊的藍色光點向前方淌流，他喘著氣緩緩抬起頭來，只見靈魂飄離的方向，形成一條前往教會的光點路徑。厚雪淹沒了路面特徵，讓山路正確的方位難以辨識，多虧它們，通往教會的道路也因此浮現。

那像是在給約翰的指引，又像是純粹殘留於山間的惡意。

約翰苦澀地沿著光點前進。

「笨蛋女巫……成天被這種人包圍著，妳卻還是不願放棄宇宙葬，到底是為了什麼？」

——**你這個軟弱的混蛋，約翰**。

——**但別怕，我來救你**。

想起芳的留信，他才稍微找回一抹理性。

「說那什麼話，是我來救妳吧……」

在來到聖山的路上，約翰不曉得撞見多少火箭發射後墜落的殘骸，他並不意外，但當他看見完整的十七號火箭頭部時，還是不免覺得感慨——像這樣拼湊出來的破銅爛鐵，芳到底哪來的自信能夠將其發射升空——嘗試一、兩次還能覺得有趣，但是一路做到十九號，約翰已經完全笑不出來了。

女巫自己不也一樣嗎？她不再雀躍期待，而是將自己緊緊關進總裝室內，時不時發出啜泣與捶打聲。那真的也是為了拯救約翰？不可能吧……

芳究竟是基於什麼心情，才會寫出那封惹人火大的信？

「唔、那是……」

當他爬過一條彎道後，已經見不到剛才那群龐大的靈魂光點，於是停下腳步查看四周。

在坡路前方不遠的位置，樹林邊緣有一個特別突兀的空處，可能本來就是用來臨時紮營或停車的斜臺，積雪也比較淺，因此讓約翰能夠清楚看見平臺上的營火餘燼。

他激動得渾身一熱，連忙快步走向餘燼處，跪趴在地上撥開覆雪，這才顯露出餘燼的全貌，殘留的垃圾與痕跡都有一段時日了，木頭只燒到一半，表示紮營者並非匆促離開，這些痕跡都足以讓約翰振奮起來。

「芳！」他發出顫聲。

儘管深知是徒勞的行為，他仍試著呼喊。

風雪也是這兩天才大起來的，順利的話，芳現在應該早已抵達教會才對。

總之還有機會……！

「該死，我得快點。」他重新有了力氣，立刻撐起行李，雙眼發直地望著前方。

「可惡，都怪妳……這次我非得罵妳一頓不可！笨蛋女巫！」

在親眼看見證據的瞬間，內心的遲疑立刻化為肯定，芳走過的痕跡化為他前進的定錨，麻木的雙腿也不再成為阻礙。

除了那道黑影。

在自己心情鬆懈下來的瞬間，原本保持著距離的黑影動了起來，在約翰加速腳步的同時也扭動著，發出壓迫般的聲音。

「……約約約約約翰……」

跟那些流入體內的靈魂意識不同，黑影不需要靠近，光是那個存在本身就讓約翰作嘔，他不知道為什麼會這樣。他開始恐懼了，因為黑影動了起來，又像是在風雪中閃爍不定，似乎在往自己靠近，卻又好像只是單純地佇立在漆黑的樹林中。

——那到底是什麼？

「夠了！如果你真的是靈魂，就別在我耳邊淨喊一堆廢話！」約翰對著被雪抹糊的黑影說。「那麼渴望宇宙葬的話，就帶我找到女巫，做點有用的事！」

黑影的聲音忽然靠近，宛如在腦中炸開。那聲音有男有女，像是同時間許多個人在對他說話，對他的大腦下達命令。

「……逃、逃逃逃逃逃……」

「唔！」

他渾身一顫，因驚嚇而踩滑了雪地，整個人跌坐下來。

「……小小小小小約翰……逃到女巫那邊去了……」

那聲音果然與任何靈魂都不同，那不是「正常的」聲音。

「媽的！」他撐著額頭趕緊站起，逃離那道黑影。

「幻覺嚴重起來就是這樣，妄想與現實的分辨機制消失了，你會永遠活在自己製造的夢境之中。」醫師繼續背對著約翰書寫，聲音平靜。

「媽的……才不是！」

南希醫師的話赫然鑽入思緒。他跨步跑了起來，想盡辦法與黑影拉開距離。不能被追上。

直覺告訴自己，被追上的話會發生比死還要更痛苦的事情。

「別過來！我要……去第一教會……別來煩我！」

黑影在樹林間閃動著，隨著約翰內心的恐懼隨之膨脹。

就連它周圍的空氣都散發出混沌的惡意。

「……女女女巫離開了，約翰沒沒沒沒有……」

「……地方可以去去去……」

背後的黑影一下子變得好巨大，一下子分裂成無數塊，平鋪直敘的語氣。

那東西不是德雷斯警長，也不是顏叔，更不是南希醫師。

那到底是什麼……自己到底是什麼？

是因為在風雪待得太久了嗎？是持續的低溫干擾了思緒？

還是他早就被惡靈抓住了而沒有察覺？

他是不是發瘋了？

從什麼時候開始發瘋的？

「唔……！」

約翰跌進雪中，他想爬起身子，卻因為渾身顫抖而施不上力。眼前就是陌生的建築物，像是工廠又像是民房，但他已經恐懼到無法注意，只能半跪低頭喘著大氣，努力吸入足夠的氧氣。

「拜託你們離開，快給我消失……」

他好想要大聲斥喝，卻連說話這個行為都顯得奢侈。快喘不過氣了。

「芳……妳在哪……妳不是要幫我解決這些困擾嗎……！」約翰痛苦地摀著疼痛的胸口，發出求饒般的嘶喊。「求求妳，我受夠了……那些黑影……妳真的都看不見嗎？」

他勉強撐著身子哀號。

「妳來看。」他緊盯著前方不敢鬆懈，「外面還有人嗎？」

芳蹲著身子來到窗戶邊瞇著眼，她努力看穿那片黑漆漆的樹林、積著薄雪的停車場，以及任何可能躲著人的死角，但是什麼都沒有。

「我沒看見任何人或動物。」芳不安地打量他的表情。

「妳怎麼會看不見……他們就在這裡，一直都在這裡……」

「他們要帶走我啊……」

約翰蜷縮在呼嘯的風聲裡。

他走不下去了。

明明路牌與建築物就近在眼前，他卻連抬頭細看的力氣也沒有。

「芳，再這樣下去，我會……」

約翰說著，身體沉重地躺了下來。

「你沒有發瘋，約翰。」

他身子一頓，接著無力地搖了搖頭，雙腳繼續重重踩著雪地。

芳嘆著氣，吃力地抱起機殼，但她並沒有跟上約翰的步伐，而是在風中呆呆站著，視線飄向遠方的火箭發射臺與山路。

「告訴我，妳眼中的景色到底是什麼……」

他的聲音埋進雪裡。

「救命……芳。」

「約翰……」有著林芳聲音的黑影啜泣起來。「你知道那個跟著你的黑影是誰

嗎？」

他不知道她為什麼在此刻要問起這個。

或許這一切都是他的幻聽。或許芳根本沒有開口，或許她根本不是芳，林芳這個人甚至很可能不存在……他不知道自己在想什麼了，腦子一片混亂，痛楚如暗潮在體內翻湧。

於是他決定就說這麼一次，最後一次——

「……約翰……我們於銀河相見……」

黑影輕輕趴伏在他的背上，那是個溫柔到約翰不願面對的熟悉語氣。

約翰吐出最後一聲嘆息。

寒冷將他擄獲。

疫情爆發前兩年
約翰六歲

「約翰！」

父親的吼聲貫穿了耳朵，讓我從睡夢中赫然驚醒。

我不想回應，因為被子實在是太溫暖、太舒服了，我好想繼續睡下去，一直到……

「起來！」

……那如雷般的大吼真的很吵。

明明沒有什麼事情比得上睡覺更重要吧？我翻了個身，將棉被裹得更緊。

「你忘記今天是什麼日子了嗎？快起來！」

「嗯……喔，對啊……可是……」

我好像真的得起來了，因為我是不是，忘記了什麼重要的事……

「再這樣下去我們要走了！」父親不等我恢復思考，伸手搖晃著我。

「怎麼樣？孩子好了嗎？」母親的聲音也出現了。

好煩，我只是想睡覺，為什麼不肯放過我？

「這需要教訓一下。」父親故意用我聽得見的音量大聲說：「今天可是宇宙葬，是鎮上的大日子，我們沒有時間了。他非得現在起床不可。」

宇宙葬？喔，宇宙葬，好像是有這麼回事。

可是我好想睡覺，說起來，現在根本不是平常起床的時間吧？

就不能讓火箭晚點發射嗎？只是晚點發射的話，父親應該做得到吧——

「我要睡覺……」

「——約翰！」父親挑眉，直接伸手扯開我的棉被。「全鎮的人都在等今天，女巫好不容易來了！你不是說想要看女巫嗎？快起來！」

女巫……聽說她們很神聖、很偉大，可是我真的好累，這些事情無關緊要了。

「不要啦，我不去！」我把自己縮成一團。

「那麼爸爸跟媽媽要出門了，這樣也可以嗎？」母親在一旁插話。

「唔嗯、再……再睡一下而已……！」我猶豫了，順著那聲音清醒一點。

「看他這樣，算了吧，孩子的爸。」母親呵呵笑了起來，完全沒有生氣，「先走吧。」

「妳確定？但這小子——」

「噓……沒事的，我們走吧。」

他們聲音變小了，房門被關上，緊接著是離去的腳步聲。

此時世界再度恢復寂靜，濃烈的睡意因為父母的催促而退去。我重新睜開眼，這才意識到剛才發生了什麼事。忽然，一股強烈的煩躁感湧上心頭。

外頭的聲音比往常的凌晨更熱鬧，好多人在街上談笑，引擎聲來來去去。

我坐起身專注聽著。

好多人都醒來了，他們都想往同樣的方向去，包括我的父母。

我應該要跟上的。

「喂？」我抓著棉被一角，等著門外有人回應我的呼喚。

迎來的只有一片沉默，房間也變得莫名空曠，巨大無比。

「等一下啦！我沒說我不去……我起來了！」

房門外依然安靜無聲。

「我只說要再一下，你們不要自己先離開……喂！」

忽然間，全世界最重要的東西都被抽走了。我孤單地坐在床上，才發現原來空曠的感覺竟然是擁擠的，擠到能將自己壓扁、無法呼吸。

強烈的恐慌感包圍著我，使我本能地跳下床鋪，全力飛奔到門口。

「等等我啦！」

我用小手搓著眼角，害怕地哭了起來。

——**不要走啊**。

——**不要丟下我啊**。

推開房門的剎那，光照了進來，熟悉的身影們就站在家門口，遠遠看來，逆光的他們像是一對模糊的黑影。

當我走近之後，才看見他們臉上溫暖如故的笑容。

我頓時感到憤怒，卻又拿他們一點辦法也沒有，因為他們光是站在那裡看著我，就能為我帶來莫大的安心感。「哇！」的一聲，我發出驚人的哭聲，化為對他們最嚴厲的指控。

「過分！為什麼要把我丟下！」我哭得渾身顫抖，整個身體都因用力而漲紅。

「哎唷，小約翰是怎麼了？」母親抱緊了我，輕拍我的背部。

為什麼大人總是能擺出那種餘裕的表情看著自己？太狡猾了吧。

「我以為你們跑走了！」

「男孩子哭什麼哭？你不是說要睡覺？」

「我又沒說不去，我只是不要你們跑走！我以為你們跑走了！」我努力壓抑自己的哭聲，拙劣地吐出反駁。

「沒事的，約翰。我們不會偷偷跑走的，你放心。」母親笑著將我緊抱。

「我會起來，我說過我會起來的……！」

「你這孩子還真麻煩……」父親無奈地瞇起雙眼，一手撐著自己的額頭嘆息。

「直接說出來不就好了。」

不是的，我不是不想說，而是不知道該怎麼說，甚至連自己都未能理解。就是因為笨拙如我，所以才只能這樣表達。

「我說過我會起來的、我說過我會起來的……！」我像是被戳中了痛點，本能地大叫起來。「你們說會等我，可是你們還是走了啊！我明明說了，但你們還是走了！」

「好好好，我明白。別哭了，我的小約翰。」

「真是。男孩子為了這種事情哭泣，真是丟臉死了。」父親不悅地轉身，但那雙嚴厲的目光轉為略帶疲倦的慈愛，他繼續前進，但速度已經放慢到我能夠輕易追上。

母親不曉得何時也走在父親身旁，他們在漸亮的天色中，與其他人一同前往朝陽的方向。
我抽著鼻子，吸著冰涼的空氣，緩緩跟上那對身影。
「等我啦……別走那麼快……」
「你這小子老是這樣，根本沒有反省。」
父親回頭，我看不懂他臉上的情緒。
他明明笑著，聲音聽起來也十分舒服，卻讓我更想哭。
「慢慢來，約翰。我會一直等你。」

疫後二十二年
約翰三十歲，芳二十五歲

沉重的感覺從約翰身上消失了。
他渾身發燙，淚水無法抑制地湧出，洗淨了約翰的思緒，那些混沌模糊的恐懼都退去了，只留下令人溫暖卻又悲傷的思念。
黑影消失，只剩下那熟悉的聲音。
「……慢慢來，約翰……」
約翰順著靈魂的聲音試圖站起來，在暴風中看著那道逐漸遠去的光點。
「夠了，我知道……我知道了……」

他滿臉淚水，明明視野被灰白包覆，但他就是感受得到那靈魂的存在。那是有別於以往靈魂的光芒，更巨大、更貼近心靈，比以往的經歷都還要鮮明。

「為什麼我一直沒有發現是你們？」約翰顫抖地向前踏出一步。

他已經好久想不起父母的臉孔了，如今他卻能在腦中勾勒出來，父親高挺的鼻梁、帶點雀斑的方正臉龐、深邃清亮的藍色眼眸，以及濃密眉毛下藏不住的硬脾氣。還有母親，那總是眼帶笑意的溫柔目光，溫暖而厚實的手……

一切細節都是如此清晰。

彷彿他們才剛與自己告別。

「說什麼要跟上……還不是自己跑去荷米市了？」

約翰抿起凍裂的雙唇，甩去護目鏡下的淚水，他再次鼓起勇氣，抬腳踩在紛飛的暴雪之中，努力往靈魂的去向靠近。雖然不曉得自己身在何方，但是他感覺得出來，父母在等著。等著約翰跟上，前往他們要去的地方。

那個所有靈魂都會去的地方。

人們仰望著火箭，並透過火箭仰望宇宙，就連死了也不例外。

——約翰……你知道那個跟著你的黑影是誰嗎？

約翰隱約產生一抹對芳的愧疚，他明明知道，也應該要知道的。

她好幾次都想要開口確認，卻被約翰刻意迴避了，於是芳也溫柔地不戳破他，只是沒料到那份體諒反而成了兩人之間的裂痕。

或許這一切正被父母的靈魂看在眼裡也說不定，所以他們才會試著出現，用那些熟悉的話語和夢境安撫約翰，卻被約翰下意識扭曲了真相。

父母究竟在小鎮內等了多久呢？當他首次聽見靈魂聲音的時候、無數次被芳關切的時候，或是當黑影在四周晃蕩的時候……他們就在那裡，不厭其煩地回應約翰的思念。

黑影幻覺並不是來自壓力，而是我的懦弱。約翰掩著臉龐，痛苦地想著。**就是這樣**。

「……約翰……」

聲音越來越遠，約翰只能吃力跟上。

「是啊，沒錯，是你們……都是你們……」

「我說過的，我總是說我會起來的。」

男人頓了頓，接著虛弱地苦笑出聲。

「但是我一起來，你們就都不在了啊……！」

那是他無法對任何人說出口的抱怨。

好幾次、好幾次，從夢中驚醒之後只能深陷黑暗，誰都不在、誰都無法聽見。

從崩潰的哭吼，到少許淚水於臉頰滑落，最後只剩下心死的憤怒。

或許，他只是對這無能為力的一切感到過於痛苦。

「爸，媽，就這樣吧……你們就繼續跟著我，也好。」

宇宙葬什麼的……算了吧，從一開始他就不想要……

「因為……對不起，我實在沒有勇氣送你們離開。」

約翰昂首吸著鼻子，顫抖的雙唇吐出脆弱的思念。

那些千思萬緒，以及閃過腦海中的每一道回憶，在他踏出步伐的同時湧現而來，彷彿在這剎那，又重新走了一趟這三十年來的人生，所有的憤怒、悲傷、喜悅與思念，全都化為一句純粹而簡單的話語。

「因為我真的真的……真的太想念你們了……」

瞧，這樣不是輕鬆多了嗎？

他連牽起笑容的力氣都辦不到，此時心裡只剩下一個念頭。

——**沒關係，芳，我沒關係的**。

——**至少在那裡，有他們陪著我**。

「……」

是不是有聲音？

林芳站在教會的拱形雙門入口處，望著瞬息萬變的暴風仔細傾聽，但是什麼都沒有。

以往山陵高處能讓她能夠輕易俯瞰四周的遠山，教會外也有開闊的平原，並以簡單的木製圍籬圈出教會的範圍，如今什麼都看不見了。

她被困在教會好幾天了，卻不見氣候轉好，這是她小看冬季暴雪的疏失，除了氣惱與懊悔以外，自己什麼也不能做。然而事情若是重新來過，她可能還是會冒險做出一樣的決定。想到這裡，內心的悔恨也平復許多，只剩下「該如何解決眼前困境」的事實必須思考。

風雪現在才要開始起來，糧食還剩一天份。最麻煩的是，教堂內的冷凝設備比預期中重很多，她沒有自信能夠在這時扛著它下山。

這時候總會特別思念約翰。

她何嘗不明白，約翰雖然嘴上總是抱怨，卻也積極地替芳打點好一切，讓她能夠全心專注在火箭的製作上。有好幾次，芳都誤以為那個男人也樂在其中，可是每次一提及火箭，他又立刻擺出痛恨欲絕的神情。

搞不懂。

雖然身為女巫還說出這種話實在可笑，但「人」一直都不是芳擅長的，所以她才只能透過火箭說話、透過這個身分的職責說話。她本來在遇到約翰後對自己發誓，絕對不能再重蹈覆轍，發生同樣的憾事，然而現在……

男人能感受到她的想法嗎？有因此覺得快樂嗎？

她不確定自己是否有好好做對了選擇。

「約翰……」她抬頭仰望灰濛濛的飄雪天空。「真糟糕啊，女巫不能這樣，對吧。」雪衣緊緊裹著自己，假裝擺出隨時都能回家的姿態來提振精神，卻因為眼前的狂風暴雪，徹底喪失下山的動力。

她好想離開這裡，也好想念約翰。這一切都糟透了。

芳正想轉頭回到屋內，以免體溫過度流失，卻瞥見靄靄白雪之間的晃動亮點。

「嚇！」她驚嚇地縮著肩膀，才發現是一個飄來的孤獨靈魂。「拜託……我還以為是熊的眼睛，嚇死我了！」

「……火箭……零件……」

「我……咦？」她盯著靈魂的方向發愣，忽然感到有幾分熟悉。

沒有錯，那是她在馬可夫內經常聽見的聲音之一。

靈魂本該有地域性，除非，是受到強烈的思念吸引——

等芳意識到這點的時候，她已經戴起護目鏡，走在雪地上了。

柴火還在教會內燃燒，風雪越發疾厲，現在才出門簡直是送死的行為，可是她內心就是忍不住想——如果這真的是某種徵兆，那麼她就必須立刻出發。

比起死亡、比起火箭，她更需要這一刻的奇蹟。

她吸著令肺部刺痛的空氣，大步往下山的路邁進，遠方的路早已模糊不清了，只能憑著自己的印象快步前進。過了一陣子後，她終於在下坡處看見那道小小的黑影。

芳頓時熱淚盈眶，口中吐出接近於求救般的呼喚。

「約翰……」

她哭著踩入深雪，快步前進。

雙腳踩滑了，她整個人滾落地面，但很快又爬了起來，狼狽地往男人靠近。

「約翰！」她激動地哭喊出來。

芳伸出雙手，用力撲向那名步履蹣跚的男人，撐住他那隨時被風吹倒的身軀。

約翰的鬍碴與鬢角滿布雪花，雙唇微微開合發出呢喃，雙手如抓住浮木似地回擁著女孩，恍惚的目光卻並未注意芳的存在。此時她才明白，約翰之所以能走到這裡，全憑僅存的意識與本能。這簡直是奇蹟，但芳想起剛才靈魂劃過耳際的殘響，似乎又覺得不意外了。

現在約翰還將這些靈魂視為黑影嗎？或是他終於明白真相了？

芳擠著一絲嗚咽，胸口疼痛起來。

即使這很可能只是讓他們都死於雪地裡，但她正是為此而來的。

沒有約翰的話……如果不是約翰的話……

「可惡……身體像個熊一樣重……！」她吃力地頂著男人沉重的身軀，朝著灰暗的天空大吼。「約翰……快給我清醒！拜託你！」

她身陷雪塊中的雙腳勉強挪動了一點。

雙腳如千斤般重，並不單純是扛著約翰的緣故，而是極冷的溫度讓她四肢僵硬起來。她著急地想抬腳，卻隨著時間過去更加舉步維艱。

——**誰能來救救我們？**

——**靈魂、地球、銀河……拜託……不管是什麼都好**。

她絕望地吸著氣，暗自祈禱撐過這段路。

「芳……？」就在此時，約翰的指尖抽動，接著像是從漫長的夢境中回到現實。

「約翰！」她驚呼一聲，連忙對上那雙找回神采的虛弱目光。「太好了，地球在上！謝謝你，謝謝！真的太好了……！」

約翰這才深深吸著氣，表情像是完全回過神來，他茫然地抬頭，眼見旁邊的建築物招牌被風吹得高高飛起，但還能看出來是硫磺電機的標誌。這次他的表情真的震驚了。

「這裡？怎麼會，我……」

「別說了，快走——」

「芳……那些黑影……妳一直都知道，對嗎？」他搖搖頭，努力想要說些什麼。

「如果妳沒來……我差點……就跟他們一起……去銀河……」

芳嚥著唾沫，腹部一陣沉痛。「笨蛋，你這笨蛋……」她眼眶再次一熱，撐著男人的身體往教會前進。此時，勁疾的狂風發出轟鳴，暴雪這下子真的來了，那凶狠暴戾的冷酷溫度，芳捏著冷汗，一臉駭然地被風吹倒在地上。

「芳！」

「我沒事，我……」她想站起身，卻找不到支撐點。「我大概只是、不、我沒事……」

「妳這傢伙逞強什麼啊！」約翰似乎精神都回來了，大手有力地抓住她的臂膀。

「說這什麼話，我可是救了你耶。」芳勉強勾起嘴角。「你回家一定要……好好謝我！」

「是誰先突然不見啊！」他咬牙將芳用力扶了起來。

「什麼不見，我明明有留信給你好嗎……」她傻笑幾聲，依偎在約翰的懷裡。但是很快地，兩人連說笑的時間都沒有了。

太陽就要下山，風雪無情地持續打在身上，渾身上下只剩下刺痛的感覺。厚實的雪衣在此刻完全失去了功用，他們彷彿在雪上赤裸行走，任由肌膚承受著千刀萬剮的撕裂感。

明明教會離這裡不遠，芳卻忽然一點信心都沒有了。

他們真的走得到目的地嗎？教會本來有這麼遠嗎？

雪勢驚人地向他們撲襲，能見度也迅速降低，抹去了芳來時的足跡。

她看著看著，忽然一陣暈眩，視線也驟然落下。

「還好嗎？」這次，連約翰的聲音也顯得吃力。

「我不知道……為什麼又……」她低下頭，才發現自己跌跪下來。

芳顫抖地說不出話。奇怪，剛剛心裡是想著往前的，現在卻一動也不動了。

她麻木地感受雙腿消逝的知覺，彷彿四肢不再受自己控制。

好冷，真的太冷了。

為何這個世界能如此冷酷又強大？她渺小得好想哭，僅僅是暴露在暴雪裡幾十分鐘，竟然就能將她的意志迅速粉碎。她到底算什麼，所謂的女巫不過也就如此。她前一刻甚至還在妄想拯救約翰、拯救所有靈魂，太愚昧了，她連自己都救不了。

「沒事，我還可以。」約翰不由分說將她虛弱的身子抱起。

她應該要高興，卻在這瞬間，她感覺一切都無所謂了。

或許她老早就想這麼說了，只是都沒有機會。

現在，約翰就在這裡，在自己身邊，如果由他見證自己的終結……她恍恍惚惚地晃著頭，身體開始燃燒起來，像是柴堆中最後一絲躍動的餘火，在徹底熄滅之前的垂死掙扎。

「不要、我……可以……」她嚥著唾沫，只想將腦中最後的念頭告訴約翰。他實在太傻了。不直說的話，或許永遠都沒辦法理解彼此。「約翰，你知道嗎？能找到你、我……好高興，真的好高興……」

她喘著氣，才剛開口，卻又說不出完整的話來。

好可怕，好痛，好冷。

「芳，別說了！」約翰艱澀地低吼。

她咧起嘴。「我們沒問題的，約翰。」

「哪有妳這種只會說著沒問題的女巫！」

「沒問題的……我在以前的教會……找到冷凝器了。」芳的聲音意外地自信，與她孱弱的模樣相反。「這次，我一定會讓火箭……」

「火箭升空什麼的不重要了！」約翰咬牙，將芳的身體拉近一點。「抓緊我，拜託。告訴我教會在哪。」

芳喘了幾口大氣，在山間的深嘯中停頓了好幾秒，才臉色蒼白地點點頭。「就在那……」她伸手指出方向，但是只有多到足以淹過樹林的雪，堆成一座宛如山丘的驚人光景，斜斜地擋住通往教會的路上。她跟約翰同時陷入沉默，深怕是自己搞錯了。

「雪崩？」約翰臉色慘白。「該死……」

「還有一條路……往西的……」

「不如回頭——」

「不行，已經太遠了。」芳搖搖頭，甩開約翰的手，搖搖晃晃地逕自往另一條山路去。「走這裡吧，約翰……教會……」

約翰伸手壓著帽子以免被吹飛，蹲低身子跟上。

每分每秒都顯得好漫長。

他們每走一步，就得花更多力氣走下一步，感覺連空氣都被雪帶走了，只剩下彼此急促的呼吸，捕捉著喘息的空間。

穿越漆黑的杉木林間，芳攙扶著高聳堅硬的樹幹，沒想到身體卻反而更加疲憊。她深怕自己若是停下腳步，就再也不會想要前進了；於是只好硬著頭皮半爬半走，也不敢怠慢了動作。

「哈啊……」

爬到一半，她發現自己無法分辨方位了。

銀白色模糊了視線，她看不見自己與約翰以外的景色，世界被抹成一致的色調，像是要將他們的存在也同樣抹去。力氣完全被寒冷抽乾，她再度跌坐下來——是體力真的耗盡了，還是她的精神不想再抵抗這一切磨難了？

不行，喘不過氣，胸口痛苦到無法分辨任何事情了。

不要了，夠了。

她現在只想解脫。

「芳！」約翰雙手壓在她肩上輕輕搖晃。「醒來，我們得繼續走。」

「不要……」

「我才不管妳要不要，快說話！」約翰發出焦慮不已的聲音。

芳垂下眼簾，胸口仍在劇烈起伏。「說……要說什麼？」

「隨便，繼續說！」

她剛要開口，卻飄飄然地說不出話。漸漸地，全身開始溫暖起來。

這是什麼感覺？好奇怪……但是太好了，她終於不冷了。

繼續躺下的話，似乎也沒什麼不好。

啊啊，她知道自己要說什麼了。

「火箭……是銀河的橋……」她垂下眼簾，隱約聽見空中發出轟隆隆的低鳴，那是火箭要起飛的聲音嗎？電腦的倒數音浮現起來，她在實習工廠裡，在每一場宇宙葬裡，她親手點燃了引擎，火箭卻沒有動靜。

忽然間，女孩看見眼前出現好多人——教會的人，城鎮的居民，政府的代表——這些人不分年齡、性別、身分，都在無聲地抬頭仰望。

芳知道他們在等待火箭升空。

他們在等女巫。

「透過火箭……我們把靈魂……」她顫抖開口，向前踏了一步。

「送上天堂！繼續說話，芳！」

「但這是我的工作。」她微笑起來，視線所及之處找不到約翰的身影，但她知道他在聽著。「萬一我出事……你可以當歷代的男巫……」

「——不好笑！」男人用力震了一下她的肩膀。「我們看見路牌了！芳，再撐一下，找到教會了！」

「……不必……我已經看見了……」

她彎起眼角，抬頭望著巨大的火箭。

在充滿柔光的靄靄白雪中，唯有高聳的火箭靜謐地佇立，像極了承載著歷史的古老建築。以往芳看著它時，就像是在看一座凝練國家技術的科技結晶，是女巫親身參與打造的孩子，但此時火箭的存在遠遠凌駕於自身的意志，它看起來更像是這個世界的棺木。

或許是因為這次只會有死亡，沒有新生了。

芳並未感到哀傷。

「芳……」

約翰的聲音好遠，輕盈得彷彿隨時消逝，又深深落進她心底。

她伸手撫摸那座完美到不真實的火箭，感受從機殼傳出來的空曠迴響。

「沒問題的，約翰。你知道嗎……這幾天我一個人待在教會，其實很害怕……」

貼著那微涼的機殼，芳輕輕垂下睫毛，放鬆似地勾起微笑。「那時我在想，如果雪再也不停該怎麼辦？我好擔心再也見不到你……畢竟現在，我的世界只剩你而已……」

「胡說什麼！」約翰不耐煩的聲音響徹心底。

「然後，我……以為自己要被留在這裡了，就突然……好想說謝謝。」她眼眶一紅。

是啊，至今為止她都做了什麼呢？

她原本只是想讓約翰明白這點而已。

「謝謝兩年前你出現在火箭工廠。」她眼神閃爍，視線模糊地望著那令人神醉的白色棺木。「謝謝靈魂們指引我與你相遇……」

芳重新感受那座巨大的蒼白，在那些靈魂面前緩緩比出祈禱的手勢。

「芳？」

「地球在上，感謝這兩年經歷的所有一切……讓我醒來時不用面對荒涼……」

「夠了，芳，醒來……！」

「約翰……有人……真好。」芳閉上雙眼，只想虔心祈禱。

「我們的宇宙葬還沒完成……拜託……再這樣下去，我也……」

「……願我們能於銀河相見，約翰。」

「芳……！」約翰的聲音逐漸變得微弱，但聽在芳耳中只覺得不可思議，死亡、憤怒、悔恨，都顯得不再重要了。那是前所未有的平靜。

她再次睜開眼。
然而眼前的世界已經煥然不同。
芳對死亡想像過許多次，卻沒有想到結果會是這麼舒暢、靜謐。
她看見自己身處世界之上，時間與光線在她身上淌過，宛如涓涓細流，芳順著時間的流向被帶離雪山，接著是這座城市，國家，星球，宇宙……平常生活所知的一切顯得如此遙遠，甚至比空中閃爍的星體來得更加縹緲。
這就是銀河嗎？
芳驚嘆得叫了一聲，但她覺得自己並非真正發出聲音，數萬星點如光劃過身旁，她的頭頂是河，靈魂的河，她的腳底也是河，數以萬計的靈魂與她一起流動。
不對，她沒有腳，甚至沒有任何可以稱作身體的東西。
她開始感到有些驚慌，對於這一切不知所措。
不斷有光點湧過她的體內，每一道光點都充斥著陌生的意識，如同溫和又吵雜的絮語，占滿了她的思緒。她感覺自己暈乎乎地，被那龐大的信息沖刷而過，而自己的一切也被其他光點接納，彼此互相交錯、融合，她好像知道自己要去哪裡，也不在意被帶走。
原先的恐慌逐漸放鬆下來。
直到光點之中，有一道特別強烈的呼喚出現。
……芳？

她聽到了約翰的聲音。

正確地說並不是聽到，而是能夠感覺到。那股思念自然而然地湧入腦海，她確信那不是來自自己的想像，是那個人，她可以感受到以前從來沒能感受到的情緒。約翰的無助、困惑與不安，以往如果不盯著他的臉龐，芳就無法捕捉這些情緒深處的細節；可是現在不同了，她能夠理解約翰的一切，知道他想著什麼，以及想要什麼。

她有點茫然，但突然又認為事情早該如此，這是她第一次接觸到世界的真實。

我們沒問題的。她試圖將這個念頭傳達出去。**就在那邊，我們該走了。**

往哪裡去？

不知道。但我們會知道的。到了那裡，一切都好。

接著，她知道約翰不再困惑了，他們都擁有相同的感受。

數不盡的光陪在他們身旁，接著越來越多……光點有著不同的顏色、不同的情感，最後漸漸地與他們合為一體，然而一體之中還有更多光芒，光之中還有無數光，無數光之中還有無數的光……每個靈光都是一個世界，一個獨一無二的存在，卻也毫無差別。

她知道自己即將消逝，體內些許珍貴的記憶也一次次地湧現，然後從她的體內剝離，彷彿在與自己進行最後的告別。其他人也是，約翰也是，所有光點都是。那些記憶的片段在自己的思緒中閃現。

「那約翰要成為火箭技師！」

啊……是約翰的記憶嗎？

「怎麼會呢，她跟早期的拓荒者們一樣，眼中只有宇宙與銀河。」

這個是她自己的……

「你一個人留在馬可夫能做什麼，你想餓死嗎！」

這是誰的。不太清楚了。

「可是、妳一旦離開，芳就看不到妳了……」

這是……

「缺什麼東西我們可以自己做呀！爸你不是說過，我們工廠最厲害了？」

……

……不重要了。

遍地光點聚集成一道光柱——不對，或許更像河流，向著某個未知的方向，巨大而緩慢移動的長河——這不是芳能理解的事物，看著看著，她忽然有些猶豫。

一切就這樣了嗎？

巨大的喜悅與悲傷淹沒了她，那堆滿溢出來的情感好像是自己的，又不是自己的。像是看著某種即將消逝的事物，她試圖抓住些什麼，以免自己太快落入光的深淵。

突然間，她感受到黑暗，黑暗中站著一個女孩，她很痛苦，彷彿在面對什麼不願承受的壓力。那是一間工廠，她正在對某個男人大喊，但男人眼中只有冷漠與不耐，他們在爭吵。

「我是女巫，這是我的責任！」

「什麼責任？這個宇宙裡根本沒有妳要負的責任！」

「我是第四十六代女巫，林芳，我負責的是所有人……」

這兩個人是……誰……？

芳看著少女被逼得脆弱痛苦的眼神，讓芳被輕輕觸動起一股鮮明的情緒。接著，那個金色頭髮的男人，擺出傲慢的態度……不，現在她終於明白了，那是過於哀傷的軟弱。她竟然到此刻才理解。

「夠了，芳！」男人的眼神比女孩更加痛苦，是啊，她全明白了，男人真正要想說的話並不是這些，他只希望女孩好好地看著他，聽見他內心真正的聲音。

「妳唯一要負責的只有我而已！」**不要丟下我**。

她的思考陷入停頓，剎那間，寧靜的世界再次隨著她激動的思緒轉動起來。

是啊，她在這裡做什麼？她不該在這裡的。

她必須好好看著那個男人，回應他——

才剛冒出這股念頭，她身旁所有迷離夢幻的景色，都隨著光芒開始收束，她於長河中墜落，來到了宇宙、星球、國家、城市、人，以及「自己」……

身體好重。

她還不習慣這個回到肉體的感覺。

彷彿躍出水面時壓在身上的重力，讓她因痛苦而腳步踉蹌。

「女巫大人！」

「哈啊……」

一旁的隨從連忙扶住林芳，她才終於踩穩在石板地上，特製的女巫白袍底下滿是冷汗，她大口喘氣，這才發現自己正站在一架火箭發射臺前，後方是茂密的樹林，前方卻是斷崖，能夠看見壯闊的壑谷。

略顯老態的女巫一字排開，以靜謐的目光凝視林芳，她們都曉得芳正在經歷什麼。

「儀式結束了。」其中一名女巫說。

芳還沒回神，而是驚駭地喘著氣說：「剛剛是什麼……我看見好多顏色，還有光……」

「別管了，林芳。」十一名女巫隨著樂聲轉身，等著芳走上那條灰白的石板道路。「以後妳還會看見很多次。那不重要，先來完成儀式。」

芳抹著額頭，環顧四周景色，這才發現自己正身處於馬可夫小鎮上。

石板地兩側都是人潮，她還有些暈眩地扶著額頭，對了，她在馬可夫的宇宙葬儀式上，她怎麼能途中恍神呢？都怪她剛才在祈禱時看見了……呃、看見了什麼？

她怎麼想不起來了？

芳甩甩頭，趕緊擺正姿勢，恢復那完美的儀態。

火箭已經要發射了，她必須帶著其餘十一名女巫進入安全範圍才對。

「東亞共和標準時間七點六分，靈魂已牽引完成。接下來將由女巫進行禱告。」

廣播聲響徹小鎮，那些壓抑著情緒的民眾停止竊竊私語，在接下來的樂聲中閉上雙眼，雙手也不自覺地互握成拳，共同為火箭上的靈魂祈禱著。

芳走在最前頭，隨著樂聲詠唱歌曲。

人潮安靜下來，唯獨有些興奮的孩子似乎還不曉得住嘴，拚命抱怨自己看不見隊伍，直到父親將孩子扛在肩上，才讓現場恢復肅穆的寧靜。

芳穿過那些只有女巫才能看見的光點。

「……對不起、我真的……還不想死……」

聽見熟悉的靈魂聲音從身旁飄過，芳在那溫和的微笑頓時僵硬起來，一抹陰鬱染上雙眸。

——**琴的女兒，只要等火箭發射之後就能得到安寧了吧**。

但是這些聲音真的是靈魂嗎？為什麼聲音會隨著火箭消失？說到底，靈魂的本質究竟是什麼？她始終無法讓自己的腦袋不去思考這些，結果每次都一無所獲。

阿瑪迪斯說她遲早會明白，但是自從成為女巫以後，她不斷為了繁文縟節與傳統習俗而忙碌不停，要處理的瑣事多了、要看的公文多了、要應對的官員也多了，最重要的火箭也只能在最後階段介入，替火箭機身祈福即可……

這些都是身為女巫應盡的責任，她了解。

可是對於靈魂、對於人、對於愛的理解，她仍然無知地像個幼兒。每次看著阿瑪迪斯與他人說話時，都會有股暖流在彼此之間流動，她想知道成為那樣的人的關鍵是什麼。

好像自己內心缺了某一塊拼圖。

這種遲滯使她焦躁不已。

「女巫過來了！」

「最前頭這位應該只是見習吧……？」

「不，聽說是史上最年輕的女巫呢。」

人民的竊竊私語傳入林芳耳裡。

芳無視那些無禮的聲音，她只想在茫茫人海中找到琴的身影，哪怕只是一眼也好，她真想知道自己的思念能否傳達給琴。如果真的看見了，她大概會忍不住又哭出來吧。

她還不曉得什麼是笑著道別。

只要一想到琴、想到自己認識與喜愛的人、想到長老總有一天可能也會被自己親手送葬……她的嘴角就無法真誠地上揚。

「女巫過來了！」

「啊！你在幹麼？」

忽然，人群中有名男孩往芳飛奔而去，露出燦爛的笑容，小手用力揪住斗篷衣襬。

她因為吃驚而停下了腳步。

男孩將她沉浸於哀傷的思緒中拉出來，讓她被迫看向這名孩子。

「妳就是女巫嗎？」男孩露齒而笑，輕率的舉動立刻換來群眾的驚呼。

「地球在上！你在幹什麼啊！」一名微胖的短髮婦人滿臉通紅，從人群中衝了出來，緊緊抱住那名男孩。「女巫大人、真的很對不起！他還小！」

「沒關係……」

「爸爸說工廠就像造橋的人，而妳們女巫幫忙帶人過橋，所以妳可以讓我們的橋招來客人，是真的嗎？」偏偏那婦人忘了遮住男孩的嘴。

「這說法太失禮了！」芳的隨從也跟著驚叫起來。

但是看見這一幕，芳反而伸手掩起慧黠的微笑，「嗯，這比喻是有點像呢。你真可愛。」

「可是我不懂，大家為什麼要過橋？留在這邊不好嗎？」

是在問死去的靈魂為何要送上銀河嗎？

這道提問徹底勾起了芳的玩心，她赫然想起自己也曾在課程中，用類似的問題刁難自己的老師。於是她伸手阻擋想來帶走男孩的隨從，並在男孩面前蹲了下來，好讓自己的視線與他齊高。

「是這樣的，人呢，沒有辦法一直留在橋的這頭，總有一天大家都得離開。」芳保持輕柔的嗓音，握緊手中的旗幟，「所以為了那天到來，我們得替離開的人做好準備，就像你們的工廠準備火箭，女巫我也得引領所有靈魂。」

「噢……」男孩露出有聽沒懂的表情。

此時芳沉默了幾秒，接下來的話不像是要說服男孩，而是要說服自己：「然後我們在今天這一刻，看著火箭把大家帶走，並讓所有人熱熱鬧鬧地聚在一起祝福，你喜歡嗎？」

「喜歡！」

「那很好。這樣的話，我們才會過得比較幸福。」

「為什麼？」男孩露出不解的表情。「幸福是什麼？」

有那麼一瞬間，女巫的眼神中閃過一絲驚異。

「幸福……」她聲音像隨時會融化的雪花。

「大人，火箭準備升空了！」

隨從趕緊在一旁提醒，但她只是一個勁地陷入自己的思緒。

她感覺抓住了某個關鍵字，卻沒能像火箭那樣成功割開其堅硬的表面，探究其中的真實。

照理說只要講出教科書的內容，或是模仿其他女巫回應的方式，往往就能夠滿足發問的民眾了。但她感覺這個男孩並不需要如此敷衍的答案，他看著芳，等著芳挖出內心最深處的聲音。

在那澄澈的藍眼珠注視下，任何不真誠的回應都只是對那靈魂的玷汙。

「幸福是……」

於是她微微仰頭，眼神看起來不再意氣風發，而是帶著連她自己也未解的茫然。但是很快地，那抹疑慮被女巫自己揮去，她重新看向他，陰影底下的目光閃爍著神采。

然後她看見男孩後面的爸爸媽媽，他們的眼中充滿敬畏，但卻又充滿期待。

她忽然明白了。

不論幸福是什麼，她都必須說出讓這名男孩感到快樂的話語。

跟真相無關，跟職責無關，只跟當下有關。

「幸福就是不管現在還是未來……你與爸爸媽媽，都能一起參加宇宙葬！」

她的笑燦爛如花，甚至不像女巫該有的嚴肅表情，

接著，她複述著長老曾對她說過的，那些她不能理解的話。

「然後你跟著女巫，開心地跟離開的人們說再見，好不好？」

男孩看看自己的父母，再重新看看女巫，得意地用力點頭。

「好！我最會說再見了！」

男孩的反應，讓這句看似沒有溫度的話語產生新的意義。

女巫感受著言語帶來的心境變化，彷彿在呼應男孩的淘氣模樣，咧嘴一笑。

「好的，永遠不要忘了喔。」

此時，發射倒數在廣播中完成，巨大的火光在這瞬間照亮了世界。強風夾雜著塵煙撲來，她的帽子因此被風吹掀，揭開了她那年輕、沉穩，又溫柔無比的側臉，彷彿自己成功與他人立下重要的約定，因而如釋重負的滿足模樣。

所有人都在驚嘆火箭的壯觀，她卻心不在焉，還沉浸於剛才對話的餘韻之中。

——對了，那男孩叫什麼名字？

於是芳低頭，發現那孩子也正朝自己望來，閃閃發亮的大眼映射出火光，以及芳的黑色倒影。金色的髮絲下，那五官似乎有幾分熟悉，她恍然大悟，滿溢出來的情緒瞬間將她淹沒。

——啊。什麼啊，原來你在這裡。

——長大的你是不是忘記怎麼笑了，傻瓜。

她暢快地笑出聲來。

此刻，世界變得又更亮了一些。

在那無盡的光芒面前，芳上前握住那隻手，與那燦爛的小小微笑一起。

或許在往後，她將會再次忘掉這段回憶，不過沒關係，即便如此她還是會與約翰不斷相遇。不管是在雪中、記憶中、銀河中甚至是靈魂之中……然後，他們也將於未來的某一刻再次分開……

到那時候，他們已經學會要笑著告別了嗎？

——真是的，這一切怎麼這麼難。

或許是因為有點悲傷，芳反而笑了出來。

——約翰，如果遇到你不是奇蹟，靈魂便不曾言語。

***

事後，芳還是無法回想起他們回到教會的過程。

最後的印象是約翰拖著她倒下的身子想要離開樹林，結果連他自己也走不動了，於是兩人在一片白茫中失去了意識。

等他們再次睜開眼，便看見教會的大門聳立於眼前，好像他們老早就站在那裡似的。究竟是寒冷所致的幻覺？還是宇宙難得慈悲而展現的奇蹟？芳還來不及細想，身體就已經先衝了上去。

教會的雙扇木門被兩人轟然撞開。

僵直的腿使他們幾乎以滾落的方式跌進教會大殿內，芳稍早升起的壁爐柴火還在大殿內劈啪燃燒，她與約翰倉促將門掩上，接著衝向壁爐前，脫去那身溼淋淋的外套與圍巾，接著將所有毛毯與乾衣物披在彼此身上。

他們緊挨著彼此身體，顫抖地感受燃燒中的暖火，獲救重生使兩人情緒高昂不已，但不時交錯的視線中閃爍著更多的茫然。

「呼……這裡就是舊教會？」約翰最先打破這片沉默。

女孩喘著氣，然後堅定地點點頭。「嗯……」

「簡直是奇蹟。」男人震撼的表情持續了很久。

芳不敢輕易接續那句話。

她也有許多問題想問，例如說，他們是怎麼重新找回力氣的？又是怎麼在看不見路的暴風雪中找到教會的方向？

芳輕輕搓著雙手，感覺那股漫溢出來的情緒還未退去，她的腦袋還在暈眩，彷彿被塞入許多信息，身體呈現過度活躍後的疲憊感。只剩下一個念頭在腦中不斷重複。

「靈魂……」芳腦中閃過好幾個畫面，但是隨著時間過去，就連那些畫面都開始顯得破碎。「你有看見嗎？我剛剛在風雪中……好像，看見有什麼……」

「什麼？」約翰啞聲。

芳說不出來，她扶著額頭苦苦尋思，總覺得自己好像忘了什麼。不該忘的吧。

彷彿有某股連結抽離了身體，銀河消失了，只剩下滿地無盡的冷。

為何內心忽然湧上如此強烈的悲傷呢？

「……喂，幹麼一直別過頭。」約翰在毛毯裡挪動身子，伸手想要碰芳。

「等等……別看，等等！」她匆忙低下頭，卻還是被男人看見了脆弱的側顏。

他嘴角頓時扭曲起來。「拜託，妳在哭嗎？」

「我才沒有哭！女巫是不能亂哭的！」芳一開口就是崩潰的啜泣。

約翰張嘴想說些什麼，卻又尷尬地閉緊。

下一秒，他在毛毯底下輕輕握住芳的手。

「沒事的，我們都活下來了。」

「我當然知道我們活下來了！」她的心不斷被那聲音戳痛。

「那妳又氣又哭的是怎麼了？」約翰苦笑起來。

聽見那試圖柔聲安撫的嗓音，她更加克制不住眼淚，以及一股無助的憤怒。感動、激昂、悲傷、喜悅、憤怒……腦中同時奔騰著千百種念頭，身體彷彿要被這大量的複雜情緒撐破了。

她明明找到了某個對自己來說非常重要的瞬間，而在那一瞬間裡，她理解了永恆、理解了靈魂、理解了愛、理解了自己苦苦追尋已久的答案。

偏偏她卻回到這裡——她再度成為那個無知又脆弱，被囚禁於肉體之中，無法容納那片廣闊銀河的林芳。

——都是遇見那個人害的。

——是那個人讓自己選擇回來的。

可是那個人究竟是誰——卻偏偏想不起來了——

「我想不起來……奇怪，我為什麼想不起來……」芳皺著小臉轉頭瞪他，赫然捕捉到約翰眼角閃動的淚光。「你自己還不是一樣！」她舉起拳頭，往約翰肩上敲去。

約翰驚愕地頓了頓，才伸手按住自己的眼角。「咦？」

「你也在哭啊！」芳怪叫起來，聽不出是想笑還是單純激動。

「奇怪……為什麼……我好像想起來了……」約翰以掌心遮起自己的眼睛，他試圖咧嘴掩飾過去，聲音反而更加哽咽。「妳以前不是對我說過……叫我記住……記住……」

——地球在上，他也在「那裡」。

芳震撼地看著男人，腦中卻勾勒不出鮮明的畫面，也不知道自己究竟聯想到什麼。

但是她還記得那股溫暖驅動了自己前進，像是卡死的齒輪終於鬆動開來。

她得回應眼前的人。

「記住什麼？你忘了你第一天見面還對我開槍嗎？」她顫抖地笑起來。

「對不起，可惡——不是那個，我好像忘掉了什麼很重要的事情……是另一天、我應該知道的……」他用力抽著氣，淚珠自眼角不受控地拚命掉落，芳從來沒見過他哭成這樣。「可惡……芳、妳知道……這到底是什麼……」

什麼啊。

一個大男人哭成那樣也太作弊了。

「我只記得我好像去了銀河……旁邊有小孩在，還有一堆靈魂……」她擦去眼角的淚。

「什麼靈魂啊，別說這種奇怪的話，我們才沒有死。」

「當然，我才不會死呢，我還要幫大家完成宇宙葬……記住！做為女巫，我會永遠笑著完成宇宙葬！」

「妳都哭成這樣了，還說什麼笑著！」

「長老說過，離別是為了下一次於銀河相遇！」看著那難看的模樣，她決定讓自己順著直覺行動一次，於是她伸出雙手，主動緊緊抱住眼前的男人。「唯有……如此，嗚嗚……我們會比較幸福，嗚哇……哈哈哈……」

「妳、到底是怎樣啦……！」

「約翰，我們沒問題的。」她用力說。

「……連什麼問題都不知道，就只會說沒問題。」男人恨恨咬牙。

「對，我只會說沒問題……」芳的聲音越來越柔，這一次，她確信自己是對的。

「不過我知道，我們沒問題的……沒問題的。」

「明明到處都是問題。」

「就算這樣也沒問題。」

約翰緩緩止住了眼淚，然後吐出一聲長嘆。

「知道啦。」接著，他露出了芳快要忘卻的，那久違的笑容。

「……我們沒問題的。」

他回擁住芳，大概是因為感受到彼此的體溫，約翰忍不住將女孩抱得更緊了一點。

銀河再度灑落，那一天，他們都忘了自己是誰。

【終】

疫後二十三年
約翰三十一歲，芳二十六歲

靈魂的絲絲絮語往發射臺處集中，我百般無奈地瞪著那架十九號火箭。

女巫替它命名「約翰」，跟之前的紀念性取名方式截然不同。

我不是什麼重要的偉人吧？

是她真的開始對製作火箭這件事自暴自棄了？還是因為火箭從一開始就呈現出隨時要崩潰的零散拼裝感，而她想把這團廢鐵必死無疑的惡帳記在我身上？

春天的第一座火箭就以如此不吉祥的姿態上場，真虧芳還能一本正經地唱著歌，用愉悅的表情走下發射臺。

「如何？」那傢伙甩著長髮對我問。

「什麼如何……」我對那曖昧的提問感到極度不安。

「靈魂啊，好好告別了沒？」這次換她瞪我了。

於是我轉過頭看了看四周。

「還行。」

「真的認真告別了？」

「我沒什麼好說的吧。」

說這句話時，連我自己都不是真的很在意。

是啊，是真的沒什麼好說的。

有些心事，已經不需要用言語來傳達了。

「嗯哼。」芳聳聳肩，嘴角隱隱透出笑意。「走吧。」

她將雙手插進雪衣的口袋，一襲黑衣於茫茫白點之間前進。

芳變了。

我感覺得出來。

自從那天離開聖山以後，我們都有些變了。

做的事情當然還是一樣，巡視、整地、狩獵、拾荒，以及製作火箭。不過，我們還是不太說彼此的事情，吵架也每天都會發生。我真的，始終無法理解這個女孩。

不過，這就是活著吧。

我追上那身黑衣。

「天候安全狀況。」

「確認。」

世界好寧靜，只有我們敲著鍵盤的聲音，喀噠喀噠。

好像很久沒這麼寧靜過了。

「點火器。」

「確認。」

——**等會兒見，破銅爛鐵**。

我默默暗想。

「火箭十九號要發射了喔，約翰，注意一下螢幕！」

「是。」我虛應幾聲。

「喂。」

或許是猜到我的想法，芳皺起眉頭看我，那對眼眸隱隱透露出一絲憂慮。

機翼還沒完全調整到位，頂替鼻錐用的金屬零件很可能承受不住壓力，三次燃燒測試裡有一次出了問題，螺絲有一個好像生鏽了……

我迅速讀出她對這一切的沉重情緒，但那又怎麼樣呢？我們盡力了。即使我在工廠裡反覆說了千百次，我們真的盡力了，她仍然會向我露出那樣的表情。

於是我下意識避開目光，嘴角不自在地撇起。

「好啦，沒問題，芳。」我比著螢幕上的火箭數據，「我們沒問題的，好嗎？」

芳抿著嘴脣，視線不再咄咄逼人，取而代之的卻是另一種異樣情緒。

得了吧。

保持剛才那樣還好一點。

【終】

「幹麼這樣看我。」我故作冷靜地敲著鍵盤，假裝沒注意到。

「……沒事，謝謝你。」芳語帶笑意，接著也看著自己前方的電腦螢幕，在倒數聲中輕聲呢喃：「──僅為荒涼獻上祝福，為天堂留住幸福。」

「地球在上。」我接著那道聲音說。

「地球在上。」

「發射──」

轟轟聲響從遠方響起。

我沒有去看螢幕，而是將她拉向了我。

因為我早就知道結果了。

靈魂要前往天上的銀河，但是只有它們知道路。

（完）

【後記】

大家好，感謝你們看到這裡。

雖然這次是第二次跟 SIGONO 團隊合作，但我在創作過程中其實是非常緊張的，一來是我知道要達到讓遊戲製作人點頭的標準不太容易，二來是《靈魂之橋》的高度比《地球計畫》還要難以呈現，所以非常擔心自己無法駕馭。

不過，跟思毅進行腦力激盪的過程非常有趣，我們用了很多方式去討論大綱的安排，也花了很長的時間沉澱，最後也多虧他的信任，讓我能夠用自己的方式進行詮釋與發揮。也因此，《靈魂之橋》的原創情節是比《地球計畫》高出非常多的，希望不論是遊戲玩家，或是透過小說初接觸的讀者，都能從中獲得驚喜。

然後，也希望透過這些穿插的情節，可以讓大家更深刻地體會兩人成長的心境，與他們背後的故事。裡頭有很多催淚的情節，我自己也寫得超級胃痛，例如母親留下的字條、警長的離去，還有每一次約翰與芳之間渴望著依賴，卻又害怕依賴的掙扎。其中我最喜歡的小細節，是約翰默默讓芳穿上警長的雪衣，在後方看著那道身影，獨自品嘗著生命的延續與希望，卻不讓芳知道他的心思；這簡直就是悶騷王約翰會做的事情。不過也因此，這本書寫到後面真的是……每次打開檔案都很胃痛。但我其實不討厭這樣的過程，甚至對思毅說過「你不滿意的小說，我也不會滿意」之類極度斗M的話。

其實從大綱討論階段，我就已經不曉得哭了幾次；每次一打開別人的實況紀錄，看到遊戲後面的劇情，眼淚就撲簌簌掉下來了，屢試不爽。真心覺得製作人能將這麼深的情緒，化為如此高娛樂性的產品，卻又能夠不失其深度，真的是非常了不起的事情。這大概也是遊戲的魅力，透過音樂、美術、對白，以及互動性的多重結合，讓整個遊戲過程都能夠充分地撐漲情緒。而能夠將這麼多面向的素材完美地統合起來，也是製作人思毅與SIGONO團隊最厲害的地方。臺灣能有這樣一個優秀的遊戲團隊，真的很值得驕傲。

不過除了這些讓我沉溺的情節外，當然也有讓我寫得很痛苦的部分，例如雪的描繪，雪的樣態與細節實在太過多變，很難捕捉到精準的描繪核心，這部分都讓思毅幫忙了不少；此外也有火箭的細節描繪，我買了許多資料書，也到國圖查了好多論文，直到確實理解火箭的基礎才敢下筆，每每看著那些資料，都會暗自感嘆火箭製作的難度。所幸，臺灣在火箭的研究上一直有極高的水準，也因此讓我看到許多珍貴的資料。真的非常感動。如果大家對火箭有興趣，也樂意支持的話，歡迎搜尋「ARRC前瞻火箭」，有各種金援方式可以支持這個難得的臺灣科技唷！（以上是多餘的自主工商XD）

最後最後，很感謝SIGONO願意給我這次合作的機會，也很高興大家合力端出這麼華麗的成品給各位讀者，如果大家喜歡，也希望大家能夠支持 SIGONO 推出的第三款系列作《OPUS龍脈常歌》，享受更加壯闊的宇宙冒險。

謝謝尖端出版社與呂董協助，才能讓這本書順利成為最美的樣子。

謝謝鸚鵡洲，這個插圖的數量真的讓我只能跪了，對不起我好廢。

謝謝閃光與兒子，你們的存在讓我的文字充滿力量。

此外要特別感謝哩哩呱哩，我的每個故事幾乎都有她協助的影子，如果沒有她的支持鼓勵，以及各種實用的意見，我也無法發揮自己的極限。希望今後我們也能一起快樂地，享受生活中的各種挑戰。

最後也感謝看到這裡的各位，臺灣的創作者全因你們的支持而發光發熱，還沒玩過《靈魂之橋》遊戲的人，快去玩；玩過《靈魂之橋》遊戲的，那就趁現在再去玩一次吧！讓我們之後再見！

作者　月亮熊

國家圖書館出版品預行編目資料

OPUS 靈魂之橋　廢墟裡的銀河 / 月亮熊，SIGONO 作．-- 初版．-- 臺北市：城邦文化事業股份有限公司尖端出版：英屬蓋曼群島商家庭傳媒股份有限公司城邦分公司尖端出版發行，2021.08
面；　公分
ISBN 978-957-10-9309-3（平裝）

863.57　　109019029

奇炫館
OPUS靈魂之橋　廢墟裡的銀河

原　　著／SIGONO　　著　　者／月亮熊　　封　　面／天之火
榮譽發行人／黃鎮隆　　內頁插畫／鸚鵡洲
總 經 理／陳君平　　執行編輯／丁玉霈
經　　理／洪琇菁　　企劃宣傳／楊玉如、洪國瑋
總 編 輯／呂尚燁　　國際版權／黃令歡、梁名儀
美術總監／沙雲佩　　文字校對／施亞蒨
美術編輯／方品舒　　內文排版／謝青秀

出　　版／城邦文化事業股份有限公司 尖端出版
台北市中山區民生東路二段一四一號十樓
電話：（〇二）二五〇〇—七六〇〇
傳真：（〇二）二五〇〇—二六八三
E-mail：7novels@mail2.spp.com.tw
發　　行／英屬蓋曼群島商家庭傳媒股份有限公司城邦分公司　尖端出版
台北市中山區民生東路二段一四一號十樓
電話：（〇二）二五〇〇—七六〇〇（代表號）
傳真：（〇二）二五〇〇—一九七九
中彰投以北經銷／楨彥有限公司（含宜花東）
電話：（〇二）八九一九—三三六九
傳真：（〇二）八九一四—五五二四
雲嘉經銷／威信圖書有限公司　嘉義公司
電話：（〇五）二三三—三八五二
傳真：（〇五）二三三—三八六三
南部經銷／威信圖書有限公司　高雄公司
電話：（〇七）三七三—〇〇七九
傳真：（〇七）三七三—〇〇八七
客服專線：〇八〇〇—〇二八—〇二八
香港經銷／城邦（香港）出版集團有限公司
香港灣仔駱克道一九三號東超商業中心1樓
電話：（八五二）二五〇八—六二三一
傳真：（八五二）二五七八—九三三七
E-mail：hkcite@biznetvigator.com
新馬經銷／城邦（馬新）出版集團Cite（M）Sdn. Bhd.
E-mail：cite@cite.com.my
法律顧問／王子文律師　元禾法律事務所
台北市羅斯福路三段三十七號十五樓

二〇二一八月一版一刷

■中文版■

郵購注意事項：
1.填妥劃撥單資料：帳號：50003021戶名：英屬蓋曼群島商家庭傳媒(股)公司城邦分公司。2.通信欄內註明訂購書名與冊數。3.劃撥金額低於500元，請加附掛號郵資50元。如劃撥日起 10～14日，仍未收到書時，請洽劃撥組。劃撥專線TEL：(03)312-4212 ・FAX：(03)322-4621。E-mail：marketing@spp.com.tw